SOKRATES
Der kafkASKe Fortsetzungsroman
Bd. 2

Sokrates – der kafkASKe Fortsetzungsroman

geschrieben von Uri Bülbül

unter Berücksichtigung von Motiven, Anregungen, Kritik und Textpassagen von ask-usern und anderen:

www.ask.fm/Klugdiarrhoe

Ähnlichkeiten mit lebenden Personen und vorhandenen Profilen sind manchmal zufällig und manchmal gewollt.

Wer lesen kann, wird lesen, wer Verstand hat, wird verstehen.

Für die KulturAkademie-Ruhr

Mit freundlicher Unterstützung von

Herstellung und Verlag: BoD –

Books on Demand, Norderstedt
www.bod.de

ISBN 9783738657210

Der kafkASKe Fortsetzungsroman von Uri Bülbül knüpft an seine Schreib- und Erzählweise des Hypertextes an und ist ein Teil seiner ZERFAHRENHEIT (www.uribuelbuel.de), wovon ein Band (DER AUFTRAG) auch als Buch erschienen ist.

SOKRATES ist ein Rhizomableger dieser ZERFAHRENHEIT und entwickelt andere Verflechtungen im Spiel zwischen Fiktion und Wirklichkeit, Traum und Wachsein, Realität und Illusion, Verschwörung und Freundschaft, Lüge und Wahrheit, Staat und Gesellschaft, Polizei und Kriminalität.

Es ist ein episches Schimmelbuch, das das Gehirn befällt und das Bewusstsein belegt und durch alle Ebenen und Schichten seine Fäden zieht und Sporen hinterlässt.

Ein Antibiotikum gegen die Rationalität des täglichen Irrsinns.

Mit der Folge 219 geht die zweite Etappe des Fortsetzungsromans zu Ende.

Umschlagbild: Francesco Salviati: Kairos collagiert mit Nadia Shirayuki und Basti @Maulwurfkuchen alias „rundes Käsedreieck", „Käsedreieck-Dreieckkäse".

Treueschwur

Alle 100 Folgen etwa wird ein SOKRATES-Band erscheinen. Solange ich schreiben kann, werde ich nicht aufhören, diesen wunderbaren Fortsetzungsroman zu schreiben, der ein Teil von meiner literarischen Arbeit geworden ist und den ganzen kleinen Kosmos meiner ZERFAHRENHEIT in sich aufgesogen hat.

Ganz besonders zu Dank verpflichtet bin ich Basti @Maulwurfkuchen auf ask.fm, der mit ungeheuerer Genauigkeit, Aufmerksamkeit und mit Ideenreichtum den Roman begleitet. Lieber Basti, ich werde deinen Anteil an diesem Roman nie vergessen.

Eines langen Vorwortes bedarf es bei diesem zweiten Band nicht. Nur eines muss meiner Meinung nach unbedingt gesagt werden: im Zeitalter des elektronischen Schreibens im Internet und in den sozialen Netzwerken ist ein Dummkopf und Ignorant der, der die Chancen einer gemeinsamen Arbeit nicht begreift. Mich hat das Schreiben im Internet und das Publizieren sowohl auf digitalem als auch auf analogem Wege, was auch nicht ohne die Computertechnologie denkbar wäre, beflügelt wie nichts anderes, was mit Schreiben zu tun hat.

Ich bin auch dem wunderbaren Garten zu Dank verpflichtet, der mein Leben bereichert, meine Phantasie und Vitalität steigert und mir die schönsten Freuden bereitet. Dankbar bin ich für die ganzen Lebensumstände, in denen ich sein und schreiben darf. Diesem Leben und meiner Freude an ihm ist dieses Buch gewidmet.

wann gibt es den nächsten Geschichten-Teil? :3

Gleich vorab: SOKRATES Teil 144 erscheint am Mittwoch Abend.

Bis Ende des Jahres will ich auf 155 Folgen kommen. Ab Dezember gibt es alle drei bis vier Tage eine Folge :) Mal sehen, ob du es bis dahin mit Lara wieder aus dem Wald geschafft haben wirst. Dieser Hattinger Wald hat es wirklich in sich. Er ist phantastisch und ermöglicht die wundersamsten Begegnungen mit den ungewöhnlichsten Menschen und Tieren. Ich habe mal in die Kristallkugel meiner Phantasie gesehen und muss sagen, dass mir hier selbst ein Drachenei nicht unmöglich erscheint, aus dem ein Dino schlüpft. Auf jeden Fall aber wird es ein Wiedersehen mit dem Spaltrüssler Hispaniola Solenodon geben, und du kannst ihn Rudi nennen. Aber ob ihr wirklich Freunde werdet konnte ich in meiner Kugel nicht erkennen. Meine hellseherischen Fähigkeiten reichen dazu nicht aus. Aber kannst du dich noch an Leyla erinnern, mit der du gerne befreundet sein wolltest? Zuletzt seid ihr beiden einen Wasserfall hinabgestürzt; du landetest in Nadias Badewanne. Wo aber ist Leyla abgeblieben. Ich bin ganz schön enttäuscht, dass du dich und mich das gar nie gefragt hast. Weißt du? Jetzt musst du das auch nicht fragen. Ich werde das bald ungefragt erzählen.

Am Mittwoch aber erreicht die arme Luisa erst einmal eine furchtbar schreckliche Nachricht. Und wie sollte es anders sein? Sie wird darüber sehr, sehr traurig sein. :'([1]

---

[1]   http://ask.fm/Klugdiarrhoe/answer/134467525561

Ist unsere Hoffnung am Ende nur das zarte Pflänzchen, das man auch am Rande eines Grabes finden würde? Simona[2]

Es gibt auf Facebook eine interessante Diskussion unter street philosophy: «Für Camus ist das menschliche Leben eine hoffnungslose Absurdität» http://street-philosophy.de/camus/

Ich habe im Kommentar dieser Aussage widersprochen: Das bezweifle ich. Für Camus ist das menschliche Leben eine schöne und liebenswerte Absurdität, Sisyphos in dem Moment, in dem er seinem Stein nach unten ins Tal folgt ;)

Und Hoffnung ist einfach nur ein Ausdruck von Lebendigkeit, von Vitalität, man muss sie nicht semantisch interpretieren als "berechtigte" oder "unberechtigte" Hoffnung, sondern als ein Phänomen. Ein ästhetisches Phänomen. Auch hier geht die Existenz der Essenz voraus.

Darauf bekam ich die Antwort von Justus Hallegger: «Aber im Gegensatz zu den meisten Menschen weiß Sisyphos warum er dem Stein folgt und ihn aufs Neue rollt. Das ist sein Glück. Er kann die andauernde Frage nach seiner Existenz beantworten.»

Ich antwortete ihm: Ja, er weiß, dass Leben schöner ist als tot sein.

Achtung! Wir sprechen hier nicht von Albert Camus, sondern von der Figur seines Essays Sisyphos, den die Liebe zum Leben kennzeichnet. Egal um welchen Preis: Sisyphos will leben und wird daher von den Göttern bestraft, weil er für seine Liebe den Tod überlistet. So soll er zwar ewig leben, aber unter den widrigsten und sinnlosesten Umständen. Es ist sogar in diesem

---

2   http://ask.fm/simonalein

9

Zusammenhang von «metaphysischer Folter» die Rede.

Hier geht es aber nicht um eine Wahrheit, die für alle verbindlich ist, sondern um eine individuelle Entscheidung, die allerdings ziemlich oft getroffen wird. Die meisten Menschen entscheiden sich nach Schicksalsschlägen für das Leben und kämpfen, um wieder auf die Beine zu kommen. Natürlich gibt es auch Menschen, die den Tod vorziehen und keineswegs unter einer «metaphysischen Folter» leben wollen. Ich weiß nicht, ob es die Hoffnungslosigkeit ihrer Situation ist, die sie zur Selbsttötung treibt. Ich denke, Hoffnungslosigkeit allein kann es nicht sein; denn es gibt nun mal viele Menschen, die trotz der Hoffnungslosigkeit ihrer Situation das Leben dem Sterben vorziehen. Sisyphos treibt dies auf die Spitze.

Ich habe daraus mein neues Verständnis von Hoffnung als Ausdruck von Vitalität abgeleitet; wenn die Lebenskräfte vorhanden sind, spielt es überhaupt keine Rolle, ob das Leben an sich oder eine bestimmte Lebenssituation hoffnungsvoll oder hoffnungslos ist. Der vitale Mensch will leben. Aus diesem Willen schöpft er seine Hoffnung. Und wenn er immer wie das halbgefüllte Glas immer die volle Seite der nachlassenden Vitalität sieht, ist am Ende die Hoffnung «nur das zarte Pflänzchen, das man auch am Rande eines Grabes» findet.[3]

Müssen wir nicht jedes Buch, das wir schreiben oder lesen der Hoffnung widmen?

---

3   http://ask.fm/Klugdiarrhoe/answer/134470457017

bei welchem Geschichten-Teil war das, als Leyla und ich den Wasserfall runtergefallen sind? :3

Erinnerst du dich nicht mehr? Ich gebe dir ein Zitat:

Basti schwamm in einem rosa Fluss flussabwärts. Die Strömung wurde stärker und er immer schneller. «Wieso bin ich jetzt in einem rosa Fluss?» fragte er sich laut. Ich war doch gerade eben noch auf dem Meer, hatte die Seligeninsel hinter mir gelassen. Er wollte unbedingt seine Mutter Ophelia treffen. Er hatte etwas ganz Wichtiges und Dringendes mit ihr zu besprechen? «Was ist es denn nur, was du mit deiner Mama besprechen musst, Kleiner?» fragte Leyla. «Lass mich in Ruhe, sonst komme ich nie aus diesem Fluss. Die Strömung wird immer stärker, womöglich liegt ein Wasserfall vor uns!» «Bist du der funkelnde Stern des unterirdischen Theaters?» fragte Basti. «Ein Stern unter vielen, die alle Sonnen sind», meinte Leyla und es klang fast melancholisch.

Ich könnte ja sagen: gib mal den ersten Satz bei Google ein und dir wird verraten, in welcher Folge das war. Aber wollen wir die Technik nicht überstrapazieren, obwohl ich dies schon faszinierend finde: Es war die Folge 101. Und du findest sie auf ask hier: http://ask.fm/Klugdiarrhoe/answer/130095961017 Aber das hat mir nicht Google verraten, sondern meine peniblen Notizen zum Roman.

Google führte mich direkt ins Buch an die entsprechende Stelle: ich bin wirklich von dieser Technik beeindruckt. Es ist eine Revolutionierung der Schriftstellerei, auch wenn das hierzulande niemand wahrhaben will.

Wenn du in einer fiktiven Welt leben könntest, welche wäre das?

Ich würde meinen Avatar im kafkASKen Fortsetzungsroman SOKRATES suspendieren und sofort seine Stelle einnehmen, würde in die dort geschilderte Psycho-Villa einziehen und mich von Schwester Lapidaria so nett und warm umsorgen lassen, wie einst sich Friedrich Hölderlin in seinem Tübinger Turm von Charlotte Zimmer umsorgen ließ, fortan seinen Namen aufgab und seine Gedichte mit Scardanelli unterschrieb.

«Weh mir,» fragte er sich in seinem Gedicht «Hälfte des Lebens», «wo nehm ich, wenn/Es Winter ist, die Blumen, und wo/Den Sonnenschein/Und Schatten der Erde?»

Er fand die Blumen, den Sonnenschein und Schatten der Erde in seinem Türmchen, wo ihn Charlotte schön umsorgte. So würde ich mir eine aufmerksame und liebevolle Aufnahme von Schwester Lapidaria in der Psycho-Villa wünschen und würde nimmer mehr in die Welt hinaus gehen, wo die Mauern sprachlos und kalt stehen und im Winde die Fahnen klirren, um es mit Scardanelli zu sagen.

Um mich herum würde die Welt wütend toben, die Menschen würden um Karriere, Bildung, Ausbildung, um Macht, Geld und Ansehen gierig eifern, sie würden mir sagen: «Wenn jeder so lebte wie du, würde die Welt nicht funktionieren» und ich würde dies einem Freund über den Gartenzaun erzählen, der mich kaum ausreden ließe und dazwischen führe: «Blödsinn, dann erst würde die Welt funktionieren. So geht sie vor die Hunde!»; ich aber, ich wäre einfach nur verrückt, würde meine Literatur verfassen und immer schön mit Uri Bülbül unterschreiben.

SOKRATES – der kafkASKe Roman

In einer verrückten Welt, würde ich denken, sind nicht die Verrückten krank, sondern die Normalen; und wenn Adorno mir sagte, es gebe kein richtiges im falschen Leben, würde ich ihn fragen: warum eigentlich nicht, wo doch so viel Falsches im richtigen Leben existiert?

Ich wäre ein Diogenes im Fass, wäre nur ein wenig komfortabler untergebracht und wäre auch nicht gar so bissig. Nein, mich müsste man nicht lieben. Gerne wäre ich allein in meinem Turm und empfänge neugierigen Besuch und manch eine lustige oder philosophische, witzige Konversation entspönne sich.

Und täglich würde ich auf ask.fm schreiben und hätte einige wenige Follower im bescheidenen aber interessierten und engagierten Umfang.

Ich fiele ab von der Realität wie ein Blatt im Herbst vom Baum oder eine Feder vom Vogel und triebe ein gutes lustiges Stück im Wind, um am Ende zu vergehen. Aber müssen das am Ende nicht sowieso alle?[4]

---

4   http://ask.fm/Klugdiarrhoe/answer/134520382905

SOKRATES – Der kafkASKe
Fortsetzungsroman

@Maulwurfkuchen will unbedingt, dass vor dem Wochenende eine weitere Folge von SOKRATES, dem kafkASKen Fortsetzungsroman erscheint, vielleicht, weil er sich in der Geschichte im Sturzflug mit Leyla befindet? Also gut: Teil 103... Uri Bülbül

«Viel Erfolg. Woher hatten Sie übrigens den Revolver, mit dem Sie Ihren Vater erschossen haben?» Johanna hörte etwas Bedrohliches in Arthurs Stimme. Aber es war keine Drohung, die er leise und unausgesprochen in die Stimme legte; es war eine Bedrohung, die unabhängig von Arthur zu existieren schien, von der Arthur nur wusste, ohne sie selbst zu erzeugen. «Sie sind nicht informiert?» versuchte sich Johanna zu wehren. Arthur konnte über diesen netten Versuch nur lächeln: «Sie, meine Liebe, sind nicht informiert. Und das könnte zu einem Problem werden.» Nach diesen Worten verließ er die Wohnung.

Sie rasten so schnell in die Tiefe, dass Leyla keine Luft mehr bekam. Sie auf dem Rücken eines jungen Delphins, versuchte sich so gut und stark sie es nur konnte festzuhalten, hatte ihre Fingernägel aus Angst und Verzweiflung in seine Haut gebohrt. Aber der Sturz in die Tiefe raubte ihr die Kräfte. Für Basti waren die Schmerzen, die er auf seiner Haut an seinen Flanken spürte, kaum noch auszuhalten; es brannte und stach, als habe er sich in einem Brombeerstrauch verfangen. «Ich verstehe das nicht. Gerade eben war alles noch so schön schmerzfrei», dachte er bei sich. Aber er konnte einen verzweifelten

SOKRATES – der kafkASKe Roman

Schrei nicht mehr unterdrücken. Als er aber seine Selbstbeherrschung verlierend schreien wollte, raubte ihm der Sturzflug jeden Atem, der zum Schreien nötig gewesen wäre, als befände er sich in einem alles verschluckenden Vakuum, ganz egal, welche Kräfte er in seiner Lunge auch mobilisierte. Leyla verlor den letzten Halt und löste sich seine Flanken tief und lang mit ihren Fingernägeln zerkratzend vom Delphin. Alleine stürzte sie weiter in die Tiefe. «Ich bin ein funkelnder Diamant. Was soll mir schon groß passieren. Unvergänglich und unvergleichlich schön!» hörte Basti sie rufen. Damit wollte sie sich wahrscheinlich selbst nur Mut zusprechen. Basti war Leyla egal. Denn mit ihr fielen auch die Schmerzen von ihm ab; und er sah sich auf die blaue Wasseroberfläche des Meeres zurasen. Ein Gedanke blitzte nur kurz in ihm auf: Etwas ist komisch an diesem Meer! Das Wasser glitzerte und funkelte nicht unter der strahlenden Sonne, die auch irgendwie undefinierbar nicht zu strahlen schien, sondern an Kraft verloren hatte. Kopfüber und mit seiner spitzen Schnauze vorneweg tauchte er ins Wasser ein und wunderte sich sofort; denn es war kein Meerwasser; es war nicht salzig, was auf einen See hätte hindeuten können, wenn Basti nicht den blanken weißen Boden gesehen und den Geruch von Chlor und Seife nicht in die Nase bekommen hätte. Leicht biss die Wasserqualität mit dieser Zusammensetzung auch in seinen Augen und seine zerkratzten Flanken brannten wieder. «Das darf doch nicht wahr sein!» dachte er. Aber es war so, wie es war: er war in einer Badewanne gelandet. Geschickt schwamm er den Schwung des Falls und Eintauchens ausnutzend wieder an die Wasseroberfläche. Vielleicht bei @RosarotesBadeschaf in Horatios Badewanne?

SOKRATES – der kafkASKe Roman

Eine knappe Woche ist es her, dass Francis Arthur Suthers in der konspirativen SM-Wohnung aufgetaucht ist und Johanna Metzger bei ihren Ermittlungen überrascht hat. Aber irgendwie verfolgt der Sonderermittler aus dem Innenministerium ganz eigenwillige Ziele. Und Basti geht baden? SOKRATES Teil 104: Uri Bülbül

Mit seinem Auftauchen sah er sich mit dem Schreckensschrei einer riesen Frau konfrontiert, in deren dunkle Augen unter starken schwarzen Augenbrauen er blickte. Sie machte vor Schreck einen Satz in der Badewanne, was eine gigantische Welle auslöste, dabei rutschte sie auch noch auf ihrem Po aus und glitt tiefer ins Wasser, das am Badewannenrand überschwappte und Basti, den rosaroten Delphin aus der Wanne zu spülen drohte. Er tauchte schnell wieder unter in die Tiefe und schwamm um den Körper der jungen Frau herum, die sich wieder gefangen hatte. Wütend und staunend zugleich wischte sie sich mit beiden Händen das Wasser und ihre schwarzen Haare aus dem Gesicht. «Das darf ja wohl nicht wahr sein! Wie kommst du denn in meine Badewanne?» Über ihrem Bauchnabel tauchte Basti wieder auf: «Was hast du in meinem See zu suchen?» herrschte er die Riesenfrau an. «Dein See?» fragte sie empört, «Da hast du dich wohl im Gewässer geirrt, Kleiner! Das ist meine Badewanne!» «Nadia? Ist alles in Ordnung?» wollte eine Stimme vor der Badtür wissen. Nadias Bruder hatte ihren Schrei gehört. «Ja, ja, mir ist nur die Seife aus der Hand gerutscht!» antwortete Nadia. «Das gefällt mir gar nicht», sagte Basti, «Ich will hier nicht sein. Gerade war ich auf meiner schönen Insel im Fluss mit Leyla, mit der ich mich anfreunden will, und dann stürzten wir beide

16

einen Wasserfall hinunter.» «Wer schreibt diesen Quatsch? Klär das mal! Und verschwinde aus meiner Badewanne!» fuhr Nadia ihn an. «Wer bist du überhaupt?» konterte der kleine Delphin überaus selbstbewusst zurück. «Ich bin Shirayuki!» antwortete Nadia nicht ganz ohne die Absicht, diese vorlaute Badeente in Delphingestalt mit der Farbe eines verpeilten Panthers als Zeichentrickfigur zu irritieren. «„Shirayuki" Was ist das für ein Nachname, wo kommt der her?» fragte der rosa Delphinjunge ohne größere Irritation. «Das ist nicht mein richtiger Nachname. „Shirayuki" bedeutet „Schneewittchen" auf japanisch.» Dann fügte sie noch hinzu: «Und wenn du heraus bekommen hast, wer diesen Mist schreibt, kannst du ihm auch ausrichten, dass er mich nicht als sogenannte Kohlewittchen im Wald herumspazieren lassen soll. Sonst werde ich langsam sauer. Ich will auf gar keinen Fall „Kohlewittchen" genannt werden!» «Kohlewittchen», kicherte der Delphin «passt aber zu deinen Augen!» Sie schlug mit der Hand ins Wasser, um Wellen zu machen. Aber das störte Basti nicht sehr. Mit einem Sprung flog sie knapp an ihrem Gesicht vorbei weit über ihren Kopf, fast bis zur Badezimmerdecke und ließ sich dann wieder ins Wasser fallen. «Wer hat sich das bloß ausgedacht?» brummte Nadia. «Und dieses Mädchen im Wald, das dir deine Legosteine bringen soll, ist auch nicht die fiteste!» «Luisa! Wo ist sie? Woher kennst du sie?» fuhr der kleine Badedelphin auf. Ganz aufgeregt war er, sprang wild umher, dass Nadia sich ernsthaft Sorgen machte, ob er nicht aus der Badewanne fallen könnte.

Wo nun Arthur auch stecken mag. Fest steht: Basti steckt als Delphin in Nadias Badewanne; und sie nennt ihn den «kleinen Badedelphin».

SOKRATES – der kafkASKe Roman

Sein Problem: er weiß nicht, wie er hier je wieder heraus kommen soll ^^ SOKRATES, der kafkASKe Fortsetzungsroman Teil 105...   Uri Bülbül

Er würde sich bestimmt alle Rippen oder gar das Rückgrat brechen, wenn er im hohen Bogen aus der Wanne auf den harten Badboden flog. «Beruhig dich mal wieder, Kleiner! Ich habe deine Freundin im Wald getroffen - in der Nähe der Psycho-Villa. Sie war mit einem Moped unterwegs. Aber wer sein Moped liebt, schiebt. Und sie muss ihr Moped sehr lieben, ha, ha!» höhnte sie. «Sie ist unterwegs zu mir. Das ist ganz klar. Aber wie komme ich nun aus dieser blöden Wanne raus und zurück in die Villa? Und nenn mich nicht „Kleiner"! Außerdem ist Luisa nicht meine Freundin. Ich will viel lieber mit Leyla befreundet sein. Sie ist älter, reifer und klüger als Luisa. Aber wie komme ich hier nur raus?» Diese Frage machte auch Nadia etwas ratlos. Sie hatte das Gefühl, nun genug gebadet zu haben. An Entspannung war mit diesem überraschenden und unmöglichen Besuch ohnehin nicht mehr zu denken. «Los tauch unter! Ich will raus aus der Wanne und mich abtrocknen. Und du hältst dein Kopf mit deiner vorwitzigen Schnute solange unter Wasser, bis ich dich rufe, klar?» «Ja, ja», antwortete Basti, «mich interessieren nackte Frauen gar nicht. Mich interessieren auch angezogene Frauen nicht. Mich interessieren überhaupt keine Frauen!» sagte er. «Dann tauch ab!» herrschte Nadia ihn an, und er gehorchte. Sie stieg aus der Badewanne, um sich ein Badetuch zum Abtrocknen zu nehmen. Basti schwamm aufgeregt fast am Boden der Wanne hin und her. Der Gedanke, dass nun Luisa fast schon die Villa erreicht haben könnte und er nicht dort sein konnte und statt dessen hier in der Wanne gefangen war, machte ihn schier rasend. Ich müsste dringend und schnell, ganz eilig zu Luisa! dachte er immer wieder. Aber wie sollte es gehen? Er steckte in Nadias Badewanne fest. Einer plötzlichen Eingebung folgend schnellte er doch gegen Nadias Anweisung nach oben an die Wasseroberfläche und machte einen Sprung, so hoch er nur konnte. Und er konnte ziemlich hoch, erreichte die 3m hohe Badezimmerdecke, die er mit dem Rücken leicht berührte, um dann wieder sich ins Wasser der Wanne fallen zu lassen. Nadia hatte beim Abtrocknen den Delphin nicht aus den Augen gelassen und zuckte zwar ein wenig bei dem Sprung zusammen, erschrak sich aber nicht völlig überrascht von der plötzlichen Aktion. Sie schlüpfte in ihren Bademantel, während ihre Stimme ein wenig belustigt drohenden Unterton annahm: «Wenn du noch einmal so einen Sprung wagst, lasse ich das Wasser aus der Wanne, du kleiner Spinner! Ich werde dich trocken legen! Sagte ich nicht, dass du unter Wasser bleiben sollst, bis ich dich rufe!» Nein, der Sprung hatte nichts bewirkt, hatte ihn nicht in eine andere Dimension befördert, nicht etwa zurück auf die Insel der Seligen, wo der Fluss ins Meer floss, in dem Ophelia schwamm. Basti blieb in Nadias Badewanne gefangen. Er schwamm an die Wasseroberfläche, neigte sich zur Seite und gab traurige Geräusche von sich. «Wie komme ich nur nach Hause?» knütterte er.

Bevor ich auf Fragen eingehe, die irgendwie im Zusammenhang mit SOKRATES, dem kafkASKen Fortsetzungsroman stehen, möchte ich euch die 106. Folge präsentieren; denn 105 ist schon fünf Tage alt...
Uri Bülbül
Er wollte nicht, aber er konnte nicht anders als zu weinen, was Nadia

sehr Leid tat, aber sie wusste sich in diesem Moment auch nicht zu helfen und hatte keinen Rat für Basti. Als könnte sie ihn damit ein wenig trösten und ablenken, sagte sie zu ihm: «Hey, du Badeentenverschnitt, ich kann Geige spielen. Ich spiele dir etwas vor. Das wird dir gefallen.» «Nein, du Fiedellieschen! Ich habe keine Lust! Ich will nach Hause!» schimpfte Basti, womit er Nadia durchaus ärgerte: «Ich sollte dich hier doch trocken legen! Vielleicht kommst du ja denn nach Hause!»

Da standen die drei vor dem Gartenhaus um Basti herum. «Er kommt zu sich», sagte Uri Nachtigall, «er wird wach», korrigierte ihn Betti, «er hat nur geschlafen. Er war nicht ohnmächtig.» Das erste Augenpaar, in das er blickte, als er wach wurde, gehörte Lara. Sie strahlte ihn freudig und munter an. «Guten Morgen, Basti. Wie geht es dir? Alles in Ordnung?» Basti war noch benommen von seinem Schlaf und seinem Traum. Der letzte Gedanke, der noch durch seinen Kopf ging und seine Kreise drehte, lautete: «Ich will nicht trocken gelegt werden.» Das sprach er dann auch aus. Lara und Uri blickten sich ratlos und fragend an, während Betti lachend antwortete: «Du bist ja auch kein Baby mehr. Warum sollten wir dich trocken legen?» Basti schüttelte den Kopf, als könnte er damit den Badewannentraum von sich schütteln. «Was machst du eigentlich hier?» wollte Lara wissen. «Dasselbe könnte ich euch fragen!» brummte Basti. «Wir machen einen Spaziergang», erwiderte Betti. «Ich nicht. Ich mache...» «...ein Nickerchen», grinste Uri und fing sich böse Blicke von allen ein. «Ich suche meinen Besuch mit den Legosteinen!» antwortete Basti ernst. «Das Mädchen aus deinem Traum?» fragte Uri, um ernste Anteilnahme bemüht. Basti schien darauf nicht antworten zu wollen und ließ seine Gedanken in eine ganz andere Richtung schweifen: Nadia war das Mädchen aus seinem Traum, nicht Luisa. Bei Luisa war es umgekehrt: er war in ihrem Traum gewesen. Aber diesen Unterschied würde der Neue nicht verstehen. Betti fragte da wesentlich verständnisvoller: «Warum suchst du deinen Besuch hier? Von der Landstraße aus betrachtet, kommt erst die Villa und dahinter erst das Gartenhaus. Dein Besuch würde doch erst in die Villa kommen, oder nicht?» «Keine Ahnung», sagte Basti schlecht gelaunt. «Ich will mein Legokamel endlich bauen und mein Bananengansauto – alles in Gelb. Mir fehlen Legosteine, aber dieses Mädchen kommt und kommt einfach nicht. Aber sie hätte längst hier sein müssen.» «Du machst dir Sorgen um deinen Besuch?» fragte Uri Nachtigall verwundert. Wieder musste Basti denken, dass der Neue wirklich nichts verstand. «Vielleicht ist sie ja einfach nur aufgehalten worden», sagte Betti. «Vielleicht kommt sie ja zum Abendessen», fügte Uri hinzu. Lara sah Basti verständnisvoll an. «Vielleicht kommt sie zum Abendessen, vielleicht ist sie aufgehalten worden, vielleicht, vielleicht... Komm, Basti, wir beide suchen sie gemeinsam.»

und ich will auch unbedingt so ein Tier
https://commons.wikimedia.org/wiki/File:Hispaniola_solenodon.jpg
weil ich finde das niedlich :3

Ich kann dem Tier nun wirklich nichts abgewinnen: Eine Mischung aus Ameisenbär und Stachelschwein ohne Stacheln, dafür mehr Schwein... na ja... Ach mein Lieber, schau dir die verrückte Geschichte an: Du überlegst, ob du lieber mit Luisa oder Leyla

21

befreundet sein willst, ziehst in Gedanken Leyla Luisa vor, weil dir Luisa plötzlich zu jung erscheint, und dann nimmt dich Lara bei der Hand, und ihr zieht gemeinsam los. Aber in die falsche Richtung, wie es scheint; ihr entfernt euch immer mehr von der Landstraße, von der Luisa in den einsamen Waldweg hinter dem Babybenz her eingebogen ist und mit leerem Tank liegen blieb. Wie sagt es Nadia @Iwillslaughteryou so schön? «Wer sein moped liebt, schiebt» :)

Aber Betti @liebeanalle wird Uri alles erklären ;)SOKRATES Teil 107

Vielleicht braucht sie nämlich auch unsere Hilfe!» warf Lara energisch ein. Uri rüttelte an der Haustür. Sie war fest verschlossen, dann versuchte er durch die Fensterläden ins Häuschen zu spähen. Aber er konnte nichts sehen. Es war einfach zu dunkel und die Ritzen der Läden zu klein. «Wo wollt ihr sie suchen?» fragte er. «Hier stimmt etwas nicht», sagte Basti. «Aber mein Besuch ist nicht hier.» «Ist das, was hier nicht stimmt?» fragte Uri. Wieder antwortete Basti eigentlich nur mit einem verächtlichen gelangweilten Blick auf Uri. An Lara gewandt sagte er: «Komm, lass uns gehen. Vielleicht finden wir sie ja woanders.» Lara verabschiedete sich kurz von ihrer Mutter und beachtete Uri Nachtigall ebenso wenig wie Basti, als sie um das Gartenhaus herum noch tiefer in den Garten gingen und sich von der Villa weiter entfernten. «Ich glaube, ich habe sie geärgert», murmelte Uri. Aber Betti ließ sich ihre gute Laune nicht so schnell verderben. «Ach, die werden sich schon wieder einkriegen», sagte sie abwinkend. «Wenn Basti erst einmal seine gelben Legosteine hat und sein Bananenkamel bastelt oder was auch immer, ist er mit der Welt versöhnt und der netteste Kerl auf Erden. Und Lara war sowieso nicht richtig böse auf dich.» «Na, wenn das so einfach ist, bin ich wieder beruhigt; denn kaum finde ich zwei, drei Freunde hier, schon vergraule ich sie wieder mit meinen unbedachten Äußerungen. Das ist nicht sehr erfreulich.» «Wir lassen uns schon nicht so schnell vergraulen!» Sie lächelten einander an. «Wir sollten langsam wieder zur Villa zurück», sagte sie. Uri war in Schlenderlaune: ja, dann eben zur Villa zurück. Warum auch nicht? Es war ein nettes Mittagessen mit einem anschließenden netten Spaziergang. Und er hatte zwei Freunde gewonnen – vielleicht sogar drei, wenn er den kleinen Irren, der unter Narkolepsie litt, mitzählen wollte, was ihm natürlich einige Bauchschmerzen bereitete, weil er ihn mit einem Revolver bedroht und in seinem Zimmer in die Decke geschossen hatte. Eigentlich war der Philosoph mit der gebrochenen Nase begierig noch mehr zu erfahren. Er wusste aber nicht so recht, wie er es anfangen und was er Betti fragen sollte.

Gerade jedoch, als sie im Begriff waren, die ersten Schritte Richtung Villa zurück zu gehen, rumpste es hinter ihrem Rücken im Gartenhaus, als wäre ein schwerer Mehlsack umgefallen. «Was war das?» entfuhr es Uri, bleich starrte er auf die Fensterläden des Gartenhauses und auf die Eingangstür. Aber dort rührte sich nichts. «Es kam aus dem Haus», sagte Betti und bereute es zugleich. «Da ist jemand!» raunte Uri. «Da ist etwas umgefallen», sagte Betti. «Hallo! Hallo! Ist da jemand? Ist jemand im Haus?» rief Uri, wobei seine Stimme aufgeregt zitterte. Eine Antwort bekam er nicht. Kurz aber hatte auch Betti den Atem angehalten. «Nein, da ist niemand», sagte sie. Uri Nachtigall konnte das Gartenhaus nicht mehr aus dem Auge lassen. «Wir müssen da unbedingt rein!» insistierte er. «Komm, Betti! Ich mache dir Räuberleiter und du kletterst dort auf den kleinen Balkon im erste Stock. Vielleicht kannst du ja das Fenster öffnen», schlug er vor. Betti war es überhaupt nicht danach, in das Gartenhaus des DoctorParranoia einbrechen zu wollen: «Nein, wer weiß, ob das zierliche Ding mich überhaupt trägt. Das ist doch kein richtiger Balkon, das ist doch nur Fassade! Außerdem werde ich bestimmt nicht in das Haus eines anderen einbrechen, nur weil wir dort etwas gehört haben. Vielleicht hat da eine Ratte einen Sack umgeschmissen oder so etwas. Deswegen werde ich sicher nicht zum Einbrecher!» widersprach Betti. «Aber du hast das doch auch gehört!» beharrte Uri auf seiner Meinung. «Ja, ich habe auch etwas gehört. Aber wenn du wissen willst, was das war, musst du schon mit deiner Freundin da einbrechen!» erwiderte Betti. Uri verstand nicht: «Mit welcher Freundin?» «Mit der Kommissarin. Sie bricht doch überall so gerne ein und würde bestimmt für dich auch diese Tür öffnen. Ihr kannst du von mir aus auch Räuberleiter machen», sagte Betti. Sie hatte keine Lust mehr auf diese Diskussion und schlug nun ohne auf Uri zu warten den Rückweg ein. Uri warf noch einen Blick auf das Haus, dann auf Betti, die schon ging, dann wieder auf das Haus, um schließlich ihr zu folgen: «Ja, du hast recht. Warte. Ich komme natürlich mit dir zurück. Ich denke, du lässt dich nicht so schnell vergraulen!» «Tue ich auch nicht. Aber ich mache auch nicht alles, was man von mir unüberlegt verlangt!» «Schon gut, schon gut. Du hast ja Recht. Wir können nicht einfach in das Gartenhaus einbrechen. Und schon gar nicht, um einfach festzustellen, dass etwas ganz Harmloses dieses Geräusch verursacht hat.» Aber Uris

SOKRATES – der kafkASKe Roman

Phantasie wollte nicht zur Ruhe kommen: «Was aber, wenn in dem Häuschen ein Verbrechen geschehen ist? Oder jemand gefesselt und geknebelt festgehalten wird? Vielleicht dieses Mädchen, auf das Basti wartet?» Betti sah ihn ungläubig an: «Ich denke, du glaubst ihm nicht und hältst ihn eher für verrückt?» «Vielleicht bekommt er ja Besuch. Was weiß denn ich?» murmelte Uri. Er war sich nicht sicher, inwieweit er den beiden Frauen und insbesondere dieser Betti trauen konnte.

Die Badewannenportraits reizen mich nun, Uri Nachtigall in SOKRATES in die Badewanne zu stecken. Nachdem Nadia @Iwillslaughteryou in der Badewanne eine seltsame Begegnung hatte, kann es doch nicht ausbleiben, dass das kleine Vögelchen mal baden muss. Teil 109... Uri Bülbül

Grimmig dachte er bei sich, dass so eine Mrs. Sonnenschein irgendetwas aus ihrer Vergangenheit zu überspielen hatte. Betti durchbrach das kurze Schweigen: «Du stehst vor einem verschlossenen Gartenhaus, hörst irgendwann einen kleinen Rumps darin und denkst sofort an eine gefesselte und geknebelte Person, die Opfer eines Gewaltverbrechens geworden sein könnte. Ist das nicht reichlich seltsam?» fragte sie. Er zuckte die Schultern: «Ich denke mir nichts Böses, dusche fröhlich vor mich hin, will mich danach mit einem Kaffee an meinen Schreibtisch setzen. Und plötzlich steht eine junge Frau in meinem Badezimmer, gibt sich als Polizistin aus und ihr Kollege bricht mir die Nase mit einem Fausthieb. Während ich blutend und hilflos vor ihnen liege, überlegen die beiden, ob sie mich mit aufs Revier nehmen oder besser direkt vor Ort erschießen sollten. Ist das

SOKRATES – der kafkASKe Roman

nicht reichlich seltsam?» erwiderte Uri. «Ja, da hast du auch wieder Recht», antwortete Betti. «Ach, ich mag an all das Gewalttätige gar nicht denken. Wir sollten friedlich und liebevoll mtieinander umgehen, das wäre viel schöner.» Uri Nachtigall schwieg. Was schöner wäre oder nicht, stand für ihn gar nicht zu Debatte. Auf Ayleens Anraten war er zur Villa dieses ominösen DoctorParranoia gefahren und war nun hier hängen geblieben. Natürlich konnte er jederzeit wieder weggehen. Aber erstens wollte er den Grund erfahren, warum er verhaftet sein sollte, und zweitens wollte er in Erfahrung bringen, was es mit dieser Villa und den Menschen auf sich hatte. «Ich habe dir erzählt, wie es mich hierher verschlagen hat», begann er, «was hat aber Lara und dich hier her geführt?» Er betrachtete sie von der Seite im Gehen. Sie schien gar nicht abgeneigt zu sein, seine Frage zu beantworten, und doch ließ sie irgendetwas ein bißchen zögern, als suchte sie den richtigen Anfang, um ihre unglaubliche Geschichte so glaubhaft wie möglich erzählen zu können.Inzwischen waren Lara und Basti an die Grenze des Gartens gelangt, standen dort vor einer hohen, schlecht geschnittenen und wenig gepflegten Koniferenhecke. Beide dachten nicht einmal im Entferntesten daran, umzukehren, sondern suchten eine lichte Stelle, um hindurchkrabbeln zu können und wurden auch schnell fündig. Basti musste etwas Unkraut und Gesträuch entfernen und schon konnten sich fast bequem auf allen Vieren den Garten verlannsen. Sie betraten eine Lichtung überquerten sie und drangen nun tief in den Wald hinein. Sie gingen rasch, waren guter Dinge, unterhielten sich über dies und das, es war, als hätte der kleine Grenzübertritt ihre Freundschaft wachsen lassen. Lara erzählte von ihrer Schule, dass sie dort den Sportunterricht nicht

26

mochte, dass sie am liebsten Fotografin werden würde, manche Lehrer schrecklich langweilig fand, über manche sich aber auch sehr aufregen konnte. Erstaunlicherweise stieg Basti auf das Schulthema nicht besonders ein. Ihn interessierten andere Dinge.

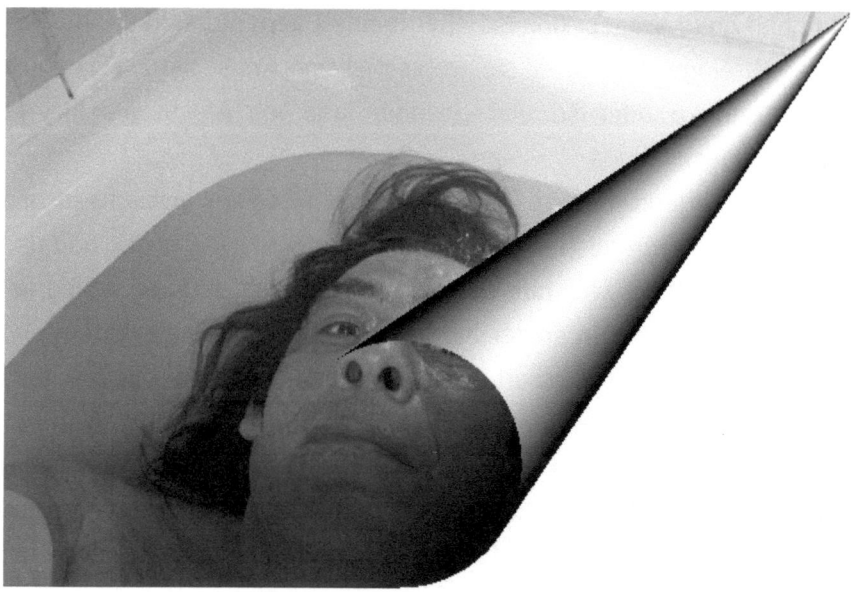

Selbst als Lara erzählte, dass sie schon einmal mit der Schule in Afrika war, hielt sein Interesse für dieses Thema nicht lange an. Er ließ seine Gedanken in andere Richtungen schweifen, hatte andere Dinge zum Besten zu geben. Lara war interessiert und hörte gerne zu, sie fragte sich kurz auch, ob Basti auf den Revolver zu sprechen kommen würde und wo er ihn gefunden hatte. Aber die Rede kam nicht darauf, und Lara hatte kein großes Interesse, danach zu fragen, wenn Basti von sich aus nicht darüber sprechen wollte. So erzählte

Basti lieber etwas von Badewannen: | «Meine Eltern haben mich früher immer in so eine Baby-Badewanne reingelegt und angeblich fand ich das toll. Und irgendwann als ich schon bisschen größer war, wollte ich unbedingt in die große Badewanne, weil ich die Baby-Badewannen-Wassertiefe zu unspektakulär fand und ich dachte, dass da dann mehr Wasser drin ist, aber meine Eltern haben da nur wenig Wasser reingemacht, weil sie wahrscheinlich Angst hatten, dass ich sonst ertrinke oder so und deshalb fand ich baden als kleines Kleinkind nicht so toll.

Und dann irgendwann später bin ich halt bisschen gewachsen und deshalb war dann auch mehr Wasser in der Badewanne drin und das fand ich dann toll, weil halt das Wasser für mich dann so richtig tief war. Aber irgendwann später bin ich halt noch größer geworden und dadurch wurde die Wassertiefe dann wieder weniger, obwohl noch genauso viel Wasser drin war, und deshalb find ich baden in der Badewanne mittlerweile auch wieder nicht so toll, weil ich lieber irgendwo drin bade, wo das Wasser tiefer ist als ich groß bin und unsere Badewanne ist so tief leider nicht und deshalb bade ich da nur ganz selten drin.» |[5] Sie folgten keinem bestimmten Weg, sondern schlängelten sich zwischen den Bäumen und Sträuchern hindurch schwatzend immer tiefer in den Wald. Ab und an hörten sie das wilde Klopfen eines Spechtes, was sie natürlich nicht davon abhalten konnte, ihre Unterhaltung sowie ihren Weg fortzusetzen. «Wenn deine Eltern nicht mehr Wasser in die Badewanne gemacht haben, warum hast du dann nicht einfach Wasser nachgefüllt?» fragte Lara.

---

5   Basti @Maulwurfkuchen original:
    http://ask.fm/Maulwurfkuchen/answer/127192781419

SOKRATES – der kafkASKe Roman

Es gab zwar keinen Grund, warum sie ausgerechnet bei einem Waldspaziergang über Badewannenwassertiefe spekulierten, aber es war halt nun einmal so, und sie fand, dass ihre Frage auf der Hand lag. Abrupt blieb Basti stehen, kaum hatte sie diese Frage gestellt, und starrte Lara fassungslos an, als habe sie soeben den Weltuntergang verkündet.Nadia indessen verließ das Bad, um sich in ihrem Zimmer anzuziehen. Sie hatte natürlich nicht den Stöpsel der Wanne gezogen, um den klagenden, jammernden und heulenden Minidelphin trocken zu legen. Sie wollte sich einfach nur in Ruhe ankleiden und sich dabei überlegen, wie sie dem Kleinen helfen konnte.

Als sie wieder ins Bad zurück ging, war es dort seltsam still. Ein wenig erschrocken und auch etwas enttäuscht stellte sie fest, dass der Delphin verschwunden war. «Er wird doch nicht aus der Wanne gesprungen sein!» murmelte sie und sah sich besorgt auf dem ganzen Badezimmerboden um. Einen schwer verletzten, auf dem Boden liegenden Delphin hätte sie nur schwerlich verkraftet. «Ist irgendetwas mit dir?» unwillkürlich zuckte Nadia zusammen. Ihr Bruder stand hinter ihr in der Badezimmertür. «Nichts ist mit mir. Du hast mich erschreckt!» «Was bist du denn so schreckhaft? Hast du ein schlechtes Gewissen?» bohrte ihr Bruder nach. «Ach Quatsch! Ich habe nur etwas gesucht und dich nicht kommen hören! Was schleichst du hier herum? Schleich dich weg und nerv mich nicht!» «Oh, Schwesterchen in bester Laune! Räum endlich das Bad. Andere wollen vielleicht auch mal!» nörgelte er. Als er endlich wieder gegangen war, ließ sie zögernd das Wasser ab, wobei sie sich immer

SOKRATES – der kafkASKe Roman

wieder im Bad umsah. Aber der kleine rosafarbene Delphin schien wirklich verschwunden zu sein. «Aber das habe ich doch nicht nur geträumt», sagte sich Nadia. «Du führst ja Selbstgespräche!» «Was?» «Das müsste ich dich fragen: „Was hast du nicht nur geträumt"?» «Geht dich nichts an! Hast du nichts zu tun? Musst du mir auf die Nerven gehen?» «Aber Schwesterchen, was ist nur los mit dir? Gut, dann frage ich halt nichts mehr! Ich will mich jetzt rasieren und duschen. Dann stürze ich mich in das Nachtleben.» Nadia kümmerte sich nicht um ihn. Es blieb auch die Frage aus, die er eigentlich in ihr provozieren wollte: Hast du ein Date? Wortlos ging Nadia aus dem Bad. Er lauschte kurz: wenn sie jetzt anfangen würde, Geige zu spielen, dann war ihre Laune mehr als im Keller. Aber es blieb still in Nadias Zimmer.Es war nicht Laras Frage gewesen, was Basti, so gerührt hatte. «Still!» zischte er. «Ich habe etwas gehört!» Erst war Lara etwas erschrocken über diese plötzliche Anwandlung; konnte aber jetzt, da sie erfuhr, dass es nichts mit ihrer Frage zu tun hatte, erleichtert lächelnd aufatmen. Sie spitzte die Ohren und beide lauschten konzentriert in den Wald hinein. Nach einer angespannten und nicht enden zu wollenden Weile durchbrach sie das konzentrierte Hören: «Ich höre nichts... ich meine... nichts Besonderes.» Basti setzte seinen Weg fort: «Ich auch nicht», sagte Basti. «Was glaubtest du denn gehört zu haben?» fragte Lara. Bastis Antwort hätte sie überraschen können. Aber sie war von ihm schon so manch eine Überraschung gewöhnt. «Ein Geigenspiel. Jemand hat Geige gespielt...» er machte eine kleine Pause, bevor er sich selbst korrigierte: «...glaubte ich.» Sie setzten munter ihren Weg fort. Das Badewannenthema hatten sie beide vergessen. Ab und an warf Lara

SOKRATES – der kafkASKe Roman

einen Blick auf die Lichtverhältnisse, überlegte, wie sich das eine oder andere Motiv als Fotografie gestalten würde, aber nichts erschien ihr so wichtig, um ihren Gang zu unterbrechen.

Wenn dieser Spaziergang in den Wald mit einem Titel zu beschreiben gewesen wäre, dann hätte er «Der Spaziergang der Sorglosigkeit» lauten können – so unbekümmert schritten Lara und Basti vor sich hin in den Wald, so geborgen und wohl fühlten sie sich, dass sie ganz die Zeit und den Rückweg vergaßen und einfach nur weiter gingen und mit jedem Schritt, den sie machten freier atmen konnten. Es lag etwas Frühlinghaftes in der Luft und angenehme Gerüche erreichten ihre Nase. Und sie erreichten selbst einen abschüssigen Weg, der mehr ein kleiner Trampelpfad war. Basti schlug den Weg ohne Zögern ein, und Lara folgte ihm. Nach etwa 500 Metern bemerkten sie, dass sie sich auf einem bewaldeten Bergvorsprung befanden, an dessen Rand sie nun kamen; der Weg aber brach an den Klippen nicht einfach ab, sondern führte auf eine große Holzkonstruktion, die ein wenig einer Wendeltreppe glich, die keine Stufen hatte, sondern als ebene glatte Fläche aus aneinander gezimmerten Holzbalken um einen festen vertikalen Stamm wie eine Spirale in die Tiefe führte. An dieser Stelle erst kam Lara das erste Mal der Gedanke, dass es durchaus auch Zeit sein könnte umzukehren. Basti aber blieb stehen, sog die gute Luft tief in sich ein und genoss die Aussicht ins Tal, was ein wenig wie Urwald anmutete. Hoch am Himmel über ihnen kreisten Falken oder Bussarde. Lara fragte sich nach dem Unterschied. Aber noch bevor sie ihre Frage laut formulieren und an Basti richten konnte, rief er schon: «Komm. Lass uns ins Tal hinunter. Vielleicht finden wir dort...»

SOKRATES – der kafkASKe Roman

Diamanten! Diamanten? Hatte Basti gerade wirklich Diamanten gesagt? Basti aber betrat schon den spiralförmigen Holzsteg, der abwärts führte. Ohne weiter zu überlegen, folgte Lara ihm.

Die Kommissarin konnte es nicht fassen: «Wie bitte? Keine Spurensicherung? Das darf doch wohl nicht wahr sein! Sabotiert ihr gerade die Ermittlungen?» «Frau Metzger, ich kann mich nur wiederholen: Sie sollen nicht ermitteln. Sie sollen sich umgehend im Präsidium einfinden! So lautet der Befehl!» «Wir sind doch nicht beim Militär! Bei uns gibt es keine Befehle, sondern nur Dienstanweisungen», polterte Johanna wütend. «Ja, ja, mag schon sein», sprach die weibliche Stimme aus der Zentrale, «aber im Endeffekt sollen Sie sich im Präsidium einfinden. Das wird nun so von Ihnen erwartet.» «Ich erwarte auch etwas!» schrie Johanna. «Ich erwarte, dass Sie umgehend die Spurensicherung an die genannte Adresse schicken.» «Tja», kam es aus der Zentrale zurück. Und es war sehr gleichgültig, ja fast gelangweilt: «Dann besteht da offensichtlich ein Widerspruch.» «Hören Sie! Hier ist womöglich Gefahr im Verzug! Es muss schnell gehandelt werden! Vielleicht schwebt ein Mensch in Lebensgefahr!» «Die Entscheidung kommt nicht von mir. Sie müssen mich nicht anschreien. Ich bin auch nicht schwerhörig. Alles, was Sie sagten, ist an die entsprechende Stelle geleitet worden und nach Prüfung des Sachverhalts kommt diese Entscheidung: Sie bekommen keine Unterstützung!

Belanglose Wahrheiten und die Aufhebung der Grenzen zwischen Fiktion und Wirklichkeit - ja, so könnte man die 113. Folge von

SOKRATES – der kafkASKe Roman

SOKRATES, dem kafkASKen Fortsetzungsroman, betiteln. Aber wer weiß schon so genau, wann eine belanglose Wahrheit zur Katastrophe führt?

Ihre Anweisung lautet: Kehren Sie umgehend ins Polizeipräsidium zurück und melden Sie sich bei Ihrem Vorgesetzten: Oberkriminalrat Reiniger.» «Ich weiß, wer mein Vorgesetzter ist!» fauchte Johanna. «Da bin ich mir nicht ganz so sicher. Unser Gespräch ist hiermit beendet.» Die Zentrale schwieg. Unentschlossen sah sich Johanna noch einmal in der Wohnung um. Es blieb dabei, dass sie keinen Hinweis auf die Identität der anderen Person fand. Also musste sie sich an die Auswertung der Videos machen, die sie von ihrer Mutter erhalten hatte. Hoffentlich hatte sie ihr Partner nicht ins Präsidium geschleppt. Sie rief ihn an: «Ross, wo bist du gerade?» «Bei mir zu Hause! Mir ist schlecht!» «Gut... ich meine, gut, dass du nicht im Präsidium bist. Hast du die Videos von meiner Mutter bei dir?» Es blieb still auf der anderen Seite.«Wenn du es mir nicht erzählen magst, Betti, wie und warum ihr beiden in die Villa gekommen seid, dann tut das doch unserer Freundschaft keinen Abbruch», sagte Uri Nachtigall. Langsam näherten sie sich der Villa, aus der Ferne hörte man den Motor einer Kettensäge. «Nein, nein, ich will es dir ja erzählen. Ich weiß nur nicht, ob du es mir glauben kannst», sagte Betti freundlich. «Unglaublicher als meine Geschichte kann es doch nicht sein, oder?» «Na ja, kommt darauf an... keine Ahnung... jedenfalls haben Lara und ich den Aufenthalt hier quasi gewonnen – und das, ohne an einem Preisausschreiben mitgemacht zu haben. Eines Tages haben wir eine Email von Uri Bülbül erhalten, der anfragte, ob er uns in den kafkASKen Fortsetzungsroman aufnehmen dürfe. Lara und ich waren damit einverstanden, und so sind wir in die Psycho-Villa des DoctorParranoia gekommen, haben hier Basti, Schwester Maja, Zodiac, dich und noch ein paar andere kennen gelernt.» «Dann war Bastis Frage ja gar nicht so unsinnig, ob ich denn wüsste, wer uns schreibt», murmelte Uri Nachtigall. «Ich habe auch ein paar Folgen des Romans gelesen», sagte Betti. «Ich tat es, um Uri einen Gefallen zu tun. Im Grunde interessiert mich der Roman nicht. Und irgendwann habe ich ihm das auch auf den Kopf zu gesagt. Ich bin halt so – immer direkt, immer gerade heraus. Ich glaube, das hat ihn schockiert, beleidigt oder so etwas. Aber ich habe genug Geschichten in meinem Leben. Ich brauche nicht noch mehr, verstehst du?» Uri Nachtigall nickte mehr automatisch als verständnisvoll, sinnierte laut vor sich hin: «Uri Nachtigall – Uri Bülbül... wie nahe die Namen beieinander liegen! Manche nehmen irrtümlich an, dass „Nachtigall" die deutsche Übersetzung für „Bülbül" sei. Bülbüls sind eine Familie der Sperlingsvögel. Sie kommen vor allem in den tropischen Regionen Asiens vor; mittelgroße Singvögel etwa so groß wie Sperlinge oder etwas größer wie Amseln. Kurze Flügel, kurzer Hals, langer Schwanz, spitzer, gerader Schnabel, manchmal auch leicht gebogen. Manche haben auch eine Haube aus Kopffedern, sehen aus wie schwarze Punker. Die Mehrzahl der Bülbüls lebt in Afrika und auf Madagaskar.

Kann man nun Bülbül mit "Nachtigall" übersetzen, oder sind Uri Nachtigall und Uri Bülbül zwei unterschiedliche Vögel, die auch auf eine unterschiedliche Weise zwitschern? Aber eines ist klar: wer die Nachtigall stört, sticht in ein Wespennest. SOKRATES Teil 114...

SOKRATES – der kafkASKe Roman

Sie sind Standvögel, gewöhnen sich an Menschen und lassen sich von Siedlungen nicht stören. Sie können Gärten, Parks, Friedhöfe der Städte bevölkern...» «...oder die Villen von Psychiatern, die forensische Sanatorien leiten», lachte Betti. «Bist du ein Ornithologe, oder was?» Uri Nachtigall musste auch lachen. «Keine Ahnung, es kam so plötzlich über mich.» «Ach so, nicht dass du noch anfängst zu zwitschern wie eine Nachtigall. Ich habe auf youtube schon Gezwitscher von Bülbüls gehört; der Film war in Englisch mit „Nightingale" übersetzt. Zu Deutsch würde ich mal Nachtigall dazu sagen.» «Ja, aber das wäre zu deutsch!» erwiderte Uri Nachtigall. «Die echten Bülbüls sehen nun mal anders aus als Nachtigallen. Ein schlichtes Äußeres, aber eine gewaltige Stimme – das ist das Hauptkennzeichen einer Nachtigall. Ein herrlicher Gesang, einfach zum Hinhören und Wegträumen.» «Ja, klar, so möchten sie die Weibchen betören! Aber sagtest du nicht auch, dass Bülbüls Standvögel seien? Die Nachtigall ist ein Zugvogel. Bin mal gespannt, wohin es dich ziehen wird.» «Bülbül-Nachtigall, Nachtigall-Bülbül – sehr seltsam finde ich das. Und wir sind jetzt hier. Verstehst du, was ich sagen will? Egal, ob du dich für den Roman interessierst oder nicht, du bist nun hier und gehst mit mir spazieren. Was weißt du, was ich meine? Vielleicht hat sich Basti deswegen so aufgeregt.» Betti jedoch blieb gleichgültig: «Basti regt sich halt manchmal auf. Das bedeutet nicht viel.» Uri Nachtigall schwieg. |[6] Ob das überhaupt der richtige Aufenthaltsort für ihn war? Hatte Ayleen ihn hier in sein Verderben geschickt? Dass sie hier noch nicht aufgetaucht war,

---

6   @Gedankenkammer schrieb diese Passage bis Folge 115 *|

SOKRATES – der kafkASKe Roman

brachte ihn nicht gerade von diesem Gedanken ab: Er war, ohne zu wissen warum, in einer Irrenanstalt gelandet, geschickt von einer Freundin, die sich nicht mehr blicken, dafür aber mutwillig bei Verrückten versauern ließ. Ja, diese Begleitumstände waren sehr merkwürdig. «Vielleicht bin ich ja wirklich verrückt», murmelte er leise vor sich hin und fasste sich prüfend an die Nase, ein Schmerz durchfuhr ihn. Er stöhnte halb erleichtert, dass seine Verletzung kein Hirngespinst war, und halb schmerzvoll auf. «Was ist los?» fragte Betti beiläufig. «Nichts, nichts. Nur meine Nase», winkte er ab. «Mach dir jetzt mal nicht zu viele Gedanken, das wird schon alles. Du wirst ja noch ganz paranoid.» Uri wusste nicht, ob ihn diese Worte beruhigen sollten. „Paranoid". Ja, das ist das richtige Wort.

Sie waren inzwischen bei der Villa angekommen. Aus der offenen Tür drang Fernsehlärm. Mit dem ersten Schritt in den Aufenthaltsraum wuchs seine Verwirrung nur. Der Raum war komplett umgestellt worden.

Die Sessel standen nun nebeneinander und bildeten mit einem kleinen, Knie hohen Tisch zwischen ihnen eine gerade Linie, die parallel zur gegenüberliegenden Wand und einem Aufstelltisch verlief. Regale und Kommoden waren näher aneinander gestellt und jede Dekoration so arrangiert, dass sie möglichst achsensymmetrisch zueinander standen. Der seltsamste Anblick aber war ein schwarzhaariger Junge, der sich auf einem der beiden Sessel bequem gemacht hatte und sich genüsslich am Nachtisch vom Mittagessen verging. War er womöglich Bastis erwarteter Besuch? Oder ein Freund? Oder ein Mitbewohner in der Villa? Der Junge drehte sich um und schien beide zu erkennen. «Hallo Betti, hallo Uri!

SOKRATES – der kafkASKe Roman

Wo ist der Rest?» «Hallo Benjamin», antwortete Betti, «Basti und Lara sind noch unterwegs. Ich denke, die beiden werden noch etwas auf sich warten lassen.»*| Vielleicht war es eine Vorahnung in Betti, vielleicht aber hatte sie es auch nur so daher gesagt. Wie auch immer. Fest steht nur, dass Lara und Basti in ganz anderen Gefilden unterwegs waren. Die beiden drangen tief in den Wald vor, erreichten einen Felsvorsprung und fanden an dessen Ende, am Abgrund eine Wegkonstruktion aus Holz vor, die ähnlich einer Wendeltreppe, nur mit großzügigen und nicht allzu engen Kurven in die Tiefe, ins Tal hinunter führte, das von oben betrachtet ein wenig an einen Urwald erinnerte. Der Wendelweg war zwar nicht zu steil angelegt, dennoch würde der Aufstieg sicherlich anstrengend und schweißtreibend werden. Doch an den Rückweg dachte Basti gar nicht; erst einmal war er lediglich von der Idee beseelt, so schnell wie möglich ins Tal zu gelangen. Lara hatte kurz ein Zögern in den Beinen gespürt. Sie konnte sich kaum vorstellen, dass sie dort unten im Tal der erwarteten Besucherin begegnen würden. Aber andererseits war es eben Bastis Herzenswunsch, den Wendelweg nach unten ins Tal zu gehen. Und im Grunde sprach nur der etwas anstrengende Rückweg dagegen uns sonst nichts. Also wollte Lara keine Spielverderberin sein und folgte Basti ins Tal.

Johanna hatte nach dem Telefonat mit dem Präsidium keine Lust und auch keinen Anlass mehr, untätig in dieser ominösen Wohnung zu warten. Und das Gespräch mit Alfred Ross hatte sie auch nicht weiter gebracht. Immerhin wusste sie jetzt, dass die Videos bei Alfred waren und nicht im Präsidium, was sie schon als einen kleinen Erfolg verbuchte. Sie nahm den Schraubstock vom Tisch, an dem etwas Blut klebte und ging zum Auto, wo sie wieder auf den dunkelhäutigen Jungen Mann stieß, der immer noch herumlungerte und mit seinem Messer spielte. Als er sie sah, leuchteten seine Augen und sein Gesicht bekam einen sehr freundlichen Ausdruck. Jetzt ging sie entschlossen und ein wenig von seiner Gemütslage der offenen Freundlichkeit genervt auf ihn zu: «Hey du!» «Ja, Frau Kommissarin, Sie wünschen? Ich heiße Ibrahim, bin von Herkunft Marokkaner, aber dort sagten sie, ich sei ein Arab, ein Neger und kein richtiger Marokkaner.»

«Und hier bist du kein richtiger Deutscher, stimmt's? Hast du denn wenigstens deutsche Papiere?» «Ja, vor vier Jahren bekommen.» Er griff in seine Tasche, aber Johanna winkte ab: «Das wird keine Personenkontrolle. Hilfst du mir mal?» «Was darf ich für dich tun?»Johanna stutzte über das selbstbewusste Auftreten des jungen Mannes, der sie ebenso duzte, wie sie ihn selbstverständlich geduzt hatte. Aber dieses Selbstbewusstsein erweichte sie und sie musste ihn anlächeln: «Dort in der Wohnung sind ein paar Sachen, die ich noch gerne mitnehmen würde – sicherstellen für die polizeiliche Untersuchung. Du kannst mir tragen helfen.» «Sicherstellen für eine „polizeiliche Untersuchung" - ja, das klingt gut», grinste der junge Mann, «Fernseher, Stereoanlage, Schmuck?» «Ich klatsch dir gleich eine, Frechdachs!» empörte sich Johanna. Der Mann pfiff durch die Finger und schon tauchten zwei dicke Machotypen mit Baseballkappen und Goldketten auf – zwei wandelnde und gut gestylte Rapperklischees. «Keine Angst, Johanna», sagte der junge

SOKRATES – der kafkASKe Roman

Mann. «Die müssen jetzt meinen Job übernehmen und auf dein Auto aufpassen, während wir „polizeilich sicherstellen" gehen, sonst haben wir alles sichergestellt und nach unten getragen und hier ist das Auto abgeflammt. Dann kann ich alles wieder nach oben tragen.» Nach einer kurzen Begrüßungszeremonie mit Give-me-five und Faust und Daumen und anschließendem Händeschütteln; gingen Johanna und Ibrahim zur Wohnung hoch. Als Johanna die Tür öffnete, kam wieder der alte Türke an: «Was wird das jetzt, Oğlum Ibrahim, lass dich von der Irren da bloß nicht in irgendetwas reinziehen!» «Immer cool Osman Abi, ich helfe der Polizei bei ihren Ermittlungen und „stelle ein paar Sachen sicher", alles klar?» «Nur weil die blond und hübsch ist und einen Polizeiausweis hat, musst du ihr nicht gehorchen wie ein...» Der junge Mann schnalzte mit der Zunge und schüttelte mit bösem Blick den Kopf, dass der alte Türke verstummte. «Sie wollen doch die Ermittlungen nicht behindern, oder? Ich werde Sie wirklich noch festnehmen lassen!» «Oh ja, oh ja, bestimmt», brummte der Alte. «Sie rufen Streife! Und Streife kommt wie Spusi!» Johanna fiel die Kinnlade herunter: «Wie bitte? Woher...?» Ibrahim zog sie am Arm in die Wohnung. «Komm, wir machen Polizeiarbeit!»

«Ich kann nicht mehr! Ich habe Blasen an den Füßen. Und Blasen an den Händen. Mir tun die Schultern weh; ich habe Muskelkater von diesem verdammten Ding. Meine Güte ist es schwer! Stoffel ist ein Depp – das steht nun für mich fest. Warum tankt er nicht ordentlich sein Moped auf! Warum verleiht er es mir mit leerem Tank? Er sitzt jetzt bestimmt schon zu Hause bei Mammi und stopft sich sein leckeres Mittagessen in den Mund! Und ich? Ich plage mich mit dieser

Schrottkiste herum, habe Bauchschmerzen und Muskelkatern in den Armen und in der Schulter! Ich begegne dieser mysteriösen Tussi und sonst keiner Menschenseele auf diesem Waldweg. Und dieses Kohlewittchen verschwindet auch auf Nimmerwiedersehen!»

Kaum hatte dieser Gedanke ihre Gehirnwindungen verlassen, schon hörte Luisa ganz in ihrer Nähe aus dem Wald jemanden auf einer Geige fiedeln. Die Melodie kam ihr bekannt vor, aber sie konnte sie nicht recht irgendwo zuordnen. Eine lustige Schwere mit einer gehörigen Portion Melancholie war darin enthalten. Es war jedenfalls keine klassische Musik, was Luisa sehr langweilig gefunden hätte. Wieder stand ein paar Meter rechts vor ihr etwa auf ein Uhr Das Kohlewittchen mit ihren langen schwarzen Haaren, aber dieses Mal in einem himmelblauen Spitzenkleid und spielte Geige, als wäre sie eine Straßenmusikerin, die auf Publikum keinen großen Wert legt und deshalb erst einmal auf einem abgelegenen Waldweg übt. «Ganz schön seltsame Dinge passieren hier», sagte sie, als Luisa in wenigen Schritten auf ihrer Höhe war und kurz zögerte, ob sie achtlos an ihr vorbei gehen sollte. Kohlewittchen hörte auf zu spielen und lächelte Luisa ermunternd an: «Komm schon! Es sind nur noch etwa tausend Meter bis zur Villa. Du hast es fast geschafft. Wenn du Schwester Maja um Hilfe bittest, sorgt sie bestimmt dafür, dass das Moped vollgetankt wird. Norbert, der Gärtner, hat das richtige Gemisch für den Zweitaktmotor. Wichtig ist, dass er das Gemisch für den Rasenmäher nimmt und nicht für die Kettensäge.» «Was redest du da?» fragte Luisa verständnislos. «Ich versuche dir zu helfen», antwortete das dunkelhaarige Mädchen mit den schönen dunklen

SOKRATES – der kafkASKe Roman

Augen, vollen Lippen und kräftigen Augenbrauen: «Aber du bist ein schwieriger Fall.» Und wenn du mich noch einmal „Kohlewittchen" nennst, wirst du dein blaues Wunder erleben, Fräuleinchen! Bisher habe ich es auf die nette Tour mit dir versucht, aber deine ignorante Dämlichkeit ist wirklich kaum zu überbieten! Christoph hat dir doch gesagt, dass du tanken sollst! Aber du hast nicht auf ihn gehört. Und nun jammerst und jammerst du und kommst aus dem Jammern ja gar nicht mehr raus! Jämmerlich ist das!» Luisa musste kichern, weil sie diese Formulierung sehr lustig fand. «Und wie wird mein blaues Wunder aussehen?» fragte sie provokant. «Blau», antwortete Nadia. Wieder musste Luisa kichern: «Blau? Oh das macht mir jetzt aber Angst!», scherzte sie. Ihre Wehwehchen schienen nachzulassen; und sie fühlte sich auf eine wundersame Art gestärkt. Sie verspürte sogar eine aufkeimende Lust, den Rest des Weges munter und zügig zurück zu legen. «Willst du mich ein Stück begleiten?» fragte sie das Mädchen mit den dunklen Augen. «Ja, kann ich machen. Hauptsache, du kommst jetzt endlich bald in der Villa an. Weißt du eigentlich, dass sich Lara und Basti schon auf den Weg gemacht haben, dich zu suchen?» Luisa schüttelte den Kopf und setzte ihren Weg fort. Dabei kam ihr eine Idee: «Kannst du nicht auch mal das Moped schieben? Ich habe wirklich Muskelkater davon!» Ihre Begleiterin schüttelte nun ebenfalls den Kopf: «Nein, ich muss mich jetzt nicht körperlich betätigen, um die Folgen deiner Nachlässigkeit auszubügeln. Schieb du mal schön selbst!

Seit du bei deiner Schwester wohnst, entwickelst du starke Charakterzüge einer verwöhnten Göre!» «Wie bitte? Ich hör wohl nicht recht!» empörte sich Luisa. Was fiel dieser Tussi im Spitzenkleid ein? Warum erdreistete sie sich, solche Urteile über sie zu fällen. Aber plötzlich stockte ihr kurz der Atem. «Hey? Wer bist du überhaupt? Und woher weißt du, wo ich wohne und seit wann ich da wohne?» Das Mädchen mit den schwarzen Haaren blieb stehen, legte ihre Geige an und begann zu spielen. Es war wieder dieselbe Melodie, die Luisa zwar bekannt vorkam, die sie aber nicht identifizieren konnte. «Woher kenne ich diese Melodie nur?» murmelte sie. Sie war ein paar Schritte weiter gegangen, blieb jetzt stehen und drehte sich um nach der Geigerin, die ihr aufmunternd und lustig zuzwinkerte, während sie weiter spielte. «Ich gehe weiter», stöhnte Luisa. «Wenn du nicht mitkommen willst, dann bleib halt da stehen und geige dieses seltsame Lied. Ich werde schon noch darauf kommen, woher ich es kenne und was es eventuell zu bedeuten hat.» Mit diesen Worten setzte sie ihren Weg fort. Und tatsächlich blieb das Mädchen im blauen Spitzenkleid stehen und spielte weiter Geige. Nach etwa fünfzig Schritten erreichte Luisa eine Kurve und kaum hatte sie die Kurve halb durchschritten, erschien vor ihr die große imposante Psycho-Villa. «Das waren aber keine tausend Meter», sagte sie laut, sich umdrehend. Die Musik der Geigerin war zwar noch zu hören. Sie selbst aber war verschwunden. Luisa hatte keine Lust, sich darüber weiter zu wundern. Sie freute sich darüber, dass es keine tausend Meter waren, die sie zurücklegen musste, um die Villa zu erreichen. Kräftig schob sie schnell das Moped und erreichte den Haupteingang. Neben der Villa auf der rechten Seite fiel ihr auch das Gesindehaus auf, vor dem der Mercedes parkte, der sie überholt hatte. Sie wollte das Moped nicht am Haupteingang stehen lassen. Das wirkte ungebührlich. Die Villa hatte etwas Altehrwürdiges und Imposantes. Es war zweifellos besser es in die Nähe des Gesindehauses zu stellen; als sie in diese Richtung ging, bemerkte sie auch einen Seiteneingang zur Villa. Sie war gerade dabei, an den Treppen das Zweirad aufzubocken, kamen auf einem Quad zwei Männer angefahren. Der ältere von ihnen, der das Quad fuhr, erinnerte Luisa an Frankenstein, das Monster aus dem Horrorfilm, das von einem verrückten Arzt aus Leichenteilen zusammengesetzt wurde und in einer Gewitternacht durch die Energie eines Blitzeinschlags zum Leben erwachte. Nur die Schraube durch seinen Schädel fehlte dem baumlangen Mann. Hinter ihm saß ein deutlich jüngerer, der eine gewisse nicht so recht zu ihm passende Eleganz ausstrahle. Die beiden Männer grüßten sie. Der jüngere deutlich freundlicher als der Fahrer des Quads.

«Los, steig ab, Junge! Und mach der Kleinen keine schönen Augen!», herrschte Norbert seinen Gehilfen an. Und an das junge, sehr attraktive Mädchen mit auffällig schönen Augen und einer Menge Holz vor der Hütte (wie er es ausdrückte) gewandt, sagte er: «Wie können wir Ihnen helfen, junge Frau. Ich habe Sie hier noch nie gesehen. Sind Sie neu? Oder nur zufällig in der Nähe und wollten sich mal das Irrenhaus ansehen?» Als er das Wort „Irrenhaus" aussprach, lag etwas sehr Feindseliges und Verächtliches in seiner Stimme gegen alle Neugierigen der Welt, die als Gruseltouristen in die Nähe der Psycho-Villa kamen. Es war eindeutig, dass Luisa sich nicht in diese Ecke stellen durfte. Aber genau eine Art von touristischer Neugier hatte sie hierher getrieben, was sie nun besser nicht zugeben sollte.

«Ich bin nicht zufällig hier!» antwortete sie und ihre Stimme klang selbst in ihren eigenen Ohren überraschend selbstbewusst. «Ich suche zwei Personen! Erstens einen Philosophen, der neu hier sein müsste und einen Jungen, der mit Legosteinen spielt.» «Einen Jungen, der mit Legosteinen spielt?» fragte der jüngere. Er wollte zu offensichtlich ihre Aufmerksamkeit auf sich ziehen. Sie beachtete ihn nicht weiter und sah den Monstermann an, der sie noch immer musterte. Bevor er ihr antwortete, wandte er sich noch einmal im harschen Befehlston an seinen Sozius: «Los, hast du nichts zu tun? Räum den Geräteschuppen auf und tank Rasenmäher und Motorsäge für morgen auf!» Luisa reagierte sofort, als sie das Stichwort „auftanken" hörte. «Das ist das richtige Stichwort! Der Tank meines Mopeds ist auch leer und muss voll gemacht werden, oder zumindest so viel Benzin bekommen, dass ich damit wieder nach Hause komme.» «Na, dann komm mal mit in den Schuppen», sagte Rufus, «dann kann ich dir den Benzinkanister geben! Natürlich nur, wenn der Boss nichts dagegen hat», fügte er grinsend hinzu. Luisa rührte sich nicht. Sie hatte längst bemerkt, dass der Alte gierige Blicke auf ihre Figur geworfen hatte. Sie warf ihm einen freundlichen Augenaufschlag vor seine Seele wie ein Stück Fleisch einem hungrigen Wachhund. Und er schnappte sofort zu: «Das kannst du alleine für die Dame erledigen, wenn Sie wissen, welche Spritsorte in den Tank muss.» «Dasselbe Gemisch wie für den Rasenmäher», sagte sie. «Na, dann! Mach dich vom Acker!» brummte der Alte. «Kann ich den Tankschlüssel vielleicht haben», knurrte daraufhin der Gehilfe, und als sie ihm den Mopedschlüssel entgegenstreckte, berührte er extra ihre Hand, aus der er den Schlüssel nahm. «Wie alt schätzen Sie den Jungen, der mit Legosteinen spielen soll», fragte der Gärtner und Hausmeister der Villa Frank Norbert Stein. Und noch bevor sie antworten konnte, stellte er sich nun ihr höflich vor. Sie nahm seine Vorstellung stumm entgegen; Luisa würde sich bestimmt nicht mit diesem Mann anfreunden. Er hatte genug Aufmerksamkeit von ihr erhalten. «Ich melde mich drinnen bei der Rezeption», sagte sie. «Vielen Dank für Ihre Hilfe.»

Damit wandte sie sich vom Gärtner ab und schritt auf den Haupteingang der Villa. Obwohl sie seinen Blick auf ihrem Rücken geradezu fühlen konnte, schritt sie einfach weiter, ging die Eingangstreppen hoch und wollte gerade klingeln, als ein junger Mann mit dunklen Haaren und Augen die Tür aufmachte. Sie waren beide kurz überrascht und ein wenig erschrocken, aber beide mussten darüber sogleich schmunzeln. Er wollte schon an ihr vorbei gehen und hielt die Tür noch so weit auf, dass sie bequem eintreten konnte, als sie ihn ansprach: «Hallo, bist du Basti, der Junge, der die Legosteine haben will? Oder kennst du ihn zufällig?» «Nein», sagte der junge Mann etwas unsicher und machte mit der Hand eine Geste als Ausdruck seines Ärgers über seine ungenaue Antwort, dann versuchte er sich zu korrigieren: «Das heißt: nein, nicht zufällig und heißt auch nein, ich bin nicht der Junge, der mit Legosteinen spielt.» Sie lächelte ihn freundlich an, um ihn zu beruhigen und zu einer sinnvollen Antwort zu ermutigen, was ihn nur noch mehr zu verunsichern schien: «Ich meine, ich spiele schon lange nicht mit Spielsachen. Und Legosteine haben mich nie besonders interessiert. Ich schnitze lieber Holzfiguren und spiele Schach mit ihnen.» Luisa lächelte ihn nach wie vor freundlich an und legte nun in ihre Mimik die Frage: «Na und? Was ist nun mit dem Jungen, der mit Legosteinen spielt?» Und tatsächlich. Er verstand sie sofort auch ohne, dass sie diese Frage ausgesprochen hatte: «Entschuldigung. Ich habe ja deine Frage noch immer nicht beantwortet! Du suchst Basti; aber er ist gerade auf einem Spaziergang. Wenn du magst, kannst du auf ihn warten. Aber melde dich erst einmal bei der Schwester an.» Uri Nachtigall hatte das Gefühl, lange genug unter Menschen gewesen zu sein. Er wollte sich nach dem Spaziergang mit Betti eigentlich wieder zurückziehen und seinen Gedanken nachhängend im Internet die Recherchen fortsetzen, bei denen er wegen des Mittagessens unterbrochen worden war. Betti aber hatte noch Lust mit Uri zu reden. Es schien ihr noch einiges unausgesprochen zwischen ihnen. Und gerne hätte sie dies geklärt und bei dieser Gelegenheit diesen Menschen, den es durch eine seltsame Begebenheit hier her verschlagen hatte, besser kennengelernt. Warum waren sie schließlich hier, wenn nicht um sich besser kennenzulernen? «Ich würde gerne noch ein bißchen mit dir plaudern», sagte sie zu Uri. Der junge Mann wollte nicht stören, setzte sich einen Kopfhörer auf und widmete sich wieder vertieft in den Film im Fernsehen, den er mit großer Lautstärke geschaut hatte, bevor die beiden den Aufenthaltsraum betraten. «Ja, dann nehme ich mir aber auch noch etwas vom Nachtisch», sagte Uri. «Weißt du? Es ist schwer vorstellbar, dass es da draußen irgendwo – vielleicht im Himmel oder sonst an einem Ort jemanden gibt, der uns erfindet, uns Handlungen und Worte in den Mund legt, ja, der mit uns Schicksal spielt! Ich glaube nicht an so etwas.

Ich bin nicht religiös – zumindest nicht auf diese Weise.» «Auf welche Weise bist du denn religiös?» fragte Betti, die keinen Appetit auf den Nachtisch hatte. «Ich kann nicht ausschließen, dass es übersinnliche Dinge in dem Sinne gibt, dass sie jenseits meines Vorstellungsvermögens liegen und halte es daher mit Hamlet: „Es gibt Dinge zwischen Himmel und Erde, die sich unsere Schulweisheit nicht träumen lässt.» «Aber vielleicht ist das auch so, dass es doch jemanden gibt, der uns schreibt, der uns hierher geschrieben hat und der uns auch an einen anderen Ort, in ein anderes Leben oder sonst wohin schreiben könnte. Und wir können uns das eben nur nicht vorstellen und denken deshalb, wir hätten einen eigenen freien Willen.» Uri dachte kurz darüber nach. «Ja, aber wie wahrscheinlich ist es, dass Gott ein Schriftsteller ist und uns erfindet?» «Erfindet? Er hat uns erschaffen!» betonte Betti. «Und dann?» fragte Uri Nachtigall, «Was hat er gemacht, nachdem er uns erschaffen hat? Hat er uns nicht in die Freiheit entlassen? Das würde komplett der Theorie widersprechen, dass Gott ein Schriftsteller ist.» «Hmmm, keine Ahnung», erwiderte Betti, «Ich bin keine Pfarrerin. Ich halte nicht viel von der Kirche. Sie ist mehr Apparat als Religion. Und so zu tun, als könnte man religiöse Fragen in ein bestimmtes Wissen packen und dann darüber theoretisieren, ist eben typisch Apparat. Die Kirche ist eine Glaubensmaschinerie. Sie produziert einen Glauben – aber nicht eine Religion.» «Wie soll ich das verstehen?» fragte Uri Nachtigall. Betti lachte, weil Uri als Philosoph so unbeholfen aussah in diesem Moment wie ein kleines Kind, das zum ersten Mal auf dem Spielplatz eine große Rutsche sieht und nicht weiß, was es damit anfangen soll.

«Mit dem Herzen», sagte sie dann, «du kannst es nur mit dem Herzen verstehen!» «Als ich hierher kam, wollte ich nicht hier bleiben oder übernachten. Ich wollte nur Doctor Parranoia sprechen und von ihm erfahren, warum ich nun verhaftet sein soll. Und dann wollte ich wieder nach Hause fahren. Wie kann es sein, dass plötzlich ein seltsames Paar in meiner Wohnung steht; ein Mann und eine Frau – die Frau, während ich dusche ins Badezimmer kommt und sich überhaupt nicht daran stört, dass ich vielleicht aus dem Bad gehen und mich anziehen möchte? Und der Mann mir mit der Faust ins Gesicht schlägt, nur weil ich bezweifle, dass die beiden von der Polizei sind? Ayleens Freundin Gundel Gaukel Ey soll dazu gesagt haben: „Die Polizisten kommen mir nicht vor wie zivilisierte Beamte, sondern wie irgendwelche Landbullen die ihr Mittagessen mit Kühen und Schafen einnehmen."* Aber das verstehe ich auch nicht...» Uri Nachtigall hielt inne. Betti sah ihn fragend an, um ihn zum Weitersprechen zu animieren. Er aber schwieg, so dass sie genötigt war, ihn zu fragen: «Was verstehst du nicht?» Plötzlich war Uri Nachtigall ganz gedankenverloren.[7]

*SOKRATES - der kafkASKe Fortsetzungsroman Folge 122 könnte unter der Überschrift stehen: Die Schöne und der Philosoph oder der Alte und das Meer des Wahnsinns oder die Ankunft der gelben Lego-Steine, wenn man nur wüsste, wo Basti und Lara stecken ^^*

Er hörte ihr gar nicht mehr zu, rückte in eine weite Ferne, vielleicht in die Wüste seines Unverstands. Aber Betti ließ nicht locker: «Hey, wo

---

7   http://ask.fm/HeuteBinIch14/answer/107457813871

bist du nun mit deinen Gedanken? Sag mal, was du nicht verstehst. Du hast mir gerade etwas von Gundel Gaukel Ey und ihrem Spruch von Landbullen erzählt, die ihr Mittagessen mit Kühen und Schafen einnehmen.» Uri sah Betti so an, als würde er sie zum ersten Mal sehen «Was?» «Genau! Ich hätte gerne gewusst, was du nicht verstehst. Du hast gerade gesagt, dass du etwas nicht verstehst. Aber was es ist, hast du nicht gesagt.» «Woher hätte Gundel Gaukel Ey wissen können, was mir passiert ist und wie sich die Bullen verhalten haben? Ich traf mich mit Ayleen in einem Café gegenüber dem Krankenhaus, um ihr genau die Begebenheit erst zu erzählen, was Gundel Gaukel Ey ihr gegenüber schon kommentiert haben sollte. Das kann doch gar nicht sein!» «Vielleicht hat Gundel Gaukel Ey ja auch gar nichts gesagt. Vielleicht hat Ayleen nur überlegt, was ihre Freundin dazu wohl gesagt haben würde – zu deiner unglaublichen Geschichte.» Uri Nachtigalls Züge erhellten sich wieder. «Ja, genau. So wird es gewesen sein! Aber irgendwie muss ich das noch bestätigen. Aber da ist noch etwas...» Betti sah ihn neugierig an. «Als ich auf Ayleens Anraten hier in die Villa kam, empfing mich Schwester Maja, zuvor traf ich sie auf der Landstraße, wo ich im Straßengraben stecken geblieben war. Sie fuhr ganz langsam an mir vorbei, ohne anzuhalten. Aber sie hat mich mit einem furchterregenden Blick angesehen.» «Sie wird auf dem Weg zur Arbeit gewesen sein, also zum Dienstantritt hier», erklärte Betti. «Sie wohnt nicht in der Villa?» fragte Uri Nachtigall. «Nein, ich glaube nicht. Sie hat irgendwo eine private Wohnung und fährt nach Hause, wenn sie keinen Dienst hat.» Uri nickte. Seine Gedanken schienen an einer anderen Stelle zu haken. In diesem Augenblick nahm der junge Mann vor dem

Fernseher den Kopfhörer ab und schaltete den Fernseher aus, weil sein Film nun zu Ende war. Freundlich sah er zu den beiden herüber und erklärte beim Hinausgehen, dass er noch ein wenig in den Garten wolle vor dem Abendessen. Er wolle sich noch ein wenig seiner Kantlektüre widmen. Die beiden nickten ihm freundlich zu. Und wäre Uri Nachtigall nicht zu sehr mit sich beschäftigt gewesen, hätte er bei „Kantlektüre" als Philosoph sicherlich aufgehorcht. Ihn aber beschäftigten im Moment all diese seltsamen Fragen und Begebenheiten, auf die er sich noch keinen rechten Reim machen konnte. «Schwester Maja empfing mich, führte mich hier in den Aufenthaltsraum, der an jenem Abend nicht so seltsam eingeräumt war wie heute...» «Das ist Benjamin, er stellt das Mobiliar immer um, weil er überall eine Symmetrie erzeugen möchte», erklärte Betti. Uri registrierte diese Information äußerst beiläufig. Seine Gedanken hakten eben an einer anderen Stelle. Aber er kam nicht mehr dazu, diese weiter auszuführen und ihnen nachzuspüren, ein junges Mädchen von etwa sechzehn, siebzehn Jahren...

..., mit dunklen langen Haaren und einer schlanken, schönen Figur kam zögerlich herein. «Hallo», sagte sie mehr fragend als grüßend. Dieses Mal schaltete Uri Nachtigall blitzschnell: «Hallo, da kommt ja der lang erwartete und heiß ersehnte Besuch mit den Lego-Steinen für Basti.» Das Mädchen wurde schreckensbleich. Uri Nachtigall ließ dem Wahnsinn freien Lauf: «Komm, setz dich zu uns. Möchtest du ein Stückchen Kuchen?» In der Tat war Luisa erschöpft und wollte diese etwas zu überschwängliche und freundliche Einladung nicht abschlagen. Mit einem irritierten Danke nahm sie bei der Frau und dem Mann platz. Und der Mann bediente sie mit Kaffee und Kuchen. Die Frau sah sie freundlich und neugierig an, etwas in ihren Augen lachte und funkelte, wovon sich Luisa beruhigen ließ und entspannte. Sie war froh, nicht mit dem Mann alleine sein zu müssen; irgendetwas an seiner übereifrigen Freundlichkeit beunruhigte und verunsicherte Luisa. Uri Nachtigall setzte sich wieder zu ihnen, rückte seinen Sessel so, dass er beide Frauen beobachten konnte. Betti hatte für ihn etwas Fischiges und Unfassbares. Sie war schwer zu greifen, dann aber strahlte sie auch eine Mütterlichkeit aus, zu der man schnell Vertrauen finden konnte. «Basti hat dich schon angekündigt», erklärte sie Luisa und er fügte hinzu «und erzählte, dass er bei dir Lego-Steine bestellt hat.» Diese blöden Lego-Steine, ging es Luisa durch den Kopf, was hatten sie nur zu bedeuten und warum waren sie so wichtig? Sie wollte das Gespräch auf ein anderes, auf ihr eigentliches Thema lenken: «Ich war mit meinem Deutschkurs im Cascando-Theater», begann sie und konnte sofort sehen, dass der Mann seine übertriebene Freundlichkeit nicht mehr im Gesicht aufrecht erhalten konnte. Besorgt, beunruhigt, nervös wirkte er plötzlich. Betti war dieser Stimmungswandel bei Uri auch nicht entgangen. Aber sie hielt sich mit einem Kommentar zurück. Nun war es an der Zeit, ihn und dieses Mädchen genau zu beobachten. «Ich habe dort von einem Hausphilosophen gehört, den dieses Theater haben soll; es ist ein Privattheater, ein sogenanntes freies Theater, wie es unsere Deutschlehrerin nennt.» «Ein „sogenanntes"?» fragte der Mann. Luisa warf ihm ein Lächeln zu: «Stammt nicht von mir, sondern von der Deutschlehrerin.» Und als könnte sie diese ungeliebte Lehrkraft verpetzen, fügte sie hinzu: «Sophie Rosenberg-Kübel ist ihr Name».

Uri Nachtigall tat so, als würde er in seinem Namensgedächtnis herumkramen, biss sich sogar kurz auf die Unterlippe, um dann als Ergebnis festzuhalten: «Kenne ich nicht, sagt mir nichts.» «Sie hat mir mein Smartphone weggenommen», sagte sie und musste sich zugleich über sich selbst sehr wundern: wozu erzählte sie diesen Fremden das? Da nahm sie doch lieber den Faden an einer anderen Stelle wieder auf: «In dem Theater jedenfalls hörte ich zufällig ein Gespräch. Da vermisste eine Frau einen oder ihren Freund, das konnte ich nicht heraushören. Aber sie vermisste auf jeden Fall den Hausphilosophen des Theaters.

Benjamin geht in den Garten, um sich der Kritik der reinen Vernunft zu widmen. Gut, es muss auch Kantianer in der Psycho-Villa geben. Uri Nachtigall unterhält sich mit Betti @liebeanalle und hat keine wirkliche Erleuchtung; da kommt Luisa und wird erst einmal geschockt...

Und sie klang sehr besorgt.» «Pfff, wie besorgt sollte sie schon sein?» brummte Uri Nachtigall: «Sie hat sich hier nicht sehen lassen, meine liebe Ayleen, deretwegen ich eigentlich hier her gekommen bin!» Nun begriff Luisa, dass sie am Ziel war. «Sie sind also der vermisste Hausphilosoph des Cascando-Theaters!» «Vermisst ist ja wohl ein wenig zu schmeichelhaft», sagte Uri Nachtigall. «Die Frau im Theater jedenfalls war sehr um Sie besorgt», erwiderte Luisa. «Und darf ich fragen, mit wem ich die Ehre habe?» kam es von ihm etwas ablenkend zurück. Und seine Formulierung kränkte Betti etwas. Plötzlich war sie außenvor in dem Gespräch. «Ich werde euch nun wohl alleine lassen», warf sie ein und tat so, als wollte sie aufstehen. «Oh, ich bin in Ihr Gespräch geplatzt», stellte Luisa fest, was kaum nach einer Entschuldigung klang, sondern vielmehr nach der Ankündigung eines Zickenkrieges. Sie wollte nun nicht einmal mehr, dass sich die Frau vorstellte, die sie so mütterlich und vertrauenserweckend empfangen hatte. Kaum eine Minute zuvor war Luisa über Bettis Anwesenheit dankbar; und nun plötzlich vermittelte sie Betti das Gefühl, dass sie störte. Das also war der Philosoph, den sie treffen wollte. Plötzlich saß sie ihm gegenüber, hatte aber zuvor sofort schon ein Schockerlebnis gehabt, da er in ihre Träume sehen konnte, und wusste, dass ein rosa Delphin gelbe Legosteine bei ihr bestellt hatte. Luisa war irritiert, fasziniert und ergriffen von der ganzen Situation, die sie im Haus vorfand. Der Empfang war ihr durch Mark und Bein gefahren. Und sie dachte dabei nicht an die beiden Schwachköpfe vor dem Haus, die mit dem Quad ankamen, sondern an den Empfang im Haus und auch, das konnte sie nicht abstreiten, an den Empfang am Eingang, an die Begegnung mit dem dunkelhaarigen jungen Mann, der schüchtern und zurückhaltend sie ins Haus ließ. Und plötzlich wusste sie nichts Rechtes mit der Frau anzufangen, die neugierig, offen und freundlich blickte, was Luisa aber nun als aufdringlich zu empfinden begann. Uri Nachtigall war am Zug; womöglich konnte er den aufziehenden Zickenkrieg, den er vorausschauend erkannte, abwenden: «Darf ich vorstellen? Das ist Betti @liebeanalle. Sie ist die Mutter von Lara @derherbstinmir. Und Lara ist im Moment mit Basti unterwegs. Eigentlich wollten die beiden dir entgegen gehen, weil Basti deine Ankunft kaum erwarten konnte.» Betti lehnte sich wieder zurück, während Uri Nachtigall sprach.

Vielleicht würde Luisa ja auch wieder freundlicher werden. Im Moment aber war die junge Dame noch mit etwas anderem beschäftigt.Johanna stellte die Dinge, die sie für die Spurensicherung mitnehmen wollte sorgfältig zusammen und packte sie mit Ibrahims Hilfe in Frischhaltefolie ein. Dabei trugen sie beide Plastikhandschuhe. Nebenbei versuchte sie, etwas über Ibrahim und sein Viertel herausbekommen, worin er lebte und durchaus auch angesehen schien. Über Osman Abi erfuhr sie von Ismail, dass er in Wirklichkeit Osman Kuleli hieß und...

nur Abi genannt wurde; dies sei eine Ehrenbezeichnung für einen älteren Mann, dem gegenüber man Respekt bekunden wolle. Er habe in seiner Jugend in der Fleischfabrik gearbeitet und habe sich dann selbständig gemacht. Erst habe er eine Dönerbude gehabt, dann ein Anatolisches Fleischrestaurant und dann eine kleine Kette von mehreren Restaurants und Döner-Läden. Die Nordstadt habe er nie verlassen wollen, aber in der Türkei habe er sich ein schönes großes Haus am Meer gebaut. Ismail selbst stammte aus Marokko, aber sein Vater war Angolaner. Er habe irgendwann eine Militärberaterin aus der DDR kennengelernt und sei mit ihr durchgebrannt. Seine erste Familie, deren drittes Kind Ismail war, habe er einfach im Stich gelassen. Doch kurz darauf sei die DDR untergegangen, und Ismails Vater habe ihn mit seinen beiden älteren Geschwistern nach Deutschland geholt. Johanna ließ den jungen Mann erzählen, aber glauben konnte sie ihm diese Geschichte nicht, denn dazu war er viel zu jung. Manchmal aber sagten auch Lügen über jemanden interessante Dinge aus. Wie kam dieser Mann auf diese Geschichte,

SOKRATES – der kafkASKe Roman

für die er gut und gerne zehn Jahre zu jung war? «Hast du einen
Beruf gelernt? Oder gehst du noch zur Schule?» fragte sie. «Ja, ich
bin Mechaniker», antwortete er, «ich repariere Autos.» Auch das ließ
sie kommentarlos stehen, obwohl sie ihm kein Wort davon glaubte.
Nachdem sie gemeinsam die sichergestellten Dinge ins Auto
getragen hatten, wollte Johanna von ihnen beiden noch ein Selfie
machen; Ismail aber sträubte sich dagegen. Sie aber gab nicht
schnell nach, bestand auf ein Foto und bei dem Hin und Her, ließ sie
ihre Handykamera laufen, ohne dass er etwas davon bemerkte. «Na
gut, dann eben nicht», sagte sie, «dann werde ich mich ohne eine
Erinnerung an dich von dir verabschieden. Mach's gut, Ismail und
vielen lieben Dank für deine Hilfe!» «Gern geschehen. Für die Tochter
des alten Franz mache ich doch fast alles.» Johanna stockte kurz der
Atem. «Wie gut kanntest du meinen Vater?» «Kannte? Ich kenne ihn
gut. Wir sind quasi Freunde», erwiderte er. «Schön», sagte Johanna
eiskalt, als sie ins Auto einstieg und fügte, bevor sie die Tür zuschlug
hinzu: «„Kannte" ist schon richtig! Ich habe den alten Franz heute
erschossen!» Damit ließ sie den verdutzen Mann auf dem Parkplatz
stehen und startete den Wagen. Ihr war speiübel von der letzten
Wendung dieser Begegnung. Was hatte ihr Vater nur für ein Leben
geführt? Was hatte er in der Nordstadt getrieben außer seinen
perversen Spielen? Wozu musste das in der Nordstadt sein? Hätte er
für sich und seine Gespielin nicht in einem anderen Viertel oder in
einer anderen Stadt eine Wohnung nehmen können? Sie verspürte
das dringende Bedürfnis, mit ihrer Schwester zu sprechen. Sie
musste ihr unbedingt vom Tod ihres Vaters erzählen. Da sie jedoch
über ihr Handy nicht zu erreichen war, beschloss Johanna nun bei der

Schule vorbei zu fahren. Gerade in diesem Moment kam ein Funkspruch für sie: ...

Ha, ha, meine 2000. Antwort ist eine SOKRATES Folge: Teil 126! Uri Bülbül

«Wagen K17, bitte melden!» «Ja, hier K17.» «Sie haben die dringende Anweisung, umgehend ins Präsidium zu fahren. Die Dinge, die Sie aus der Nordstadtwohnung mitgenommen haben, sind sofort im Präsidium abzugeben. Und Sie sollen sich sofort bei ihrem Dezernenten einfinden. Sie werden vom Dienst suspendiert. Jede weitere eigenmächtige Handlung gilt als Amtsanmaßung und Dienstvergehen. Haben Sie...» Johanna drehte das Funkgerät einfach ab. Nach ein paar Metern fuhr sie rechts ran, um mit ihrem Handy zu telefonieren. Sie rief Arthur Francis Suthers an. Dieser schien höchst erfreut, Johannas Stimme zu hören. «Hier ist Johanna Metzger. Arthur, ich brauche dringend Ihre Hilfe!» «Johanna! Waren wir nicht beim Du?» Johanna hatte keine Nerven für Schäkereien. «Ich werde vom Dienst suspendiert. Bitte, du musst mir helfen!» «Aber wie könnte ich dir helfen?» fragte der Sonderermittler erstaunt. Johanna kam diese Frage wie eine eiskalte Dusche. «Aber hast du nicht gesagt, dass ich dich anrufen kann, falls ich Probleme mit dem Präsidium habe?» «Ach Liebes, das ist ein Mißverständnis. Ich dachte, wir hätten mehr Zeit füreinander und könnten uns besser kennen lernen, wenn du nicht bis über beide Ohren in Ermittlungen steckst, von denen du ja doch nichts verstehst und die dir nur Ärger bereiten.» Johanna war außer sich vor Wut. «Ich werde meine Zeit bestimmt nicht mit dir vergeuden, du eingebildeter Affe!» schrie sie und warf wütend das Smartphone auf den Beifahrersitz, um verzweifelt und wütend in Tränen auszubrechen. So aufgewühlt und aufgebracht, wie sie war, hatte sie nicht einmal aufgelegt, als sie das Telefon von sich schleuderte. Arthur konnte sie schluchzen hören. Zufrieden drückte er den Knopf, um aufzulegen. «Jetzt nehme ich mir diesen Niklas Hardenberg vor», murmelte er, «Es geht doch nicht mit rechten Dingen zu!»

Arthur Francis Suthers fuhr Richtung Nordstadt. Etwa zwei Bus-Haltestellen davor gab es eine kleine, feine Hochhaussiedlung mit sechs niedrigen Hochhäusern, die alle zwischen fünf und sieben Stockwerke besaßen und eine gepflegte Rasenfläche davor, Magnolienbäume, eine Hecken umgrenzte Grünfläche, die die Siedlung von der Straße distinguierte, eine Video überwachte Tiefgarage und auf dem Grundstück ein schöner Spielplatz, auf dem niemand herum zu lungern wagte, wo tagsüber junge Mütter und Väter ihre Kinder spielen ließen. In dieser Siedlung wohnte Niklas Hardenberg seit neuestem, da er sich hier eine kleine Eigentumswohnung gekauft hatte. «Wie ist der nur an das nötige Kleingeld gekommen?» fragte sich Arthur Francis Suthers. Er war nur wenige hundert Meter von dieser Siedlung entfernt, als ein Porsche ihn mit Blaulicht überholte, ihm den Weg abschnitt und ihn zum Halten zwang. Dem zivilen Sportwagen mit Polizeilicht auf dem Dach entstieg Alfred Ross. Er hatte etwas von einem Cowboy, wie er seine Hose zurechtzog und auch kurz an seine Waffe fasste, um den Sitz zu überprüfen. Alles war für ihn in Ordnung, und er stark genug, um

SOKRATES – der kafkASKe Roman

...

Eine überraschende Verkehrskontrolle kommt auf Arthur Francis Suthers zu. Eine Verkehrskontrolle mit einer bösen Überraschung sozusagen ;) SOKRATES Teil 127... Uri Bülbül

...auf den gestoppten Wagen zuzugehen. Arhtur ließ die Scheibe hinunter. «Guten Tag, Kollege, was gibt's?» fragte er den Beamten mit dem dicken Bauch, der trotz dieser Figur einen gefährlich strammen Eindruck machte. «Personenkontrolle. Ausweis, Führerschein und Fahrzeugpapiere.» «Ihnen ist schon klar, dass Sie einen Kollegen angehalten haben, oder?» fragte Arthur, um ganz sicher zu gehen, dass er nun nicht wie ein gewöhnlicher Zivilist und Verdächtiger behandelt wurde. «Was für ein Kollege?» fragte Alfred Ross, während Arthur in seiner Tasche nach seinem Ausweis und Führerschein kramte. «Sind Sie der Schnüffler aus dem Ministerium? -eher ein Kollegenschwein als ein Kollege?» setzte er provokant hinzu. Damit hatte Arthur Francis Suthers nicht gerechnet; wortlos übergab er dem Kommissar schon mal seinen Dienstausweis und Führerschein; als er sich nach dem Fahrzeugschein im Handschuhfach vorbeugen wollte, spürte er schmerzhaft an seinen Kopf gedrückt den Lauf einer Pistole: «Freundchen. Eine kleine Bewegung nur und dein Auto ist ein Fall für den Sonderreinigungsdienst. Haben wir uns verstanden?» Arthur blieb starr, unbewegt und stumm. «Hände gaaanz langsam aufs Lenkrad», befahl Ross. Arthur gehorchte, konnte einen Moment lang keinen klaren Gedanken fassen. Dann wurde ihm klar, dass er gefesselt werden würde und kaum eine Sekunde später klickten die Handschellen. Ross sicherte seine Waffe und steckte sie weg. «Sie... Sie...», stotterte Arthur, aufgeregt, wütend und außer sich, «Sie haben eine entsicherte Waffe an meinen Kopf gehalten?» Die Stelle, wo er die Waffe gegen Arthurs Kopf gedrückt hatte, tat noch immer weh. «Wahrscheinlich nicht ohne Grund, Kollegenschwein!» brummte Ross. Was er damit gemeint haben könnte, sollte Arthur Francis Suthers nicht lange ein Geheimnis bleiben. Denn der Kommissar ging um das Auto und stieg auf der rechten Seite zu Arthur ein, um das Handschuhfach zu öffnen. «Was haben wir denn da?» «Das gibt es doch gar nicht!» entfuhr es Arthur, «das ist eine Falle!» «Eine Falle?» fragte Ross erstaunt. «Was soll das denn für eine Falle sein, mein Ministerialschnüffler 007? Wenn ich dir eine Falle gestellt hätte, hätte ich zwei Sekunden gewartet, bis du das Fach aufgemacht hättest und hätte dir dein schlaues Karrieristenhirn aus der Schädeldecke weggepustet!» Arthur starrte auf den Revolver Marke Smith and Wesson, Modell Special357MAG. Eine handliche Waffe ohne Lauf, genau dasselbe Modell, womit Franz-Joseph Metzger von seiner Tochter erschossen wurde. «Ist das dieselbe Waffe, mit der...» «Glaube ich nicht!» brummte der Kommissar. Und als wollte er Arthur durch Beweise überzeugen, hielt er ihm den Revolver unter die Nase: «Mit dieser Waffe wurde lange nicht geschossen, wenn sie überhaupt je gebraucht wurde. Sie macht so einen jungen, um nicht zu sagen jungfräulichen Eindruck. Wahrscheinlich habt ihr Kollegenschweine ein ganzes Arsenal davon irgendwo geordert!» «Ich verstehe nicht!», sagte Arthur, was ein wenig wimmernd klang.

«Ich verstehe nicht!» äffte Ross Arthur nach. «Würde ich an deiner

SOKRATES – der kafkASKe Roman

Stelle auch sagen. Du bist festgenommen!» «Wie bitte? Warum das denn?» empörte sich Arthur Francis Suthers. Die Antwort überraschte ihn noch mehr. Er war vollkommen irritiert: «Du hast gefälschte Kennzeichen an deinem Auto; du hast eine nicht als Dienstwaffe registrierte Waffe im Handschuhfach; dafür aber fehlt der Kraftfahrzeugschein. Warum wolltest du also bei der Personenkontrolle, die ich durchführen wollte, ins Handschuhfach greifen? Und wozu die gefälschten Kennzeichen? Ist das die Sparversion einer Tarnung für unseren verdeckten Sonderermittler?» höhnte der Kommissar. Wenig später kam ein Polizeibus mit vier uniformierten Polizisten darin. Ihnen wurde Suthers übergeben. «Wir sehen uns im Präsidium», rief Ross ihm nach. «Und jetzt werde ich mich um diesen Niklas Hardenberg kümmern, bevor ich unseren Möchtegern-007 verhöre.»

Während der Sonderermittler Suthers festsaß und im Polizeipräsidium in Gewahrsam genommen wurde, fuhr die Kommissarin Johanna Metzger, die vom Dienst suspendiert werden sollte, zur Schule ihrer Schwester. Eine kleine Gruppe von Jugendlichen stand auf dem Schulhof herum. Die Schüler unterhielten sich lärmend und lachend, witzelten und frotzelten. Ein, zwei Gesichter kamen Johanna bekannt vor, so dass sie beschloss, auf die Jugendlichen zuzugehen. Tatsächlich war einer von ihnen Christoph und die andere die stille Marie. Von den Jugendlichen war nicht viel, aber doch etwas sehr Beunruhigendes zu erfahren. Sie waren verhalten und hatten offensichtlich keine Lust, mit einer fremden Person zu reden, erst recht nicht, wenn sie eine Polizistin war. Am freundlichsten begegnete ihr immer noch der junge Mann, der Luisa sein Moped und sein Handy geliehen hatte. Hinter dem Venusberg, irgendwo im oder in der Nähe des Hattinger Waldes sollte eine Villa sein, sie sollte einem Psychiater oder Forensiker oder so etwas gehören... Johanna wunderte sich, dass der junge Mann überhaupt den Ausdruck „Forensiker" kannte und aktiv benutzte. Sie musste bald wieder zurück sein nach seinen Angaben; denn sie war schon fast vier Stunden weg und sollte Moped und Handy am frühen Nachmittag wieder zurück bringen. Der stillen Marie entging nicht, dass Johanna nervös und unruhig wurde, bei dem, was Stoffel erzählte. «Könnt ihr Luisa bitte ausrichten, dass sie mich anrufen soll, wenn ihr sie seht. Es ist wirklich sehr wichtig. Sehr, sehr wichtig» Und damit verabschiedete sie sich. Als sie wieder in ihrem Auto saß, war völlig klar, wohin sie sofort fahren würde – das Polizeipräsidium war es nicht!

Lara bewegte sich nicht gerne: Sport, ausgedehnte Wanderungen, Sprints, Leichtathletik, Herumturnen auf wackeligen Unterlagen – das alles lag ihr nicht. Sie war mit Kampfsport vertraut und konnte aggressiv werden, wenn man sie allzu sehr reizte; sie war eigenwillig wie eine Katze und widmete sich am liebsten in aller Seelenruhe den Dingen, die sie interessierten.

Nach der Wahnsinnsherausforderung
http://ask.fm/Klugdiarrhoe/answer/133128058553 geht es schnell
weiter mit der nächsten SOKRATES-Folge, dem 129. Teil des
kafkASKen Fortsetzungsromans. Eigentlich gäbe es auch etwas von

SOKRATES – der kafkASKe Roman

einem Friedhofsspaziergang mit Arthur zu berichten, aber lassen wir das! Uri Bülbül

Auf diesem schraubenförmigen Steg in die Tiefe eines sehr urwüchsig erscheinenden Waldes zu laufen, gehörte nicht gerade zu ihren Lieblingsbeschäftigungen und sie konnte dafür nicht annähernd so viel Begeisterung entwickeln wie Basti. Aber Lara fand den Abstieg auch nicht so unangenehm, als dass sie sich geweigert hätte, Basti in diese seltsame Tiefe zu begleiten. Es wunderte sie nur sehr, dass es in dieser Gegend überhaupt so viel Wald gab und dieser Wald schier tropisch anmutete. Sie konnte nun tatsächlich Palmen ausmachen, Lianen hingen von den Bäumen und in einigen Metern Entfernung kreisten große Vögel über den Bäumen, landeten und starteten schwerfällig und doch irgendwie nicht ungeschickt. «Wie in einem großen Zoo», ging es Lara durch den Kopf. Basti blieb abrupt stehen, so dass sie bei ihm auflief und lachte. «Hey hast du keine Bremslichter? Oder Augen im Hinterkopf?» «Hier ist es wie auf der Insel der Seligen!» meinte Basti und beschnupperte die Luft. «Ich rieche in weiter Ferne schon das Meer. Ja, ich kann das Meer riechen!» Lara streckte auch ihre Nase in die Luft. Sehr viele exotische Düfte erreichten ihre Nase; aber den Duft des Meeres konnte sie nicht wahrnehmen. «Ich rieche kein Meer», stellte Lara kurz angebunden fest. Basti beschnupperte die Luft noch eine Weile: «Komisch. Jetzt rieche ich das Meer auch nicht mehr.» Lara sah sich den Rückweg an. «Oh, das wird sehr anstrengend», stöhnte sie. «Nein, wir gehen weiter runter, in den Wald hinein und schauen uns dort etwas um. Vielleicht finden wir einen anderen Weg, oder vielleicht sogar ein Holzaufzug oder so was.» «Holzaufzug oder so was», wiederhole Lara fragend. «Kann doch sein», sagte Basti und fügte voller Tatendrang hinzu: «Wir müssen nur immer weiter.» Lara glaubte zwar nicht daran; aber sie wollte Basti auch nicht alleine lassen. «Warte, warte, ich will noch ein paar Fotos von unserem Rückweg machen», sagte sie , während sie den Spiralsteg nach oben blickte und ihre Kamera zurecht legte. Basti war zwar ungeduldig, aber er riss sich zusammen, so gut er nur konnte. Lara konzentrierte sich ganz auf ihre Aufnahmen. Doch plötzlich erschrak sie, da völlig unerwartet jemand um die Kurve kam, nicht schnell, sondern eher gemächlichen Schrittes, eine junge Frau mit schwarzen langen Haaren in einem weißen Kleid mit rosa Applikationen, Spitzen und Blumen auf dem Kleid, das ihr bis zum Schienbein reichte. Sie trug eine dazu passende gemusterte Strumpfhose in hellem Rosa und weiße Schuhe mit hohen Sohlen und Absätzen in Rosa und rosa Schleifchen. Sie hatte eine Perlenkette um den Hals und einen Hut auf dem Kopf, der in seiner Form an eine wunderschön dekorierte Schute erinnerte. In der Rechten hielt sie einen Sonnenschirm aufgespannt, als sie lächelnd auf Lara zukam. Sie sah aus ihren dunklen Augen die beiden freundlich an. «Hallo. Gehst du hier auch spazieren?» fragte Lara, um das Gespräch freundlich zu beginnen und ihren ersten Schreck wieder wettzumachen.

Intermezzo:

kann Ophelia in der Geschichte einen blauen Delfin kennen lernen und damit Zwillinge machen und das eine Kind ist dann vorne rosa

SOKRATES – der kafkASKe Roman

und hinten blau und das andere Kind hinten rosa und vorne blau?

Das kann eine geschichtsentscheidende Frage sein! Ja, geht das denn, dass Ophelia einen blauen Delphin kennen lernt und mit ihm eine neue Partnerschaft eingeht und Kinder zeugt? Die Farbe der Zwillinge ist angesichts der Schwere und Tiefe des ersten Teils der Frage überhaupt gar kein Problem in keinster Weise ;)

Ich habe im Geiste schon eine Vorstellung von den Ausmaßen der gigantischen Beziehungsprobleme, der Liebeszweifel und ähnlicher Dinge vor Augen. Und nun hast du aber wirklich mit dieser Frage ins Zentrum einer Schlangengrube gefasst. Bisher kreisten meine Gedanken nur um Ophelia und ihr erstes Kind, auch kreisten sie weiter um das gescheiterte Liebesverhältnis so voller Fragwürdigkeiten, Zweilfel, Missverständnisse mit Hamlet. Ich habe dazu sogar ein Hörspiel produziert, das demnächst zu hören sein wird. Den Trailer dazu biete ich dir jetzt schon an: http://www.schreibhaus.de/beschiss-teaser.mp3

Nun aber soll die Geschichte weitergehen mit einem zweiten Delfin. Ich bin herausgefordert. Und nehme diese Herausforderung an!

Ein Junge und ein Mädchen sind unterwegs; eine ungewöhnliche architektonische Konstruktion vergleichbar mit einer riesigen Schraube aus Holz führt sie in die Tiefe eines Tales, in dem sich ein tropisch anmutender Wald befindet. Begegnungen bleiben nicht aus. SOKRATES Teil 130... Uri Bülbül

«Ja, so kann man es auch nennen», sagte die geheimnisvolle junge Frau, die wie aus einer anderen Zeit und einer anderen Welt zu stammen schien. Sie ließ ihren Sonnenschirm kreisen, in dem sie am Griff drehte: «Ziemlich schwül hier, findet ihr nicht?» Jetzt erst fiel es Lara auf, dass die Luft sehr feucht und stickig geworden war wie in einem Gewächshaus. «Wie heißt du? Du kommst mir irgendwie bekannt vor», sagte Basti und zog eindringliche Blicke aus dunklen Augen auf sich. «Diese Stimme kenne ich doch irgendwoher», murmelte die Frau mit den langen schwarzen Haaren. Lara war fasziniert von ihrem Kleid und insbesondere von dem haubenähnlichen Hut auf ihrem Kopf, aber was die junge Frau sagte, lenkte ihre Aufmerksamkeit in eine ganz andere Richtung: «der kleine Badewannendelphin!» Dabei sah sie vielsagend Basti an. Dieser begann schlagartig zu gähnen und ging mit weichen Knien schlafend zu boden. «Oh, habe ich etwas Falsches gesagt?» fragte die Schwarzhaarige mit dem Sonnenschirm und der geschmückten Schute auf dem Kopf. Lara kniete sich neben Basti, um ihm die Stirn und den Puls zu fühlen. Der Name der Krankheit, an dem Basti laut Betti leiden sollte, fiel Lara spontan nicht ein, aber die Gelassenheit ihrer Mutter beruhigte auch Lara; sie war sich sicher, dass Basti bald wieder aufwachen würde. «Nein, du hast nichts Falsches gesagt», versuchte sie zu erklären, «er hat so eine Krankheit, bei der man plötzlich für eine kurze Zeit in den Schlaf fällt. Das ist aber keine Ohnmacht und auch nicht gefährlich», wiederholte Lara Bettis Auskünfte. «Narkolepsie», sagte die Schwarzhaarige sachlich in einem freundlichen Ton. «Ja, Narkolepsie», bestätigte Lara und fragte die junge Frau in dem außergewöhnliche Kleid nach ihrem Namen. Aber sie bekam auf ihre Frage keine Antwort. Stattdessen zeigte sie auf Basti: «Schau mal, wie schnell und aufgeregt seine Augen hin und her wandern! Er träumt einen heftigen Traum. Wahrscheinlich fliegt er mit Leyla den Wendelsteg hoch, den ihr herunter gekommen seid, und rutscht in einem doppelten Salto wieder herunter. Basti hat solche Wünsche; er wünscht sich auch ein Kugelbad in der Villa und wundert sich, dass andere Jugendliche, die etwa so alt sind wie er, sich für Philosophie interessieren, z.B. für Kants Kritik der reinen Vernunft. Ich heiße übrigens Nadia @Iwillslaughteryou.» Ehe Lara irgendetwas darauf erwidern konnte, öffnete Basti seine Augen. Ein «Guten Morgen» der beiden Frauen begrüßte ihn. Etwas verwirrt erwiderte er den Gruß. Während Nadia auf ihn einzureden begann, bemerkte Lara, dass sich etwas in Bastis Stimmung verfinstert hatte, was darauf schließen ließ, dass er bestimmt nichts Lustiges geträumt hatte. «Na, wieder von einer lustigen Reise mit Leyla geträumt?» fragte Nadia. Basti sah sich suchend um, als habe er Nadias Frage gar nicht gehört. Kurz trafen sich die Blicke der beiden jungen Frauen und Nadia konnte in Laras großen hell leuchtenden Augen eine gewisse Sorge um Bastis Wohlbefinden erkennen.

Hänsel und Gretel waren gestern; heute gehen Lara und Basti durch den Wald. Und wer glaubt, dass deren erste Begegnung Nadia @Iwillslaughteryou[8] die böse Hexe sei, ist völlig schief gewickelt. Auf diesem Spaziergang sind noch einige Überraschungen möglich. SOKRATES Teil 131 ;) Uri Bülbül

«Wir müssen jetzt aber weiter!», sagte Basti. Er war sich aber nicht sicher, in welche Richtung sie gehen sollten. Lara schaute an dem Schraubensteg hoch, den sie herunter gelaufen waren. Er schien sich nach oben hin erweiternd bis in den Himmel zu reichen. Denselben Weg wieder zurück zu nehmen, wäre sehr anstrengend geworden. «Weiter! Nicht zurück!» insistierte Basti. Nadia beobachtete die

---

8   Dieser Account wurde von der Inhaberin deaktiviert. Nadia aber bleibt
     weiterhin ein Teil der Geschichte.

beiden mit einem freundlichen Lächeln. Lara war der Weg beim Abstieg nicht so lang vorgekommen, worüber sie sich wunderte. Der Rückweg würde bestimmt eine gute Stunde in Anspruch nehmen und sehr schweißtreibend werden. Aber an Bastis Idee, dass sie irgendwo, wenn sie nur weiter gingen, auf einen Holzaufzug stießen, mochte sie nicht glauben. Fragend sah sie Nadia an und hatte plötzlich eine Idee, um Zeit zu gewinnen: «Darf ich dich in deinem Kostüm fotografieren?» «Ist kein Kostüm! Ist ein Kleid. Aber ja, sehr gerne, wenn du möchtest.» Basti wurde unruhig. Ihm war nach seinem kurzen Schlaf so überhaupt nicht nach Kostümen, Kleidern und Fotografien! Er wollte schnell weiter. Und wenn Lara das geträumt hätte, was er geträumt hatte, wäre ihr auch nicht nach Kleiderfotografien zumute!

Ein ziviles Auto mit einem Blaulicht auf dem Dach raste Richtung Venusberg, durch die Südstadt hindurch, über zwei radarkontrollierte Ampelkreuzungen bei rot und in Richtung Hattinger Wald. Am Schild für das Ende der geschlossenen Ortschaft vorbei 50 km/h schneller als erlaubt über eine Kreuzung außerhalb geschlossener Ortschaften, dann wurde die Straße enger, kurviger, unübersichtlicher. Ein Auto vor ihr fuhr nicht schnell genug zur Seite und Johanna Metzger schaltete sofort die Polizeisirene ein. In einer langgezogenen Rechtskurve schleuderte der Wagen und brach mit dem Heck etwas aus; aber geschult und trainiert fing sie ihn wieder auf, steuerte entgegen und hatte den Wagen voll unter Kontrolle. Mit Vollgas ging es weiter; und schneller als der Blitz erreichte die Nachricht von ihrer Fahrt das Polizeipräsidium. Reiniger war außer sich vor Wut. «Ich werde diese Irre mit einem Sondereinsatzkommando festnehmen lassen! Und wenn sie Widerstand leistet, soll man sie über den Haufen schießen! Wo ist ihr Partner? Dieser Ross? Warum bekommt er sie nicht unter

Kontrolle? Es kann doch nicht sein, dass diese Person unkontrolliert und ungehindert Amok laufen darf!» Die Kriminalassistentin, die die Nachrichten ins Büro des Chefs gebracht hatte, zog sich wortlos, ja geräuschlos wieder aus dem Büro zurück. Sollte doch Reiniger alleine vor sich hin sinnieren und schimpfen. Sie wollte jedenfalls nicht den Befehl entgegennehmen, das SEK gegen eine Polizeikommissarin einzusetzen. Vielleicht würde sich Reiniger ja gleich beruhigen und Vernunft walten lassen. Womöglich wusste die Kommissarin, was sie tat und es war nützlich und gut, dass sie noch im Dienst handelte. Auf so einen Gedanken würde Reiniger natürlich nicht kommen. Zumindest nicht, solange er schimpfte und fluchte.

Arthur Francis Suthers sitzt in der Zelle - Zeit, sich Gedanken zu machen, was alles schief läuft im Polizeipräsidium unter der Leitung des Dr. Alfons Albermann. Auch für Luisa könnte einiges schief gehen, wenn niemand Rufus bremst. SOKRATES Teil 132... Uri

SOKRATES – der kafkASKe Roman

Bülbül

Die Nachricht, dass Alfred Ross den Sonderermittler Suthers hatte festsetzen lassen, kam zuerst bei Oberstaatsanwalt Lauster an. Dieser amüsierte sich köstlich darüber. Und als er den Grund hörte, warum Suthers von Alfred Ross festgesetzt worden war, stieg seine Freude ins Unermessliche: gefälschte Kennzeichen am Auto und eine nicht registrierte Waffe im Handschuhfach – Lauster war sofort bereit einen Haftbefehl auszustellen. Aber der zuständige Kommissar hatte noch gar keinen beantragt. «Ich will sofort mit meiner Dienststelle telefonieren», beharrte der Sonderermittler gegenüber dem Schließer; dieser nickte, als er die Tür zumachte: «Ja, gleich kommt jemand und holt sie ab zum Telefonieren», sagte er, schloss ab und ging. Nun half kein Trommeln mit den Fäusten gegen die Tür, kein Rufen, kein Schreien. Arthur Francis Suthers war allein und niemand wollte ihn hören. Er setzte sich auf die Pritsche und starrte an die Decke. Im Geiste begann er mit dem Formulieren seines Berichts an die zuständige Ministerialdirigentin Katja Hardenberg, Leiterin der Abteilung Innere Sicherheit der Polizei – auch kurz „Interne" genannt. Dieses Präsidium schien ja wirklich außer Rand und Band zu sein. Wenn wir in einem Rechtsstaat leben, wird dieser Spuk nicht nur bald ein Ende, sondern auch massive Konsequenzen für einige Personen haben. Auf die Frage, was wäre, wenn der Rechtsstaat nicht überall funktionierte, kam er erst gar nicht, was eigentlich seltsam war, denn genau für solche Fälle war die Abteilung im Innenministerium, für die er arbeitete zuständig. Mal abgesehen vom Verfassungsschutz, vom Bundesnachrichtendienst, vom Militärischen Abschirmdienst und zwei, drei anderen Geheimabteilungen, von denen niemand wusste, was sie eigentlich trieben. Arthur sagte immer scherzhafter Weise: «Sie wissen selber nicht, was sie tun; denn es ist geheim.» Und das sollte auch so bleiben; da konnte auch seine Chefin Katja Hardenberg nichts ausrichten, geschweige denn der Innenminister selbst, dessen Name, als wolle die Geschichtsschreibung ironischen Schabernack treiben, „Jäger" hieß.

Während Luisa sich mit Betti @Liebeanalle und Uri Nachtigall unterhielt und Uri mehr von ihren Eindrücken aus dem Theater erfahren wollte, ging Rufus in den Geräteschuppen, um den Benzinkanister zu holen. Erst wollte er nach dem Kanister greifen, auf dem „Rasenmäher" stand, aber dann überlegte er sich es anders und nahm den Kanister mit der Aufschrift „Super". «Super, junge Dame, nicht Mix!» griente er debil schadenfroh vor sich hin. «Damit du eine schöne Heimfahrt hast! Mal sehen, wie lange der Motor braucht, um mit Kolbenfresser irgendwo stehen zu bleiben. Mit ein bißchen Glück bei voller Fahrt legst du dich schön auf deine hübsche Nase. Am liebsten würde ich dich dann finden und wäre der edle Retter. Aber meiner Geliebten, die auf mich wartet, wäre das gar nicht recht; denn sie duldet keine andere Schönheit neben sich. Langsam wird es auch Zeit, dass ich wieder zu ihr gehe.»

Okay, der Nekrophile Gärtnergehilfe hat eine Begegnung, die er so schnell nicht vergessen wird, aber geheilt von seiner Obsession ist er deswegen noch lange nicht. Und Lara und Basti sind irgendwo im Nirgendwo gelandet. SOKRATES Teil 133... Uri Bülbül

Gerade als er in diese Gedanken vertieft lüstern den Schuppen verlassen wollte, stieß er mit Nadia in der Tür zusammen. Er konnte nicht anders, als ihr in den Ausschnitt zu stieren, da sie in Jeans, Turnschuhen und einem bauchfreien Top mit Nirvana-Aufschrift vor ihm stand. Angeekelt bemerkte sie seinen Blick und stieß ihn heftig vor die Brust, so dass er in den Schuppen zurück stolperte und den Benzinkanister fallen ließ. «Hat man dir nicht gesagt, was du tun sollst? Du solltest die Gartengeräte und das Moped voll tanken! Und sollst du für das Moped Superbenzin nehmen? Oder ein Zweitaktgemisch?» fragte Nadia. Ein paar Schritte weiter von ihnen entfernt wurde Benjamin mit seinem Immanuel Kant unter dem Arm Zeuge des Geschehens. «Was geht dich das an? Wer bist du überhaupt?» trotzte der Gärtnergehilfe, der sich schnell gefangen hatte. «Eine neue Irre im Irrenhaus?» setzte er hinzu und wollte sich den Weg aus dem Schuppen frei schlagen und es dieser frechen Göre zeigen, dass er sich von ihr nichts sagen ließ, als ein heftiger Hieb mit dem Besenstiel seinen Kopf traf. Als er sich halbwegs vom Schlag erholt hatte, sah er, dass Nadia den Besen wieder aus der Hand gelegt hatte und neben dem Besen ein Spaten stand. «Du kannst froh sein, dass ich nicht den Spaten genommen habe. Und sicher sein, dass ich ihn beim nächsten Mal nehmen werde!» sagte sie in ruhigem Ton. «Mach deine Arbeit richtig und verschwinde dann in dein Gartenhaus, um deine perversen Spielchen zu treiben. Lange wird es ohnehin nicht gut gehen!» Als sie sich umdrehte, trafen sich ihre Blicke mit Benjamin. Sie schritt auf ihn zu, um ihn zu warnen: «Geh schnell, bevor er dich bemerkt! Du bist sonst in Gefahr.» Benjamin bog schnell um die Ecke Richtung Garten, schritt zügig voran, um den Geräteschuppen schnell hinter sich zu lassen, wobei er nicht mehr sehen konnte, wie Nadia verschwand. Zurück blieb Rufus mit einer brennenden linken Gesichtshälfte und Schmerzen am Kopf, wo sich auch eine Beule bildete. Er tat, wie es ihm geheißen, völlig verständnislos, was ihm in diesem Moment widerfahren war.

Während die beiden Frauen mit dem Fotoshooting beschäftigt waren, sah sich Basti etwas in der Gegend um. Er konnte seine

Abenteuerlust ausleben. Er kannte diesen Wald noch nicht, obwohl ihn irgendetwas daran an die Insel der Seligen erinnerte, wo er zuletzt mit Leyla gewesen war, diese aber am Wasserfall aus den Augen verloren hatte. Er beschnupperte die Luft, sah sich die Pflanzen an, hörte im Hintergrund wie die Frauen sich unterhielten, lachten und Lara Nadia Anweisungen beim Posieren zurief. Wenn Lara sich noch länger mit Nadia unterhalten wollte, würde er bald alleine weiter gehen. Er hatte sich nur noch nicht entschieden, in welche Richtung er wollte. Es schien hier keinen Weg, keinen Pfad oder ähnliches zu geben. Man musste sich wohl oder übel ein Stück durch die Botanik schlagen, um vielleicht wieder auf einen Weg zu stoßen. «Ein Buschmesser wäre schön und nützlich», ging es Basti durch den Kopf. Genau in diesem Moment raschelte es vor ihm in ein paar Metern Entfernung hinter dem Farn und den Sträuchern. Neugierig und auch etwas erschrocken spähte er in die Richtung. Zunächst konnte er nichts sehen, dann aber bewegte sich schnüffelnd und schnaubend ein grau-rosanes Tier aus dem Gebüsch, etwa so groß wie ein Ferkel und einem solchen auch nicht unähnlich, lediglich die Schnauze glich eher der eines Ameisenbärs. Basti war sich sicher, dass dieses sonderbare Tier wusste, dass er es beobachtete. Aber noch schien es sich nicht von ihm bedroht zu fühlen. Und umgekehrt ging von ihm auch keine Bedrohung für Basti aus. Eine Begegnung mit einem Wildschweineber, einem Säbelzahntiger oder einem Tyrannosaurus Rex Baby (all dies hielt Basti für durchaus möglich) wäre weit gefährlicher. Was aber vor ihm stand und den Boden kräftig beschnüffelte war eine Hispaniola solenodon. So lautete der wissenschaftliche Name für Schlitzrüssler, die ihren natürlichen Lebensraum auf Karibischen Inseln hatten. Sie erinnerten ein wenig an überdimensionierte Spitzmäuse und ernährten sich von Insekten. Das Exemplar vor Basti wirkte nicht besonders scheu, so dass Basti, spontan den Impuls in sich verspürte, sich dieser Hispaniola vorsichtig anzunähern, wobei er auch ein wenig die Hoffnung hegte, sie streicheln zu können. Tatsächlich flüchtete der Schlitzrüssler nicht, als sich Basti mit kleinsten Schrittchen ganz vorsichtig an ihn zu pirschen begann. Bis auf eine Armlänge konnte er sich ihm annähern und völlig beglückt betrachtete er das borstige Fell des Tieres, die kleinen dunklen Augen und den niedlichen feuchten Rüssel. Die Hispaniola hörte nun auf zu schnüffeln, um reglos die nächsten Sekunden abzuwarten, in denen sie sich für Flucht oder Bleiben entscheiden würde. Im Grunde war die Flucht nur von einem Augenblick zum nächsten aufgeschoben und nicht aufgehoben. Und plötzlich war sie da, die Flucht, und die Hispaniola solenodon verschwand bltzschnell rennend zwischen den Sträuchern. Sie hatte einen Bruchteil von einer Sekunde schneller Lara gehört, als ihr Ruf Bastis Ohr erreichte, der ärgerlich aufsprang: «So, jetzt können wir weiter!» «Oh, du hast sie erschreckt! Jetzt hast du das niedliche Tierchen erschreckt!» «Was für ein niedliches Tierchen? Ich habe nichts gesehen. Ich dachte, du willst jetzt schnell weiter.» Enttäuscht sah Basti noch einmal in die Richtung, in der die Hispaniola verschwunden war. «Du hast sie erschreckt. Und jetzt ist sie weg», schmollte er. «Das tut mir Leid, das wollte ich nicht. Aber sicher gibt es noch mehr Tiere hier und sicher auch noch mehr von diesen Hispaniolas. Ich bin gespannt, was wir hier noch alles entdecken werden.» Basti sah Lara mit einer Mischung aus Verwunderung und neugierigem, überraschtem Erstaunen an: «Dann verweilen wir hier noch ein bißchen in diesem Wald und gehen nicht sofort wieder zurück?» «Ja, lass uns noch hier erst einmal umsehen und Spazieren. Ich bin schon sehr gespannt, auf wen wir noch alles treffen.»

Eine halbe Stunde bis Mitternacht. Der Mond scheint durch das Fenster, hat schon ein Stück von seiner rechten Seite verloren an die Finsternis, das Runde ist nicht mehr so rund, die Zeit verrinnt. Bald

SOKRATES – der kafkASKe Roman

beginnt der Oktober. Dann kommt die Winterzeit, doch zuvor SOKRATES Teil 135... Uri Bülbül

Die Fotosession mit Nadia schien Lara ermutigt und motiviert zu haben. «Nadia meinte, wir sollten Richtung Westen gehen; da wäre es dann am längsten hell.» Und sie zeigte entschlossen in eine Richtung. «Möchtest du nicht besser wieder zurück in der Villa sein, bevor es dunkel wird?» fragte Basti erstaunt. «Ach, keine Ahnung. Es wird ja noch nicht dunkel. Wenn wir schon mal hier sind, dann sollten wir uns auch gründlich umsehen. Möchte mal wissen, was es hier noch so für seltsame Tiere und womöglich andere Wesen gibt», sagte Lara überraschend sorglos. «Was ist, wenn wir einem grauen Wolf begegnen? Oder einem Säbelzahntiger?» fragte Basti. Nicht dass er wirklich Angst vor einem Wolf oder einem Säbelzahntiger gehabt hätte, vielmehr wollte er wissen, wie Lara auf diesen Gedanken reagierte. «Ich mache Fotos von ihnen», antwortete Lara völlig unbeschwert, «besonders wenn wir einem Säbelzahntiger begegnen. Den muss ich unbedingt fotografieren, sonst glaubt uns keiner, dass wir ihn gesehen haben. Säbelzahntiger sind nämlich schon vor einer Ewigkeit ausgestorben.» «Das weiß ich», brummte Basti, «jetzt versuchst du meine Wünsche zu verscheuchen, wie du die Hispaniola verscheucht hast. Dinosaurier sind angeblich auch schon ausgestorben und Drachen auch, aber ich möchte nicht ausschließen, dass wir ihnen auf unserem Spaziergang begegnen können.» «Ja, tut mir Leid», sagte Lara versöhnlich. «Ich möchte es auch nicht ausschließen und deine Wünsche verjagen möchte ich auch nicht. Ich wollte auch nicht dieses Rüsseltier verscheuchen. Es ist aus Versehen passiert.» Lara nahm Basti an der Hand und zog ihn sanft mit sich Richtung Westen. Die Sonne stand nicht mehr gar so hoch.

SOKRATES – der kafkASKe Roman

Benjamin ging an den Gartenteich, wo er sich auf eine Bank setzte, die aus einem der Länge nach halbierten Baumstamm bestand. Die eine Hälfte diente als Sitzfläche, die andere als Rückenlehne. Das Holz war gegen Witterungseinflüsse behandelt und angenehm glatt. Nach der Begegnung mit Nadia ein wenig verstört nahm er auf der Bank Platz und legte „Die Kritik der reinen Vernunft" rechts von sich auf die Bank. Er betrachtete den Teich mit den Seerosen und dem hohen Schilfgras auf der gegenüber liegenden Seite und malte sich in seiner Phantasie Symmetrien mit Seerosen aus, die er wie Schachfiguren auf dem Brett auf der Wasseroberfläche hin und her schob. «Was ist das nur für ein Kerl – dieser Rufus?» quakte es aus dem See wie ein Frosch in seinen Kopf. Er hatte etwas Kaltes in den Augen, aber auch Stumpfsinniges. Und Benjamin fragte sich, ob Stumpfsinn und Gefühlskälte sich nicht ausschlossen. Er musste irgendetwas Wichtiges falsch gemacht haben; denn Nadia war ihm vehement in die Parade gefahren. Eigentlich interessierte ihn Rufus nicht. Auffällig war nur, dass er sich gerne so gab wie Zodiac. Mit seiner Frisur und seinem Anzug, den er in seiner Freizeit trug schaffte er es auf einige Entfernung wirklich dem stellvertretenden Leiter der Villa zu ähneln. Wenn man aber näher kam, erkannte man...

Da sitzt ein junger Philosoph im Garten der Psycho-Villa und denkt über Menschen, Kant und Kritiken. SOKRATES, der kafkASKe Fortsetzungsroman Teil 136... Uri Bülbül

...die billige Kopie, die plumpe Fälschung. Vielzu grobschlächtig war er und hatte nichts von der Feinsinnigkeit eines Zodiac. Wenn er ironisch oder zynisch werden wollte, konnte man bestensfalls nur noch über seine kläglichen Versuche lachen. Benjamin konnte Rufus überhaupt nicht ernst nehmen und konnte sich, ehrlich gesagt auch niemanden vorstellen, der ihn ernst nahm. «Ach, geh mir bloß aus der

Sonne!» sprach er alleine vor sich hin, mit sich selbst, im Geiste aber auch zu Rufus, womit er die Gedanken an diesen seltsamen Gärtnergehilfen wie eine lästige Fliege zu vertreiben suchte. Ihm mißfiel der Spruch, den der großartige Diogenes von Sinope, Alexander dem Großen auf den Kopf zugesagt haben soll, als der große König und Eroberer zu dem eigenwilligen Philosophen kam, um mit ihm zu reden und ihm dabei offerierte, er könne sich von ihm wünschen, was er wolle. Diogenes aber war fast wunschlos glücklich. Das Einzige, was er sich wünschte, war, dass der aufgeblasene König ihm aus der Sonne ging. Rufus konnte keinen Alexander abgeben; Benjamin aber war in seiner Selbsteinschätzung nicht weit von dem großen Zyniker entfernt. In seinem E-bookreader hatte er aber nicht die Sprüche des antiken Philosophen ohne Werke aufgerufen, sondern den Königsberger Denker mit seiner Kritik der reinen Vernunft. «Wie hätte sich wohl Diogenes in Königsberg geschlagen?» fragte er sich. «Hätte er Kants Kritiken gelesen?» Wie sollte man sich diesen Typen überhaupt vorstellen? Las er viel? Hatte er Platons sämtliche Schriften gelesen? War er je in Platons Akademie gegangen und hatte er sich mal unter die Schüler gemischt? Bei diesem Gedanken durchzuckte es ihn; ein Ekelgefühl stieg aus seinem Inneren von ganz tief unten auf. Schule? Nein, sie tötete in ihm jede Motivation und Lust auf das Lernen. Dabei war er durchaus wissbegierig; Mathematik fiel ihm leicht und für Literatur und Philosophie hatte er auch etwas übrig. Aber nicht in der Schule. Für die Schule hatte er immer weniger übrig - genaugenommen, wenn man mal ganz ehrlich sein und nichts verschönern wollte: hatte er überhaupt gar nichts für die Schule übrig. Er kam sich dort vor wie in der Fabrik - wenn man also konsequenter Weise nichts verschönern wollte, kam er sich wie ein Zwangsarbeiter in der Fabrik vor. Mit diesem Gefühl erstarb jegliche Motivation für die Themen. Er beobachtete in der Schule aufmerksam das Verhalten der Lehrer und das seiner Mitschüler. Und je mehr er beobachtete, desto mehr fiel er aus dem Betrieb heraus, wie eine Schraube, die sich unbemerkt aber stetig lockert und irgendwann plötzlich abfällt. «Nicht weiterdenken!» gebot er sich selbst; denn diese Gedanken waren noch ekelhafter als die dümmliche Eitelkeit des Gärtnergehilfen, der so sein und aussehen wollte, wie der Psychologe dieses wundersamen Sanatoriums. «Ich muss sagen, dass ich nie etwas erzwinge, ich tue immer nur das, was mir leicht fällt», ging es ihm durch den Kopf; aber es waren nicht seine Worte und nicht seine Gedanken.

Nicht nur das Leben ist voller Überraschungen, sondern auch bestenfalls die Fortsetzungsgeschichten. Kann man sich nicht eigentlich auch das ganze Leben als eine Fortsetzungsgeschichte ausmalen? SOKRATES, der kafkASKe Fortsetzungsroman Teil 137... Uri Bülbül

Er hatte sie von einem Facebookfreund erfahren und dieser wiederum aus einem Zeitungsbeitrag über den Systemtheoretiker Niklas Luhmann, der auf Facebook geliket worden war. Ein Systemtheoretiker, der so etwas Unsystematisches zu seinem Arbeitsprinzip erhoben hatte, machte ihm gedanklich zu schaffen. Er versuchte alles in einer Symmetrie unterzubringen, zu ordnen, dem Chaos durch Spiegelung entgegenzuwirken. Und dann kam über Facebook eine Message mit einem Luhmann-Zitat, nie etwas zu erzwingen, sondern immer nur das zu tun, was einem leicht fällt. Wäre dann aber nicht die Konsequenz daraus, dass man die Seele permanent baumeln lässt? Einfach sich im Leben im Nichtstun ergeht? Niklas Luhmann kam zu einer gigantischen Menge an Zetteln. Er hatte sich im wortwörtlichen Sinne in seinem Arbeitsleben verzettelt. Über diesen Gedanken schmunzelte er, während er gleichzitig die Goldfische im Teich betrachtete. Sie mussten denken, dass er sie anlächelte. Hunde zum Beispiel konnten mit einem Lächeln nichts anfangen. Für sie war das nicht mehr als ein Zähnefletschen. Und entsprechend feindselig konnte die Reaktion eines Hundes auf ein freundliches menschliches Lächeln ausfallen. Vielleicht waren die Goldfische „Schlauer" und bemerkten, dass das Lächeln etwas anderes zu bedeuten hatte und womöglich gar nicht ihnen galt. Oder aber sie dachten, er wollte sich gleich auf die Wasseroberfläche stürzen und sie verspeisen wie ein Fischreiher. Er sammelte seine Gedanken wieder; Symmetrie, Parallelen, Vergleiche, Analogien – ja, das waren wichtige Elemente des Denkens und nicht nur logische Schlüsse, Deduktionen, Induktionen, Implikationen, Äquivalenzen, Konjunktionen, Adjunktionen, Contradictionen – da war er wieder an seinem Startpunkt: Die Kritik der reinen Vernunft, und die schweren Begriffe bauten sich vor ihm auf, als wollten sie ihn gleich erschlagen: „Elementarlehre: Die transzendentale Ästhetik, die transzendentale Logik, Die Analytik der Grundsätze..." Er fühlte sich wie ein Bergwanderer in Sandalen, der seine Ausrüstung und seinen Rucksack in der Herberge vergessen hatte. «Ich muss wieder zurück», dachte er, «so komme ich nicht weiter.»

Auf dem schmalen Schotterweg Richtung Villa raste ein ziviles Auto mit Polizeilicht auf dem Dach. Johanna Metzger hätte nicht sagen können, was sie zur Eile trieb – zumindest gab es außer ihrem Gefühl, dass Gefahr bei Verzug drohte, keinen anderen Grund, der äußerlich erkennbar gewesen wäre. Mit über100 km/h schoss der Wagen durch den Wald, bis urplötzlich eine Frau mit schwarzen langen Haaren in einem schwarzen Kleid vor der Kommissarin auftauchte. Blitzschnell und mit aller Kraft trat sie die Bremse, die Reifen blockierten kurz, dann tat das Antiblockiersystem seinen Dienst, und Johanna erhielt nicht die Bremswirkung, die sie sich erhofft hatte. Die Frau in Schwarz blieb einfach auf dem Weg stehen und würde sicher vom Auto erfasst, wenn die Kommissarin nicht das Lenkrad herum riss.

Wie die Kommissarin Johanna Metzger quasi aus der Welt geschleudert wird. Und darf es denn auch etwas philosophisch werden? SOKRATES, der kafkASKe Fortsetzungsroman Teil 138... Uri Bülbül

Diese Entscheidung aber schleuderte sie von der Straße über einen kleinen Graben direkt auf einen Baum. Johanna glaubte, die Rinde genau vor ihren Augen sehen zu können, ein dumpfer Knall hallte durch den Wald, ohnmächtig sank ihr Kopf auf das Airbag.

«Es ist eine sehr spannende Atmosphäre im Theater. Das Licht, die Bühne, die leeren roten Stühle, dieser Eingangsbereich mit dem Café – diese Dinge beschäftigen einen. Dann die Bilder an den Wänden und die Puppen, die an den beiden Säulen und über der Theke hängen. Eine Puppe hat eine Schlinge mit einem Galgenknoten um den Hals. Obwohl sie sehr künstlich aussehen – diese Puppen, also gar nicht einem Menschen ähnlich, nicht ähnlicher als Comic-Figuren, meine ich, sind sie sehr unheimlich», plauderte Luisa nach ihren Eindrücken im Theater gefragt. «Ich weiß nicht, ob du diesen ziemlich verrückten Youtube-Film „Der Gang durch das Theater"* mal gesehen hast» Betti und Luisa schüttelten den Kopf, und Uri Nachtigall erzählte: «Es ist auf einem ziemlich unbekannten und wenig besuchten Youtube-Kanal. Seine Filme haben ziemlich wenig Klicks, selten kommt er auf eine dreistellige Zahl. Es ist ein Schriftsteller, ein Kulturphilosoph oder so etwas, der in einem Theater arbeitet und lebt.» «Meinst du, er wohnt auch in diesem Theater?» fragte Betti ziemlich neugierig. «Keine Ahnung. Das geht aus den Erzählungen nicht richtig hervor. Aber scheinbar ist er auch häufiger in der Nacht dort, wenn sonst niemand mehr im Theater ist. Dann geht er auch schon mal mit seinem Laptop durch das Theater und filmt mit der Webcam seinen Gang durch das Theater. Obwohl nichts Außergewöhnliches passiert, hat der Film etwas Gruseliges. Aber auch seine anderen Filme sind gruselig.» «Und warum schaust du dir seine Filme an?» fragte Betti und fügte hinzu, dass sie selbst nichts Spannendes und Gruseliges in Filmen, Büchern und Geschichten haben wolle. Sie habe genug Grusel in ihrem Leben gehabt. Sie suchte das Licht, den Sonnenschein, die Heiterkeit, die Liebe und konstruktive positive Energie des Universums. Die Suche nach Liebe verstand Betti anders als man hätte gemeinhin annehmen können: nicht einen zu ihr passenden und ihrer Liebe würdigen Menschen suchte sie, nicht die große Liebe ihres Lebens – diese hatte sie, wie sie es sagte, in sich – sie suchte Mittel und Wege, die universelle Liebe an alle für alle vermitteln zu können. Auf die Frage, was ein Lächeln auf ihr Gesicht zaubern würde, antwortete sie einmal ganz typisch für ihr universelles Bestreben: «jeden Morgen wird mir ein Lächeln durch die frische Luft auf mein Gesicht gezaubert,

was mir noch ein größeres Lächeln zaubern würde, wäre, wenn alle Menschen spüren würden das die Luft, egal welches Wetter, dich komplett durchströmt, wenn man es zulässt, dann spürt man die Göttlichkeit (auch in sich) dieses Gefühl erfüllt einem mit tiefer Dankbarkeit.[9]

Es wird bald Mitternacht... Und da muss ich die Geschichte von den armen Menschen in der Psychovilla und auf dem Weg dorthin oder auf einem Spaziergang im Wald um die Villa oder sonst wo (man

---

9 http://ask.fm/liebeanalle/answer/131314615027

weiß es nicht so genau) weiter erzählt haben^^ SOKRATES Teil 139: Uri Bülbül

Ja wenn alle Menschen diese zulassen würden, das würde mir ein riesen Lächeln nicht nur auf die Lippen zaubern, sondern auch in meinem Herzen <3»[10] Uri Nachtigall dagegen hatte nicht so viel Gruseliges und Furchtbares in seinem Leben durchlitten. Seine Gespenster waren reine Produkte teilweise seiner Übertreibungen in den Erzählungen und teilweise seiner Beobachtungen von Phänomenen, die nicht ihn betrafen und benachteiligten. Von Phänomenen, deren Opfer er nicht war. So konnte er sich gut finsteren Themen widmen, Ungerechtigkeiten und Grausamkeiten, Kriminalfällen und Abenteuern. Luisa war fasziniert vom Theaterraum und von dem Vorraum, der Foyer genannt wurde, wo sich eine große Bar gegenüber dem Eingang ins Theater befand. Wenn das Publikum in die Pause ging, hatte es direkt diese große Bar vor Augen und konnte erst einmal den Durst stillen, um sich dann der zweiten Hälfte der Vorstellung hinzugeben. Betti war nicht so sehr künstlerisch interessiert. Sie schwelgte lieber in ihrer religiösen Euphorie. Das war für sie deutlich lebendiger und lebensnaher als eine griechische Tragödie oder ein Hamlet, der ihretwegen auch hätte eine griechische Tragödie sein können. Einen so großen Unterschied sah sie nicht, brauchte sie aber auch nicht zu sehen für ihr Leben.Benjamin war in dieser Frage ganz anders als Betti. Er hätte sich sehr für die Unterschiede zwischen Hamlet und einer griechischen Tragödie interessiert und hätte sogar nach dem Grund gefragt, wie man auf die Idee kam, diese beiden Theater miteinander zu vergleichen. Er hätte auch gewusst, dass Shakespeares Dramen in die Epoche des Elisabethanischen Theaters fielen. Er hätte über diejenigen nur

---

10   http://ask.fm/liebeanalle/answer/131314615027

geschmunzelt, die auf gute-frage.net danach fragen mussten. Und er hätte eine ähnlich gute Antwort gegeben wie „Haldor"[11], wenn er gefragt worden wäre: «Das Zeitalter nennt man (Spät-) Renaissance. Renaissance heißt Wiedergeburt; gemeint ist die Wiedergeburt der Antike. In allen Werken des Renaissancezeitalters steht der Mensch im Mittelpunkt, so wie ihn antike Dichter, Philosophen und Künstler gesehen und dargestellt haben, d.h. der Mensch, wie er sich in allen seinen Lebensäußerungen umfassend zeigt. Nicht also der Mensch, eingeschränkt durch die Gebote der christlichen Kirche. In den Werken des Mittelalters tritt uns der Mensch in diesem eingeschränkten Sinne entgegen: als tugendhafter Ritter zum Beispiel, der sich von edlen Motiven wie „triuwe", „hohen muot" etc. leiten ließ. Das kirchlich-christliche Weltbild dominierte hier auch die Dichtung. Davon bleibt in der Renaissance nicht mehr viel übrig, wenngleich natürlich die christliche Kirche nicht in Frage gestellt wurde.[12]

So ist unser Benjamin: er philosophiert so vor sich hin, hat seine Transzendentalphilosophie unter dem Arm, unter dem Kopfkissen und auch im Kopf. Aber in der SOKRATES-Welt passieren noch andere Dinge. Teil 140... Uri Bülbül

Am deutlichsten zeigt sich das Renaissancehafte bei Boccaccio und Shakespeare. Beide Dichter führen uns gewissermaßen den „entfesselten" Menschen vor.»[13] Nichts, was unter Menschen möglich

---

11 http://www.gutefrage.net/nutzer/Haldor
12 http://www.gutefrage.net/frage/wie-nennt-man-die-epoche-in-der-shakespeare-geschrieben-hat Antwort von Haldor am 14.03.2012.
13 a.a.O.

ist, bleibt ausgespart. Der Mensch in allen seinen Höhen und Tiefen tritt uns besonders bei Shakespeare eindrucksvoll entgegen.» Es war ein bißchen zu sehr eine Schulweisheit, die Haldor da von sich gab; es war nicht falsch, entbehrte aber einer gewissen Tiefe, die Benjamin durchaus gesucht hätte. So aber sahen ihn die Goldfische im Teich kopfschüttelnd über der „Kritik der reinen Vernunft" sitzend. Sicher gab es geistesgeschichtliche Paradigmenwechsel, die aus dem Mittelalter in die Neuzeit führten. Es gab sogar Philosophen, die die Neuzeit bei Kants Kritiken ansiedelten und nicht etwa bei Descartes „Meditationen über die Erste Philosophie", die ihnen zu sehr nach Augustinus klangen. Aber war es eben nicht auch so, dass der Fortgang der Geschichte ebenfalls aus Kontinuitäten bestand und nicht nur aus Brüchen und Paradigmenwechsel? Und war die Renaissance wirklich eine Renaissance der verschollenen Antike? War sie im Mittelalter wirklich untergegangen und musste neu geboren auf die Weltbühne der Geistesgeschichte treten? Für Betti waren diese Fragestellungen abgehoben. Sie gingen am Leben vorbei wie Flugzeuge über Städte hinweg fliegen, und in großer Höhe keinen Einfluss auf das Leben in ihnen haben. Luisa wollte sich eingehend mit all diesen Fragen beschäftigen. Und sich überhaupt nicht mit dem Deutschunterricht der leidigen Frau Rosenberg-Kübel zufrieden geben. So erschien es ihr wichtig genau hinzuhören, was dieser Theaterphilosoph zu erzählen hatte, den sie sich irgendwie attraktiver ausgemalt hatte, als er aus der Nähe und in Wirklichkeit war, was sie allerdings nicht daran hindern sollte, ein kleines flirtendes Funkeln in den Augen zu behalten.

Ein dumpfer Schlag, ein erstickter Knall hallte durch den ganzen Hattinger Wald und ließ alle einen Bruchteil einer Sekunde lang innehalten: tief in Gedanken versunken sah Benjamin nicht wirklich auf, aber es gab einen unregelmäßigen Lidschlag, Gärtner Stein war vor seiner Waldhütte, als ihn der dumpfe Knall erreichte und ihn spontan an Rufus denken ließ, was dieser Schwachkopf wohl schon wieder angestellt haben mochte; Rufus fragte sich, ob nicht der unheimlichen Frau etwas auf den Kopf gefallen sein könnte; Schwester Maja verschrieb sich in einer Patientenkarte, was für ihre makellose Schrift Schimpf und Schande bedeutete; Zodiac glaubte sich verhört zu haben und hoffte auf einen zweiten Knall; Betti musste beunruhigt an Lara denken...

Eines muss klar sein: SOKRATES, der kafkASKe Fortsetzungsroman ist ein Mitmachroman. D.h. ihr könnt Ideen, Anregungen und Personen vorschlagen und ich sehe mal zu, wie und wo ich sie einbauen kann. Einen tollen Mitstreiter habe ich schon. Teil 141... Uri Bülbül

...und wünschte sich, sie würde nun durch die Tür vom Spaziergang zurück kommen; Luisa hoffte, dass dieser Knall, der eigentlich, kaum dass er vorbei war, wahrscheinlich nie statt gefunden haben würde, nicht die Aufmerksamkeit zerstreute; Uri Nachtigall fiel es im Eifer des Geredes leicht, das Dumpfe Rollen der Luftmoleküle zu ignorieren. Lara und Basti sahen sich fragend an und gaben einander die Hand. Nadia kniff die Augen zusammen und zog den Kopf ein, so dass der Knall über sie hinweg fegte. Dann betrachtete sie den Qualm in einiger Entfernung. Ruhigen Schrittes ging sie auf das Autowrack zu und sah darin eingequetscht und blutend die Kommissarin. «Oh, das sollte doch nur ein kleiner Denkzettel werden», sagte sie sich. Nun stand sie vor einer mittleren Katastrophe.

Es war eine satte, selbstbewusste, ruhige Frauenstimme, die beim Notruf präzise den Unfall meldete. Die Diensthabende hatte den

Familiennamen nicht richtig verstanden, und auch nachdem sie das Band mehrmals abgehört hatte, wurde der Familienname nicht verständlicher. Die Frau sprach akzentfrei Deutsch, der Name jedoch war ausländisch. Die Diensthabende entschied sich für «Schiranjucki». Feuerwehr, Notarzt und Polizei rückten sofort aus. Kurz wurde auch in Erwägung gezogen, einen Hubschrauber mit einem Notarzt darin einzusetzen; die Einsatzleitung entschied sich aber dagegen; der Hubschrauber konnte nirgendwo in der Nähe des Unfallortes landen und bis der Notarzt abgeseilt war, würden auch die anderen Rettungskräfte vor Ort eintreffen.

«Der Mensch in allen seinen Höhen und Tiefen tritt uns besonders bei Shakespeare eindrucksvoll entgegen.» Shakespeares Dramen waren deshalb von einer wunderbaren Lebendigkeit, weil sie den Menschen in Figuren nicht schematisch idealisierten und idealen Klischees unterwarfen, sondern von einem realistischen Humanismus beseelt waren. Man konnte Fehler machen, Zweifel hegen und diese Zweifel so ins unermessliche Steigern, bis sie in einer Katastrophe endeten. Psychische Dispositionen und situative Konstellationen verschmolzen zu einem explosiven Gemisch und führten zum Untergang der handelnden Personen. Und Immanuel Kant, der Gute, was tat er in seiner Studierstube? Entfernte er sich, je mehr er über die Transzendentalphilosophie nachdachte und schrieb, vom Leben? Wurden seine Gedanken immer lebloser in der dünnen Luft der Bedingungen der Möglichkeit und der Möglichkeit dieser Bedingungen? Als Benjamin wieder aus dem Garten kommend den Aufenthaltsraum betrat, bemerkte er schmerzhaft die Asymmetrie, die sich eingeschlichen hatte. Seine gute Ordnung war dahin. Die Sessel anders gruppiert und Uri Nachtigall mit Betti und Luisa in ein Gespräch vertieft. Aus der Ferne im Hintergrund konnte man Frank Norbert Steins Quad hören, der den Waldweg entlag an der Villa vorbei Richtung Hauptstraße raste, weil der Gärtner und Hausmeister sich auch wie ein Förster fühlte, der nach dem Rechten zu sehen sich in der Verantwortung wähnte.

Es könnte blutig werden, sehr blutig! Ich könnte die Kommissarin über die Klinge springen lassen, noch bevor sie das Rätsel um das Doppelleben ihres Vaters gelöst hat. Irgend etwas liegt in der Luft. SOKRATES, der kafkASKe Fortsetzungroman, Teil 142: Uri Bülbül

Wie unter Schock sprang er am Unfallort fluchend von seinem Fahrzeug. Der Qualm hatte sich ebenso verzogen wie Nadia. Und das Leben schien sich aus der Kommissarin ebenso zu verziehen wie der Qualm. Stein konnte keinen Puls mehr fühlen, sah all das Blut an der jungen Frau und kein Lebenszeichen mehr. Sie war eingequetscht und der Hausmeister wusste nicht, wie er ihr noch helfen konnte. Zitternd griff er mit Blut verschmierten Fingern nach seinem Smartphone, um rote Fingerabdrücke auf dem Display hinterlassend die Nummer des Notrufs zu tippen. Ja, der Unfall sei bereits gemeldet und die Rettungskräfte seien unterwegs, ob er denn gemeinsam mit der Zeugin, die angerufen habe, erste Hilfe leisten könne. «Hier ist keine Zeugin. Hier ist niemand außer der Toten», schrie er verzweifelt ins Telefon, während er sich sicherheitshalber noch suchend umsah, ob vielleicht doch jemand irgendwo zwischen den Bäumen zu sehen war. Absurderweise blitzte noch immer das Blaulicht auf dem demolierten Autodach. Die Frau musste demnach im Einsatz gewesen sein, folgerte der Hausmeister, ohne das Ziel und den Grund des Einsatzes erkennen zu können. Mit Gänsehaut und frierend stolperte er zu seinem Quad zurück, nachdem er noch mehrmals versucht hatte, irgendeine Tür zu öffnen, um die Verunglückte doch noch aus dem Auto ziehen zu können. Das allerdings schien aussichtslos.

«Hallo Benjamin, möchtest du dich zu uns setzen?» fragte im Aufenthaltsraum der Psycho-Villa Betti munter, während Luisa und Uri Nachtigall miteinander beschäftigt schienen und einander tief in die Augen sahen. Uri Nachtigall beugte sich zu Luisa und flüsterte ihr etwas zu, was sie zu erheitern schien. Dabei konnte er einen kurzen Blick in ihren Ausschnitt mit den wunderbaren Rundungen nicht unterlassen. Ihr entging sein Blick nicht, und sie beugte sich ihm noch ein kleines Stück entgegen. Obwohl Betti zu Benjamin hinüber sah, konnte auch ihr das Knistern zwischen Luisa und Uri Nachtigall nicht verborgen bleiben. Irritiert winkte Benjamin ab: «Nein, nein... danke. Ich gehe noch mal vor dem Abendessen auf mein Zimmer.» «Hast du im Garten Lara und Basti gesehen?» fragte Betti, «Sie müssten so langsam von ihrem Spaziergang zurückkehren.» Benjamin wandte sich Kopf schüttelnd um. «Alles durcheinander», dachte er, «alles durcheinander. Sie haben im Aufenthaltsraum ein Chaos angerichtet!» Als Betti von Basti sprach, horchte Luisa auf. «Basti? Ich darf seine gelben Lego-Steine nicht vergessen.» Und dann biss sie sich auf die Lippen. Was für ein Quatsch! Ging es ihr durch den Kopf; das war doch eine ziemlich verrückte Geschichte. Sie träumte von einem Delphin-Kind, das bei ihr Legosteine bestellte und brachte sofort die Bestellung mit ihrer realen Welt in Verbindung. Zugleich aber bemerkte Luisa, wie Uri Nachtigall und Betti bedeutungsvolle Blicke austauschten. «Was wisst ihr?» fragte Luisa unvermittelt, «ihr beiden wisst doch irgend etwas.»

ich will das nicht entscheiden, ob die Kommissarin in der Geschichte sterben soll oder nicht. :c[14]

---

14 Www.ask.fm/Maulwurfkuchen

SOKRATES – der kafkASKe Roman

Ja, das kann ich gut verstehen. Mal sehen, wie die Geschichte weitergeht. Hier SOKRATES Teil 143:

Uri Nachtigall wollte eher ausweichen, aber Betti kam ihm mit ihrer ehrlichen Art zuvor: «Wir wissen nicht viel. Basti hat dich erwartet. Er hat gesagt, dass du kommen würdest, er sei dir in deinem Traum erschienen und habe gelbe Legosteine bestellt.» «Ich hielt das für Quatsch!» fügte Uri Nachtigall hinzu. «Das ist ja Wahnsinn!» rief Luisa aus, «Das ist ziemlich verrückt!» Dann hielt sie mit weit aufgerissenen Augen inne und sah sich um: ja, wo war sie denn, wenn nicht im Irrenhaus? Betti erinnerte sie an das Motto des DoctorParranoia: «Wer sich auf den Wahn einlässt, wird Sinn finden.»[15] «Das gibt es nicht!» rief Luisa. «Und doch bist du hier», sagte Uri Nachtigall ruhig. «Und du?» fragte Luisa, indem sie den Philosophen direkt und etwas streng ansah: «Du bist auch hier? Warum eigentlich? Um das zu erfahren bin ich gekommen – nicht der Lego-Steine wegen. Das steht auf einem anderen Blatt. Ein bißchen mysteriös, ein bißchen unheimlich.» «Zwei Kriminalbeamte tauchen bei mir auf, der eine bricht mir die Nase...» «...die andere das Herz...» lachte Betti und hielt sich dann die Hand vor den Mund. Uri versuchte diese Bemerkung zu ignorieren, die ihn doch ziemlich aus dem Konzept brachte – so sehr, dass er fast vergaß, was er sagen wollte. Dann aber fing er sich doch noch, obwohl er bemerkte, dass sich auch Luisa ein kleines Lachen kaum verkneifen konnte. «Ich habe eine Freundin angerufen, sie ist Anwältin. Und sie hat mir empfohlen, mich in der Villa des DoctorParranoia mit dem Forensikspezialisten zu unterhalten. Er ist aber scheinbar hier sehr schwer anzutreffen. Schwester Maja hat mich hier einquartiert und meine Arbeitssachen aus meiner Wohnung holen lassen, so dass ich ein paar Tage lang hier wohnen und von hier aus auch meiner Arbeit nachgehen kann.»

---

15 Www.ask.fm/DoctorParranoia

Dann schwieg Uri Nachtigall stirnrunzelnd. Das war noch nicht einmal die halbe Geschichte und erst recht nicht einmal die halbe Wahrheit. Einen Gedanken, der ihm durch den Kopf wirbelte, dass ihm schier schwindlig wurde, konnte er nicht aussprechen: Dieser Basti @Maulwurfkuchen, der ihn in seinem Zimmer mit einem Revolver bedroht hatte, schien paranormale Fähigkeiten zu besitzen. Und last but not least waren da die beiden Bücher, die auf sein Konto gingen, obwohl er sie nicht geschrieben hatte.

Weit von der Hälfte der Wahrheit entfernt saß der Sonderermittler Francis Arthur Suthers in seiner Zelle im Polizeipräsidium und war eigentlich davon überzeugt, dass jeden Moment die Tür sich öffnen, er in die Freiheit entlassen werden müsste und die Verantwortlichen sich bei ihm zu entschuldigen hätten. Aber nichts geschah, so dass er sich mit dem Gedanken anzufreunden begann, dass es eventuell vierundzwanzig Stunden dauern könnte, bis er wieder auf freien Fuß kam.

Intermezzo:
Das Arthur-Dilemma:

Ich wimmere nicht und lasse mich von, an Sonntagsabendkrimi-Bullen erinnernde, Gestapo-Methoden sicher nicht einschüchterten! Arthur

Ja, da bist du jetzt ganz schön übermütig. Man muss als Romanheld schon einiges aushalten, das sage ich dir - weit mehr als in einem normalen mitteleuropäischen Leben. Hier gibt es doch Grausamkeiten, Katastrophen und viele andere hässliche Dinge im

SOKRATES – der kafkASKe Roman

Fernsehen oder in der Politik, die man auch nur aus dem Fernsehen kennt. Du empörst dich ja jetzt schon über die Ereignisse im Roman, obwohl dir gar nicht so viel zugestoßen ist. Ja gut, dir wurde eine Pistole an den Kopf gedrückt, aber der Kommissar hat dich nicht erschossen. Mir wurde die Nase gebrochen, eine Freundin ermordet, ich bin in der Psychovilla gelandet. Und beschwere ich mich etwa darüber? Nein, tapfer versuche ich die Dinge zu begreifen, die geschehen und denke: Das ist doch wie in einem falschen Film, in dem ich aus Versehen gelandet bin.

Du musst wahrscheinlich nur auf einen Anruf aus dem Ministerium warten, und dann bist du wieder frei. Aber ich - ich werde den ganzen Roman lang unter Irren bleiben; und man weiß weder, warum ich verhaftet wurde, noch weiß man, wieviele Folgen der Roman haben wird. Und erst recht weiß man nicht, ob es ein Happy End gibt. Was es aber auf jeden Fall gleich gibt, ist die 128. Folge von SOKRATES, dem kafkASKen Roman ;)[16]

74 Wörter die von meinem Avatar handeln in der aktuellen Folgen. Holla die Waldfee!! Arthur

Nein, das hat nichts mit der Waldfee zu tun. Sie hat als unser "Kohlewittchen" schon genug angerichtet und Johanna Metzger gegen einen Baum rasen lassen. Ob sie es überleben wird, wissen wir immer noch nicht. Jedenfalls will @Maulwurfkuchen dies nicht entscheiden müssen. Die Folge 144 ist in Arbeit.

Wörter zu zählen und Statistiken anzulegen kann auch ein Zugang zur Literatur sein: wie oft kommt in Kafkas Romanen das Wort "Vater" vor? Aber schon mit dieser Frage drehen wir uns im hermeneutischen

---

16 https://ask.fm/Klugdiarrhoe/answers/133033563833 September 15, 2015 23:41:54

SOKRATES – der kafkASKe Roman

Zirkel ;) Und wenn "Vater" in Kafkas Romanen überhaupt nicht vorkäme, würde das bedeuten, dass er überhaupt keine Rolle spielt?

Du hättest ja auch weitere Vorschläge machen können, wie sich die Geschichte des Sonderermittlers Francis Arthur Suthers weiterentwickeln soll. Aber man kann das Spiel auch halbherzig spielen: den Absatz markieren, in dem der Avatar vorkommt und die Wörter nach Copy und Paste im Textprogramm zählen lassen ^^

Um es besonders geistreich zu machen, hätte ich nach 42 Wörtern aufgehört, über deinen Avatar zu schreiben, wenn ich gewusst hätte, dass der Sinn statistisch bemessen wird; aber ich zähle gar nicht die Wörter, sondern die Zeichen, weil knapp vor 3000 Zeichen das ask-Antwortfeld voll ist.[17]

Dann aber folgte der Einwand:

Warum schreibst du mich in deinem Roman zum Feind? Jeden Vorschlag, was mit meiner Figur passieren könnte, ignorierst du. Dieser Sonderermittler hat genauso viel mit mir gemeinsam wie mit dir. Warum verlinkst du mich dann noch immer? Arthur

Was soll mit deiner Figur schon passieren? Iss mehr, dann nimmst du vielleicht zu.

Wie du auf die Idee kommst, dass ich DICH zum Feind schreibe, ist mir ein Rätsel. Nicht einmal der Sonderermittler Sir Francis Arthur Suthers ist ein Feind; die dramatische Steigerung der Spannung, bevor das mysteriöse Ereignis eintritt, gehört zur Spannungskurve.

Für gewöhnlich ignoriere ich keine Vorschläge - auch in diesem Fall habe ich nicht vor einen Vorschlag zu ignorieren. Es kam bisher nur ein einziger Vorschlag und er wird auch eingearbeitet. Sonst erinnere

---

17 https://ask.fm/Klugdiarrhoe/answers/134387310265 November 05, 2015
    20:11:01

ich mich nur an Gemecker, ich räumte Basti @Maulwurfkuchen zu viel Raum ein. Von ihm hingegen kamen eine Menge Vorschläge, ich habe sie alle fein säuberlich notiert und arbeite sie nach und nach im Verlauf des Spannungsbogens und Geschichtenverlaufs ein.

Es ist spannend zu sehen, wie wenig du mit der Fiktionalisierung deiner Person bzw. deines Profils klar kommst und sogar Dinge persönlich nimmst, die überhaupt nicht persönlich sein können und auch nicht so gemeint sind. Auf der einen Seite beklagst du, dass die Dinge, die im Roman passieren, mit dir persönlich nichts zu tun haben, dann nimmst du sie aber doch so persönlich, dass du dich "zum Feind" geschrieben siehst.

Natürlich ist die Konsequenz daraus, dass der Versuch mit dir als gescheitert angesehen werden kann. Alles andere muss schriftstellerisch bewerkstelligt werden. Folge 157 des SOKRATES-Romans ist längst geschrieben und wird auch nicht verändert.

Was in den späteren Folgen um das Polizeipräsidium passiert, wird für mich spannender als vorher.[18]

Und auch hier im Intermezzo kann nicht verraten werden, wie es mit Arthur und seinem Avatar weitergeht.

Hier wie versprochen der 144. Teil des kafkASKen Fortsetzungsromans SOKRATES. Wenn man gerade im Begriff ist so etwas wie einen „Hölderlin-Komplex" zu erfinden, dann finde ich die Frage nach der Anzahl der Leute, die diesen Roman verfolgen, wirklich unwichtig. Dankbar bin ich über jedes Interesse :) Uri Bülbül

---

18 geschrieben am: 20. Dezember 2015, 19.36 Uhr
    https://ask.fm/Klugdiarrhoe/answers/135428445369

SOKRATES – der kafkASKe Roman

Unglaublich fand er das, dass die Herrschaften in diesem Präsidium sich so eine Frechheit erlaubten. Sie mussten von allen guten Geistern verlassen worden sein. Dieser Gedanke wiederholte sich in seinem Kopf immer wieder, und er kam damit nicht weiter und ein wirklicher Zeitvertreib war es auch nicht. Also war es höchste Zeit, an etwas anderes zu denken – z.B. an Dr. Albermanns Töchter. Wie lange lag die Geschichte zurück, die die jüngste Tochter Kristina Albermann, damals noch 14 Jahre alt, in ein Internat und die Mutter Martina Albermann in die Psychiatrie beförderte? Es müsste etwa fünf Jahre her sein. «Wenn ich hier raus bin, werde ich Kristina besuchen», beschloss er. Und wieder warf er einen glühend heißen Blick voller Wut auf die verschlossene Zellentür. Unfassbar! Aber andererseits musste er sich eingestehen, dass er damit hätte rechnen müssen. Denn wurde ihm in der Dienstbesprechung im Ministerium nicht gesagt, dass er es hier mit einem Augiastall zu tun hatte, den es auszumisten galt. Also wäre die logische Konsequenz gewesen, dass er vor einer Herkulesaufgabe stand. «Vielleicht habe ich die Aufgabe auch unterschätzt», begann es ihm zu dämmern. Aber er fühlte sich stark genug, sich dieser Aufgabe zu stellen.Schwester Maja saß in ihrem Arbeitszimmer an ihrem Schreibtisch auf dem der aufgeklappte Laptop stand. Mißmutig und zynisch mit Gift und Galle betrachtete sie den Bildschirm, auf dem sie zwei Programme geöffnet hatte; das eine war ein Internetbrowser, mit dem sie ihr ask.fm-Profil bearbeitete, was sie wirklich böse stimmte und das andere war das Patientenverwaltungsprogramm der Universitätsklinik, der auch die Psycho-Villa angeschlossen war. Damit beschäftigte sie sich mit routinierter Gleichgültigkeit. Doktor Zodiac bekam alle drei Tage einen Bericht, wenn sich nichts Ungewöhnliches ereignete. In den letzten drei Tagen hatte sich nichts Ungewöhnliches ereignet, wenn man mal von einem etwas intensiveren Kommen und Gehen in der Villa absah. Aber ihrer Meinung nach bewegte sich alles im grünen Bereich.

93

SOKRATES – der kafkASKe Roman

Etwas ungewöhnlich kam ihr das Verhalten des Patienten Basti vor. In Gedanken zog sie die rechte Augenbraue hoch und schüttelte leicht den Kopf über ihren eigenen Fehler! Nein, hier wurden die Menschen nicht unter „Patienten" geführt und als solche bezeichnet, sondern sie galten als „Gäste" der Villa. Herr Professor hatte das so eingeführt und legte besonderen Wert auf diese Sprachregelung. Zugleich aber hatte er die Software der Uniklinik, in der es eben nur so von „Patienten" wimmelte und nicht von „Gästen". Er hätte sich ja auch die Software einer Hotelkette holen können. Warum hatte er das nicht getan? Es war etwas albern. Aber darüber musste sie sich nicht den Kopf zerbrechen. Wichtig war, dass es auf der einen Seite SIE, die Schwester Maja, gab und auf der anderen die anderen, die vielen, diejenigen, die auf sie angewiesen waren oder sie bewunderten oder hassten. Egal.

Oh Mann, TheNamelessNarrator will handeln. Das ist genau das Gegenteil vom Hölderlin-Komplex.
http://ask.fm/TheNamelessNarrator/answer/132245986302[19] Ich schreib lieber mein Romänchen weiter - dann kann einem der Himmel nicht auf den Kopf fallen: SOKRATES - Teil 145: Uri Bülbül

Dazu zählte dieser schriftstellernde Nichtsnutz ebenso wie der fünfzehnjährige Basti, der sehr friedliebend war und dennoch im Zimmer dieses Schriftstellers mit einem echten Revolver ein Loch in die Decke geschossen hatte. Das sollte wohl der Versuch werden, sich Geltung zu verschaffen, Respekt und ein wenig Uri Nachtigall einzuschüchtern. Was aber hatte Basti @Maulwurfkuchen von Uri

---

19 Dieser Account wurde von ask.fm aus mir unersichtlichen Gründen gesperrt, so dass ich die Antwort leider nicht mehr zitieren kann, unvorsichtiger Weise habe ich keine Kopie von dieser Antwort angefertigt. Der User aber ist wieder mit einem neuen Account online:

gewollt? Es war merkwürdig, aber damit sollte sich der Herr Professor befassen oder sein Assistent Doktor Zodiac. Sie tippte ein paar Zeilen in Bastis und Uri Nachtigalls „Gäste"hahaAkte. Da klingelte das Telefon. Sie sah, als sie den Anruf annahm, von wem er kam: «Was gibt's Norbert?» Die Stimme des Gärtners klang verzweifelt, bebte, er bekam keinen vernünftigen Satz heraus, sie verstand irgendetwas von einem Unglück, einem Unfall auf dem Waldzufahrtsweg zur Villa, eine Polizistin... «Ist sie tot? Hast du etwas damit zu tun? Bist du in den Unfall verwickelt?» fragte die Schwester, die im Hintergrund laute Geräusche hörte wie in einer Werkstatt oder auf einer Baustelle. «Was ist da los, um Himmels willen?» fragte sie den verstörten Gärtner. «Po...Po...Po...», stotterte der Mann am Telefon. «Norbert, reiß dich jetzt zusammen!» schrie Maja. So recht konnte sie ihn nicht beruhigen, aber ein wenig half es – wenigstens ein paar Sätze lang: «Polizei, Krankenwagen, Feuerwehr – das ganze Aufgebot. Alle da. Aber da soll noch jemand gewesen sein...» «Wer soll da noch gewesen sein? Wem ist da etwas passiert?» «Die Polizistin, die junge Kommissarin, die letztens da war... sie ist gegen einen Baum gefahren – mit Blaulicht!» Schwester Maja brachte darauf nur ein «Aha» heraus, was es auch bedeuten sollte. Frank Norbert Stein stammelte weiter: «Die von der Zentrale... ich meine Notrufzentrale... da habe ich angerufen...» Maja war kurz davor, das Telefon aus dem Fenster zu werfen. Sie konnte sich nur schwer zurückhalten. «Die Frau dort meinte, eine Frau hätte schon den Unfall gemeldet. Aber hier ist keine Frau gewesen.» «Ist die Kommissarin tot? Ist sie schwer verletzt? Wie geht es ihr?» fragte Maja. Aber wieder gab es darauf keine vernünftige Antwort, sondern nur ein Stammeln und Stottern – irgendetwas von Feuerwehr und viel Blut, im Auto eingeklemmt usw. Sie folgerte daraus, dass der Gärtner nichts Genaues wusste. Dafür wusste sie nun ganz genau, was sie unverzüglich zu tun hatte. Sie machte sich auf den Weg in den Aufenthaltsraum. Die Kleine, die mit dem Moped gekommen war, durfte sich jetzt nicht auf den Weg machen. Im Flur begegnete sie @Gedankenkammer, einem interessanten Typen, wie sie fand. Seine kleine Zwangsneurose machte ihn in ihren Augen äußerst sympathisch. Er war ein unregelmäßiger und seltener Gast in der Villa, von ihr aber ein sehr gern gesehener. «Ist etwas passiert, Schwester?» fragte er höflich und bescheiden.

Es sind drei Tage nach der letzten Folge SOKRATES verstrichen. Auch wenn noch lange nicht alle Wünsche von Basti erfüllt und alle Fragen beantwortet sind, wird es doch Zeit für die Folge 146 des kafkASKen Fortsetzungsromans. Und jemand fragte nach dem Hölderlin-Komplex. Ganz schön kompliziert^^ Uri Bülbül

«Hallo Benjamin. Ja es scheint etwas passiert zu sein, aber ich weiß nicht genau, was. Norbert hat soeben angerufen und stammelte eine Menge uninformativen Mist. Ein Unfall auf dem Zufahrtsweg oder so. Und nun wollte ich nicht, dass sich die Kleine mit dem Moped auf den Weg macht und auf dem Waldweg etwas Schreckliches sieht. Sie soll noch ein wenig länger hier bleiben, bis wir Näheres wissen.» @Gedankenkammer nickte verständnisvoll und sprach sofort Informationen aus: «Sie heißt Luisa.» «Luisa?» fragte die Schwester mit hochgezogenen Augenbrauen, «Und wie weiter?» Er zuckte die Achseln. « Mehr weiß ich nicht. Das habe ich vorhin im Aufenthaltsraum erfahren», sagte Benjamin. «Oh!» Schwester Maja schien darüber wenig erfreut. Sie wusste, dass die Kommissarin eine Schwester namens Luisa hatte. Sie kannte Johanna von ihren Besuchen in der Villa als Therapiegast bei Doktor Zodiac. Er wollte allerdings keine richtige Akte über sie anlegen. Beinahe wäre es über dieses Thema schon zu einem Streit zwischen ihr und Zodiac gekommen. Er wäre fast aufbrausend geworden, als sie ihn einmal gefragt hatte, ob sie eine Akte über die Kommissarin Johanna

Metzger anlegen sollte. Bestimmt und abweisend hatte er gesagt, dass er seine Notizen selbst irgendwann, wenn es ihm richtig erschiene, in das Aktenverzeichnis übertragen würde. Und mit einem «Danke, Schwester», hatte er das Gespräch beendet, was eigentlich gar nicht dem eher freundschaftlichen Verhältnis zwischen ihnen entsprach. Nachdenklich kam sie am Aufenthaltsraum an und sah, wie sich Betti, Luisa und Uri in ein Gespräch vertieft unterhielten. Sie ging auf die drei zu, lediglich um zu fragen, ob Luisa zum Abendessen blieb. «Wenn ich darf, dann sehr gerne», antwortete Luisa, die ihr Versprechen, das Moped am Nachmittag an Christoph zurück zu bringen vergessen hatte bzw. sich daran nicht mehr gebunden fühlte, nach all den Strapazen, die sie gehabt hatte. «Aber ja, kein Problem», bestätigte Maja, um sich dann sofort wieder zurück zu ziehen. Betti bemerkte, dass Uri Nachtigall kurz versonnen der Schwester nachblickte. Ein kleiner Casanova, schoss es ihr durch den Kopf. Dann aber war seine Aufmerksamkeit wieder bei seinen Gesprächspartnerinnen und ihrem Thema: dem Cascando-Theater. «Diese unheimlichen Puppen, die im Foyer im Halbdunkel hängen – wer hat sie gemacht? Wem gehören sie? Und was sollen sie nur bedeuten?» fragte Luisa. «Gemacht hat sie Habbe Ehrenfeld, ein Mime-Künstler. Er hatte im Theater eine Premiere mit seinem Stück „Hope Island". Eine Insel, auf die menschliche Existenzen unterschiedlichster Art angespült werden und alle scheinen auf ihre Art etwas Grausames an sich zu haben.» «Das ist nichts für Kinder», bemerkte Betti. «Nein, das ist ein Stück für Erwachsene. Auch Erwachsene können etwas mit Puppen und Masken erzählt bekommen. Es war ein faszinierendes Stück», erklärte Uri Nachtigall und fügte hinzu: «Aber man kann bei Kunst immer schlecht fragen, was sie zu bedeuten hat...

Die Kommissarin ist gegen einen Baum gerast, Arthur, der

SOKRATES – der kafkASKe Roman

Sonderermittler sitzt in einer Gefängniszelle und wartet, dass ihm die Tür aufgetan wird, Lara und Basti haben sich im Wald verlaufen und die Abenddämmerung naht. Die kleine Schwester der Kommissarin ist bei Uri. SOKRATES Teil 147... Uri Bülbül

Kunst ist immer mehr als ein Gleichnis. Und Kunst ist auch immer mehr als eine Aussage über die Welt. Diese berühmte Formulierung „...und die Moral von der Geschicht'" sie kann doch niemals das Kunstwerk ersetzen!» Oh je, dachte Betti. Jetzt hat er sich warm geredet! Sie mochte es gar nicht, wenn Männer sich in Rage redeten und anfingen, allen anderen die Welt zu erklären oder die Kunst oder was auch immer! Da wollte sie die Moral von ihnen auch nicht hören. So sympathisch Betti diesen Schriftsteller und Neuankömmling in der Villa auch fand, so schien er dennoch eine furchtbar besserwisserische Ader zu haben. Wo blieb nur ihre Tochter? Langsam wurde sie etwas unruhig. Uri indessen sprach munter weiter: «Es gibt eine Anekdote über Samuel Beckett; er soll danach gefragt, was er denn mit seinem absurden Theaterstück „Warten auf Godot" habe sagen wollen, geantwortet haben: „Genau das, was ich im Stück geschrieben habe. Hätte ich etwas anderes sagen wollen, hätte ich etwas anderes geschrieben".» «Blödsinn!» entfuhr es Betti plötzlich sehr ungeduldig. Sie hatte nicht mehr an sich halten können. Uri Nachtigall sah sie überrascht, konsterniert und ein wenig herausfordernd an. Luisa schien sich eher über den gesteigerten Unterhaltungswert dieser Konversation zu freuen. Ihre Augen glänzten erwartungsvoll und amüsiert. Betti war dieser Ausbruch nun etwas peinlich. Sie fühlte sich in Erklärungsnot: «Na ja, ist doch so. Man sagt doch oft Dinge, die man durchaus auch anders meint. Warum sollte es ausgerechnet in der Kunst anders sein?»«Über ihnen kreisten

Geier. Der Wald war übervoll von Tier- insbesondere von Vogelgeschrei. Krähen, Elstern aber auch exotischere Vögel schrien durcheinander. «Bald wird es dunkel», sagte Lara mit besorgter Stimme. Ihre Handinnenfläche schwitzte in der Hand ihres Begleiters. Sie machte sich von ihm los. «Ja, wir haben uns verlaufen», stellte Basti sachlich fest. Ihm schien das nicht viel auszumachen. Dann würden sie eine Nacht mal nicht in der Psycho-Villa schlafen. Das Ganze roch für ihn nach Abenteuer, und Abenteuer konnten doch nur lustig und spannend werden. «Nadia hat gesagt, wir sollen immer Richtung Westen gehen», betonte Lara, «das haben wir ja auch getan. Die Sonne steht direkt vor uns. Aber wie kommen wir so nach Hause in die Villa?» «Das werden wir schon sehen», antwortete Basti, «wir sollten einfach weiter gehen. Vielleicht treffen wir auch auf Rudi und er kann uns den Weg zurück zeigen.» Lara sah ihn erstaunt und fragend an: «Wer ist jetzt schon wieder Rudi?» fragte sie ungeduldig. «Ich hoffe, dass wir ihn wieder treffen. Dann freunde ich mich mit ihm an. Und vielleicht hat er ja Lust, uns den Rückweg zu zeigen. Und vielleicht kommt er sogar mit uns zurück», sagte Basti ganz begeistert von der Möglichkeit, die sich vor seinem geistigen Auge auftat. «Ich verstehe kein Wort. Wer ist Rudi?» fragte Lara wieder. «Die Hispaniola solenodon, der Schlitzrüssler, den du so erschreckt hast!» brummte Basti.

eigentlich bin ich ja außerdem in der Geschichte immer noch 15, weil nämlich als ich zum ersten Mal drin vorkam, war ich 15 und dann war irgendwann Weihnachten und 19 Tage später war mein 16. Geburtstag, aber du hast Weihnachten und meinen 16. Geburtstag noch nicht in der Geschichte erwähnt[20]

---

20 www.ask.fm/Maulwurfkuchen

Du hast absolut Recht. In der Geschichte ist nicht einmal eine Woche vergangen. Also hurtig zu SOKRATES Folge 148...

«Ach ja, na klar! Wie konnte ich das nur vergessen!» sagte Lara und verdrehte innerlich die Augen. «Und woher weißt du, dass er Rudi heißt?» fragte sie ihn mit einem kaum verhehlten zynischen Unterton. «Ich weiß das nicht», erwiderte Basti, «wenn wir ihm wieder begegnen, will ich mich mit ihm anfreunden und werde ihn Rudi nennen! Und ich werde ihn fragen, wie wir nach Hause kommen. Und ich werde ihn dann auch fragen, ob er nicht mit uns kommen möchte. Ich kann ihm ja den Garten hinter der Villa zeigen, den Teich, das Gartenhaus, und er kann bei mir mit in meinem Bett schlafen. Wenn es zu eng für uns beide ist, lege ich mich auf den Boden. Rudi kann dann auch allein in meinem Bett schlafen.» «Ja, das ist furchtbar nett von dir», versetzte Lara, «wenn wir ihn wieder treffen, und er tatsächlich mit uns kommt, kannst du das gerne so machen! Aber jetzt lass uns erst einmal weiter gehen!» Basti hatte nichts dagegen. So setzten sie ihren Weg fort.

Alfred Ross fuhr Richtung Nordstadt; aber er musste nicht bis zu den berüchtigten Siedlungen mit diesen elenden und stark verkommenen Plattenbauten. Dort hatte Niklas Hardenberg bis vor einiger Zeit gewohnt, war aber nun vor einigen Wochen umgezogen; nicht weit weg von der Nordstadt, aber weit genug, um in einem etwas vornehmeren Viertel, sich in einem schönen Mehrgenerationenhaus eine Wohnung kaufen und dort niederlassen zu können. Eindeutig ein Aufstieg, ging es Ross finster und mißgünstig durch den Kopf. Und ebenso finster und mißgünstig kam der Kommissar bei diesem undefinierbaren Nichtsnutz an. Ein intellektueller Investigator? Was sollte dieser

Quatsch? In seiner Linken hielt er seinen Scheckkarten großen Dienstausweis parat. Mit der Rechten prüfte er den Sitz seiner Dienstwaffe, bevor er den Klingelknopf drückte und zwei Schritte von der Tür zurücktrat. Er hörte Schritte hinter der Tür, und kurzen Moment später wurde sie aufgemacht. Ein Mann um die Vierzig aufgeräumt und gut gekleidet stand vor dem Kommissar, der ihm den Dienstausweis unter die Nase hielt. «Kriminalpolizei, Hauptkommissar Alfred Ross. Herr Hardenberg, darf ich rein kommen?» Noch bevor der Mann antworten konnte, schob sich der Polizist in die Wohnung. Nicht ohne Ironie sagte Niklas Hardenberg: «Ja, kommen Sie doch herein, Herr Kommissar!» Nun standen sie im Flur, und Hardenberg machte keine Anstalten sich zu bewegen. Ross aber wollte die ganze Wohnung sehen; er wollte ins Wohnzimmer, Arbeitszimmer, Schlafzimmer, Küche, Bad, er wollte alle Räume sehen und betreten. Stolz und selbstsicher stand aber der Hausherr noch vor ihm. «Wie war noch einmal ihr werter Name, Kommissar?» fragte er frech und dreist. Und noch bevor Ross antworten konnte, beantwortete Hardenberg seine eigene Frage: «Alfred Ross, der Landbulle». Ein breites Marmeladengrinsen erleuchtete diese Feuermelderfresse, in die nun ein Fausthieb sausen musste.

Die Bürokratie quält die Menschen am allerwenigsten mit der Polizei; so frage ich mich, warum in meiner Geschichte der Schwerpunkt so sehr bei Polizei- und Detektivarbeit liegt. Aber vielleicht wird sich die Antwort wie von alleine finden. SOKRATES Teil 149... Uri Bülbül

Ross hielt sich nicht zurück. Aber Niklas Hardenberg hatte ihm die ganze Zeit in die Augen gesehen und die Absicht des Kommissars wahrscheinlich noch vor dem Grobian selbst erkannt. Aus der

Hüfte ließ er seinen Oberkörper zurück fallen, kreisen und nachdem der Schlag ins Leere und mit voller Wucht krachend gegen die Wand gedonnert war, zurück an die Ursprungsposition zurück kommen. Da er keinen Schritt vom Kommissar gewichen war, hatte nun Hardenberg die ideale Schlagdistanz, die er auch unverzüglich ausnutzte. Ross verfiel in die Betrachtung eines nächtlichen Sternenhimmels und kam aus seiner schmerzhaften Romantik erst wieder zu Bewusstsein, als er einen kalten Waschlappen im Gesicht verspürte, das von einem Dampfhammer bearbeitet worden sein musste. «Gehts wieder, Herr Kommissar?» fragte lachend Hardenberg, der ihm den Waschlappen einfach ins Gesicht geschleudert hatte. «Sie sind also der Landbulle, der sein Mittagessen mit Kühen einnimmt?[21] Wissen Sie eigentlich, dass man Sie sogar schon googlen kann, Sie Schwachmat?» plötzlich war Hardenbergs Stimme sehr ernst und schier so böse wie die eines Vorgesetzten. Ross versuchte auf die Beine zu kommen. Dabei brummte er Flüche und stieß Drohungen aus, die sich nach Justiz und Anzeige anhörten – etwa wie „Widerstand gegen die Staatsgewalt". In diesem Moment trat Niklas einmal kräftig gegen die Brust des dicken Kommissars, dass er zurück fiel und keine Luft mehr zum Atmen hatte. «Ganz falscher Ton, Dicker!» sagte Niklas streng. «So etwas wie „entschuldigen Sie bitte die Umstände, die ich Ihnen mit meinem Schwächeanfall gemacht habe, soll nicht wieder vorkommen!" wäre jetzt angebracht!» Ross griff nach seiner Dienstwaffe. Aber sie war weg. Eine zweite männliche Stimme drang in sein Ohr. Er hatte die Orientierung schier gänzlich verloren: «Jetzt nach der Dienstwaffe greifen ist wirklich das Dümmste. Wer hat sie eigentlich ausgebildet, Ross?»

---

21 http://ask.fm/HeuteBinIch14/answer/107457813871

SOKRATES – der kafkASKe Roman

«Wer... wer sind Sie?» stammelte er. Hinter ihm stand ein Mann um die Dreißig, groß, kräftig mit hellen Haaren und grünen Augen. «Hermes Psychopompos, Europol!» stellte sich dieser vor. «Sie haben sehr seltsame Manieren, Ross, äußerst seltsame. Und dummerweise machen Sie damit überhaupt keine gute Figur! Sie können sich jetzt eine Woche krank schreiben lassen. Mit dieser Veilchen blauen Gesichtsdeformation würde ich mich nicht im Präsidium sehen lassen. Was für eine Schande!» Nun stand Ross langsam auf, seine Knie waren noch weich, die Beine wacklig. Was für ein Schlag! Ging es ihm durch seinen Brummschädel. «Ja, Hardenberg hat's drauf!» sagte der Typ von Europol, als könnte er Gedanken lesen. «Ross, Sie werden noch disziplinarische Maßnahmen an der Backe haben, wenn Sie so weiter machen!» ermahnte ihn zu allem Überfluss nun Hardenberg. «Was denken Sie sich nur dabei?»

Schwere Wolken ziehen vom Sturm getrieben tief und grau über das Land, ab und an peitscht Regen an die Fensterscheibe, rauscht der Sturm durchs Geäst. Im Küchenschrank fielen übereinander gestapelte Tassen um, als würde der Sturm die Küche erreichen. SOKRATES Teil 150... Uri Bülbül

«Können wir uns vielleicht mal ins Wohnzimmer setzen und ein wenig entspannen?» sagte Alfred Ross genervt. Moralisch brauchten ihm die beiden wirklich nicht zu kommen. «Ja, reden wir.» Hardenberg ging ins Wohnzimmer vor. «Kann ich bitte meine Dienstwaffe wieder haben?» fragte Ross kaum, dass er im Wohnzimmer in einen Sessel gefallen war. «Ich könnte Ihnen ja jetzt das Leben schwer machen», sagte Niklas, «Erst wenn Sie mir meine Waffe wieder besorgen, die mir Ihr Kollege Hoffmann Adipositas konfisziert hat. Hoffmann Adipositas ist nicht vom griechischen Europol, wenn Sie sich das nun fragen sollten! Er arbeitet in Ihrem Präsidium mit einem äußerst hellen Leuchtturm der Intelligenz namens Oberländer zusammen. Ein unvergleichlicher Armleuchter!» Alfred Ross musste lachen und dabei stellte er fest, dass sein Gesicht angeschwollen war und furchtbar schmerzte. Hermes Psychopompos unterbrach Hardenbergs Vortrag: «Er kann Ihnen aber das Leben nicht schwer machen, weil er Ihre Dienstwaffe gar nicht hat. Hier!» Damit warf der Europolizist ihm die Patronen zu. Danach legte er die Waffe auf den Wohnzimmertisch. «Sie sind wenigstens nicht so schießwütig wie Ihre Kollegin», fügte er noch hinzu. Und dann hatte er Lust weiter zu plaudern: «Auch nicht so schießwütig wie unser Freund Herr Hardenberg. Mann, Mann, Mann! Acht Schüsse in Wand und Tür! Da hätte wer weiß was passieren können!» «Verstehe nur Bahnhof», brummte Ross. «Ja, dann fragen Sie mal Ihren Kollegen Hoffmann, wenn Sie sich bei ihm wieder sehen lassen können. Mit diesem Veilchen würde ich mich wirklich erst einmal nicht im Präsidium zeigen. Das ist ein sehr ernst gemeinter Rat. Sie werden noch zum Gespött Ihrer Kollegen dort!» «Danke», brummte Ross wieder. «Was hofften Sie hier zu finden, Ross? Warum sind Sie hier?» fragte Niklas Hardenberg. Alfreds Kopf war durch den Schlag wie leer gefegt. Kurz wusste er selbst nicht mehr, warum er eigentlich zu Niklas Hardenberg gefahren war. «Ich hatte ein paar Fragen», sagte er kleinlaut. «Sie hatten? Haben Sie sie denn nicht mehr?» fragte Hardenberg lachend. Der Typ von Europol mischte sich mit einem kleinen vertrauten Abschiedsritual in die Unterhaltung ein: «Also ich gehe dann mal. Du machst das mit dem Kollegen schon, Nick. Man sieht sich.»

SOKRATES – der kafkASKe Roman

Hardenberg sah freundlich zu dem andern hinüber. «Ja, Ross und ich regeln das schon. Danke für deinen Besuch, Herm. Wir sehen uns dann die Tage.» Und gerade als sich der Europol-Mann abwandte, sagte Hardenberg noch fast ein wenig schüchtern. «Und vielen Dank für alles.» Der Europolizist erwiderte darauf nichts mehr, sondern verließ wortlos, die Wohnung. Gerne hätte Ross gewusst, was die beiden zu besprechen gehabt hatten. Konnte es etwas Dienstliches sein, oder waren sie einfach nur privat miteinander befreundet. Und diese Freundschaft hatte Hardenberg ausgenutzt und sich als Boxer profiliert, wissend, dass ihm in dieser Situation keinerlei Gefahr drohte. Aber nun waren die beiden allein.

ich will auch übrigens, dass in der Geschichte in der Mitte von dem Wald ein großer Baum steht, der mit den Tieren sprechen kann, damit falls die Tiere vielleicht irgendein Problem haben sollten, können die einfach zu dem Baum gehen und der Baum hilft denen dann dabei und dann freuen sie sich :3

Das könntest du gerne haben, wenn ich nur wüsste, wo die Mitte eines phantastischen und grenzenlosen Urwaldes ist. So fahre ich erst einmal mit der Erzählung weiter. SOKRATES, des kafkASKen Fortsetzungsromans 151. Teil:

Und Ross war sehr gespannt, ob das Großmaul nicht wenigstens ein bißchen schrumpfen würde. In wenigen Minuten konnte sich das Blatt wenden. Er hatte nicht die Absicht, als Verlierer aus dieser Begegnung hervor zu gehen. Also zielte er sofort auf die psychischen Weichteile seines Gegners: «Um auf den Anlass meines Besuchs bei

Ihnen zu sprechen zu kommen: Kennen Sie eine gewisse Kristina Albermann?» Er konnte sehen, wie die Augen des großspurigen Boxers nun feucht wurden. «Ja», brachte dieser etwas heißer hervor, räusperte sich dann den Hals frei, um eine klare Stimme zu bekommen; «Es sind fast fünf Jahre her, dass ich sie das letzte Mal gesehen habe.» «Wirklich? Sind Sie sich da sicher?» «Und ob ich mir da sicher bin. Und wenn es anders wäre, hätte ich keinen Grund es Ihnen nicht zu sagen.» Gerne hätte er gewusst, was mit Kristina war, warum der Schlägerbulle bei ihm aufkreuzte. Aber er hielt seine Neugier im Zaum, um damit keine Schwachstelle zu offenbaren. Uneindeutig setzte Ross seine Befragung fort: «Ihretwegen ist das ganze Präsidium in Aufruhr!» Scharf beobachtete er sein Gegenüber. Und Niklas ging ihm in die Falle: «Warum? Was ist mit Kristina?» Die Besorgnis in seiner Stimme verriet mehr als genug in Alfred Ross' Ohren. Der Kommissar grinste triumphierend: «Was soll mit ihr sein? Ich meinte Sie, Niklas Hardenberg! Ihretwegen ist das Präsidium in Aufruhr! Ihr Geschnüffel geht uns gehörig auf die Nerven. Und ich möchte von Ihnen erfahren, was Sie zu finden hoffen und wer sie beauftragt hat!» Hardenberg schien froh und erleichtert. Seine Widerstandskräfte kehrte zurück; er war nur ganz kurz angeschlagen, als er von Kristina Albermann gehört hatte und sich Sorgen um sie machte. Das war Alfred Ross nicht entgangen. Nun aber war Hardenberg am Zug: «Ich werde Ihnen meinen Auftraggeber genauso wenig verraten wie meinen Auftrag. Sie sind überhaupt nicht befugt, dies er erfragen, Ross! Sie handeln hier auf eigene Faust und wollen mich einschüchtern! Aber meine Faust war in diesem Fall wirkungsvoller. Hat denn wieder irgend jemand etwas zu befürchten in

Ihrem Irrenpräsidium, dass Sie glauben losziehen und mich einschüchtern zu müssen? Wer hat denn nun schon wieder was ausgefressen?» Ross wollte sich diese Unverschämtheit nicht länger gefallen lassen! «Ich bin der Kommissar, Hardenberg! Und Sie? Sie sind ein nichtswürdiger dummer Schnüffler!» «Wenn Sie das so sehen, Herr Kommissar, dann wird das schon so sein. Aber nun möchte ich Sie doch bitten, meine Wohnung zu verlassen. Ihr dummer Einschüchterungsversuch kostet mich nur meine Zeit. Sind Sie wirklich nur deswegen zu mir gekommen? Das macht mich richtig neugierig auf das Präsidium!» sprach der Hausherr.

wann gibt es den nächsten Geschichten-Teil?

Pünktlich wie die Eieruhr kommt deine Frage, da möchte ich dich doch nicht entäuschen^^ Der 152. Teil des kafkASKen Fortsetzungsromans SOKRATES kommt jetzt:

Niklas Hardenberg wartete gar nicht erst ab, bis sich der Kommissar entschied, sich zu ihm zu verhalten. Er packte ihn am Arm, den er ihm schmerzhaft verdrehte, zwang ihn aufzustehen und brachte ihn zur Tür. Mit einem Tritt in den Hintern flog Ross die Treppen mehr hinunter als er ging. Dabei verlor er auch noch seine Munition aus der Tasche, die er tölpelhaft wieder einsammeln musste. Als er wieder in seinem Porsche saß, schob er eine Kugel nach der anderen ins Magazin, war froh, alle wieder gefunden zu haben und fuhr dann los. Er wusste noch nicht, wie er sein angeschwollenes Gesicht erklären sollte; aber er wollte in diesem Moment auf gar keinen Fall sich zu Hause verkriechen, wie es der Schnüffler und sein Europol-Mann ihm geraten hatten. Er brauste mit quitschenden Reifen und heulendem Motor los. Doch etwa auf halber Strecke erreichte ihn über Funk eine Nachricht, die ihn vollkommen durcheinander brachte, dass man wirklich sagen musste, dass die Niederlage, die er bei Niklas Hardenberg einkassiert hatte, Dreck dagegen war.

Doktor Theresa richtete sich erschöpft auf. Ihre Arme, Schultern, ihre Knie schmerzten, sie schwitzte und hatte das Gefühl, dass sie ihr Leben der Sterbenden gegeben hätte, die blutend auf dem Boden lag, nachdem die Feuerwehr sie aus dem Auto geschweißt und in Aludecke gewickelt hatte. Aber die Aludecke musste schnell wieder entfernt werden. «Seid ihr vollkommen bescheuert!» hatte Theresa die Feuerwehrleute angeschrien, die gerade stolz ihre Rettungsarbeit vollendet hatten. «Packt die Aludecke weg! Ich brauche womöglich den Defibrillator!» Und dann begann sie mit allen Kräften sich der Patientin zu widmen. Und nun richtete sie sich auf, was für die Sanitäter ein Zeichen war, die Trage in den Rettungswagen zu hieven. Theresa fühlte sich so schwach auf den Beinen und hatte weiche Knie, dass ihr ein Sanitäter, der es sensibel bemerkt hatte, in den Krankenwagen helfen musste. Ein anderer klopfte zweimal stark gegen die Scheibe in der Trennwand zur Fahrerkabine, so dass sich der Wagen in Bewegung setzte. Die Feuerwehrleute hatten ihre Geräte schon zusammengepackt. Sie standen in kleinen Dreiergruppen verteilt am Ort des Geschehens und rauchten und unterhielten sich. Die Spannung des Einsatzes wich langsam aus ihren Knochen. Ein älterer grauhaariger Polizist, ein zäher, langer Mann mit stechenden grünen Augen konnte es nicht lassen, mit gerunzelter Stirn die Gegend und den Wald mit den Augen abzutasten. Irgendetwas ließ ihm keine Ruhe. Sein Partner, der etwas abseits stand, bemerkte es und kam zu ihm. «Was ist los, Robert?» «Sie war im Einsatz. Sie wollte irgendwohin oder hat jemanden verfolgt. Wohin führt dieser Weg? Komm, wir sehen uns mal ein wenig um.» Die beiden Beamten in Uniform gingen auf Norbert zu: «Sie sind der Zeuge, der den Unfall gesehen und gemeldet hat?»...

Stein schüttelte verstört den Kopf. «Ich habe den Unfall nicht gemeldet. Ich wollte den Unfall melden...» Mit strengem Blick unterbrach ihn der lange Polizist: «Und? Warum haben Sie nicht?» Stein schüttelte wieder den Kopf: «Doch, doch, ich habe angerufen, aber in der Notrufzentrale sagte man mir, der Unfall sei schon von einer Frau gemeldet worden; sie müsste eigentlich auch hier sein!» «Ist sie aber nicht! Kennen Sie ihren Namen?» kam die Frage in einem strengen, schier einschüchternden Ton. Verstört, wie Stein war, fühlte er sich schuldig. Aber er ahnte noch nicht, was das für einen Verdacht bei den Polizisten weckte. «Nein, hier war niemand als ich ankam – nur sie...» Er deutete mit dem Kopf in Richtung des Unfallwagens. «Wir müssen Ihre Personalien aufnehmen, falls wir Fragen haben, kommen wir wieder auf sie zu!» «Frank Norbert Stein, ich wohne und arbeite in der Villa des Doctor Parranoia; es ist ein psychiatrisches Sanatorium.» Während der Mann mit seinen riesigen Pranken einen kleinen Notizblock und einen kleinen Kugelschreiber hielt und leise die Informationen vor sich hin murmelte, verfinsterte sich sein Gesicht bei dem was er hörte. Einer, der im psychiatrischen Sanatorium wohnte und arbeitete, erweckte stark seinen Argwohn. Sein Kollege mit der kleineren und etwas rundlicheren Statur, der den Quad in Augenschein genommen hatte, fragte ebenso streng: «Ist das Ihr Fahrzeug?» Der Hausmeister nickte. «Dann hätte ich gerne mal die Papiere gesehen und den Führerschein, bitte.» Hektisch tastete der Hausmeister seine Taschen von außen ab: «Verdammt! Ich habe meine Papiere nicht dabei.» Die Polizisten wechselten bedeutungsvolle Blicke. Der Lange, der auch der dienstältere zu sein schien, sagte: «Dann steigen Sie mal zu uns in den Wagen. Wir fahren Sie nach Hause, und Sie zeigen uns dort Ihren Führerschein und den Fahrzeugschein des Quads.» Mit alldem hatte Frank Norbert Stein nicht gerechnet. Noch immer hatte er die Bilder der blutenden ohnmächtigen jungen Frau vor Augen. Wie hatte sie sich diese Verletzung nur zugezogen? Es sah aus wie ein Bauchschuss. Der Lange begleitete den Hausmeister sanft aber bestimmt zum Polizeiwagen. Die Rettungskräfte, die noch immer herum standen, beobachteten insgeheim den Verdächtigen.

«Ich weiß wirklich nicht, wie wir je aus diesem Wald wieder heraus finden und nach Hause kommen sollen», stöhnte Lara. «Man muss auch nicht immer alles wissen und trotzdem findet sich ein Weg», erwiderte Basti. Langsam wurden sie beide müde und verloren allmählich die Lust, immer weiter zu gehen. Immer mal wieder blieb Basti stehen horchte aufmerksam in den Wald, streckte seine Nase in die Luft und schnupperte demonstrativ, als könnte er mit seiner Nase die Himmelsrichtung für den richtigen Weg bestimmen. «Was machst du da?» fragte Lara, «Was soll das werden? Du schnüffelst in der Luft herum, als würden wir eine Pommesbude suchen!» Das allerdings war nun ein ganz falsches Stichwort.

«Oh ja, das wäre genau das Richtige. Ich habe schon wieder

Kohldampf!» rief Basti. Und schon phantasierte er wieder wild drauf los: «Stell dir nur vor: wir gehen immer weiter Richtung Westen und kommen an einen See; an diesem See ist eine Pommesbude, die Piraten gehört. Die Freundin eines Piraten, vielleicht sogar die des Käptns, macht die leckersten Pommes der Welt. Sie will aber dafür Gold- oder Silbertaler. Unser Geld will sie nicht. Sie will aber auch nicht richtige Gold- oder Silbertaler, sondern die, die nur so aussehen wie Gold- oder Silbertaler und innen aus Schokolade sind.» Lara musste trotz ihrer Laune, die allmählich in den Keller wanderte, laut auflachen. Der Gedanke an diese absurde Situation erheiterte sie. Der Weg wurde anstrengend. Sie standen vor einem großen Hügel. Während Lara überlegte, ob man ihn nicht einfach umgehen konnte, beschleunigte Basti schon seinen Schritt, um den Hühel zu erklimmen: «Los, komm schon! Wir müssen wissen, was uns da oben und dahinter erwartet!» «Oh nein! Ich habe keine Lust mehr!», bockte Lara, aber es hatte wenig Sinn. «Hast du Pommes da oben gerochen?» rief sie ihm nach. Aber Basti reagierte nicht darauf, setzte seinen Weg einfach fort. Lara verdrehte die Augen, bevor sie sich wieder in Bewegung setzte. «Na schön, dann schauen wir eben, was auf und hinter dem Hügel ist. Vielleicht ein Wegweiser Richtung Villa!» Sie befürchtete jedoch, dass sie auf dem Hügel stehend wieder nur Wald vor sich und um sich sehen würden, Wald und wieder nur Wald, nichts als Wald. Vielleicht würde ja wieder das Mädchen in dem schönen Kleid auftauchen und ihnen einen nützlichen Tipp geben. Aber bestellen konnte man

SOKRATES – der kafkASKe Roman

sich das nicht. Während Lara langsam den Hügel erklomm und hier und da ausrutschte und sich mit der flachen Hand am Boden aufstützen musste, fragte sie sich, ob das mit dem Gang Richtung Westen überhaupt ein guter Tipp gewesen war, oder ob sie nicht dadurch in die Irre geführt wurden. Aber wenn die schwarzhaarige Schönheit sie in die Irre geführt haben sollte, musste das irgend einen Sinn haben. Plötzlich rief Basti «Ich habe es gewusst! Ich habe es gewusst!» vom Hügel herab. Schnaufend und schwitzend blieb Lara stehen. Es trennten die beiden fast dreißig Meter voneinander: «Was?» «Dahinten, da unten! Da ist ein See!» Sofort rannte Basti los. «Warte! Warte doch auf mich!» rief Lara vergebens. Nun beeilte sie sich auch, schnell auf den Hügel zu kommen. Was sie dort zu sehen bekam, überraschte sie in der Tat ein wenig; unruhig sah sie sich um, weil sie Basti aus den Augen verloren hatte und nirgends wieder entdecken konnte. Der Hügel führte in etwa 200m zu einem riesigen Bassin von etwa 2 km² Fläche, worin grünlich schimmerndes veraltes Wasser ruhte wie in einem unwirklichen Swimmingpool aus vergangenen Jahrhunderten. Zweifellos war dieses gigantische Wasserbecken künstlich angelegt und kein natürlicher Waldsee. An den Ecken des Bassins waren kleine sechseckige Gebäude.

In der Mitte dieser Gebäude ragte ein kleines Türmchen in die Höhe und erinnerte an ein verwunschenes Schlösschen. Das Gebäude sonst aber wirkte eher wie ein Biedermeier Toilettenhäuschen. Verzweifelt suchte Lara mit den Augen alles in der Gegend ab – auch die Wasseroberfläche. Von Basti aber war nichts zu sehen. Sie rief

112

SOKRATES – der kafkASKe Roman

mehrmals, so laut sie konnte, nach ihm, ohne eine Antwort zu bekommen. Langsam stieg sie den Hügel in Richtung des Bassins hinab. Farn und Sträucher bildeten hier neben den großen Tannen, Eiben und Fichten die Vegetation. Die Eckhäuschen waren Moos bedeckt, die Farbe der Türme alt und abgeblättert. Ein schmutziges dunkles Rosa machte sie in dieser Gegend unwirklich. Vielleicht war das mal der Garten eines untergegangenen Schlosses, den sich der Wald wieder zurück erobert hatte. Lara fiel noch ein großer weißer Felsen auf, der gut und gerne eine Höhe von drei Metern hatte und einen Umfang von sechs bis acht Metern. Vielleicht saß Basti der Schalk im Nacken und er spielte Verstecken mit ihr. «Basti, das ist nicht lustig! Ich will jetzt nicht spielen! Komm raus, wo immer du steckst!» rief sie mit einer leicht bebenden Stimme. Aus einer Eibe flatterte ein Uhu in den Wald. Als Lara auf den Hügel zurück blickte, woher sie das Flattern gehört hatte, glaubte sie einen Frauenschatten zu sehen, der schnell wieder zwischen den Bäumen verschwand. Dieser Schatten ähnelte nicht Nadia. «Ich werde dich nicht suchen» rief Lara in den Wald, um sich dann an den Rand des Bassins zu begeben. Sie wollte unbedingt ins Wasser sehen. Sie hatte das Gefühl, Basti könnte im Becken sein. Aber würde er nicht sofort wieder aufwachen, wenn er ins Wasser fiele und rufen und schwimmen? Lara hatte nichts dergleichen gehört.

Arthur Francis Suthers lag in seiner Zelle auf der Pritsche, starrte mit hinter dem Kopf verschränkten Armen an die Decke und wurde allmählich müde und schläfrig. Kristina Albermann, die jüngste Tochter des Polizeipräsidenten, Martina Albermann, die Frau des

SOKRATES – der kafkASKe Roman

Polizeipräsidenten, Herr Doktor Alfons Albermann selbst, der Polizeipräsident, in dessen Obhut man eine Spezialabteilung gegeben hatte, obwohl die Ministerialdirigentin Katja Hardenberg gar nicht viel von Doktor Albermanns Führungsqualitäten hielt; der Herr Staatssekretär wollte es so, der Herr Staatssekretär bekam es so. Allmählich gingen die Dinge in seinem schläfrigen Kopf durcheinander. Viel diskutiert wurde im Ministerium darüber nicht. Und dem Innenminister persönlich war es so ziemlich egal, was das Polizeipräsidium dieses biederen Städtchens trieb oder enthielt. Es gab ganz andere innenpolitische Brennpunkte und heiße Themen. Was bei Herrn Albermann passierte, spielte nun auf der höheren Ebene keine Rolle. Und dennoch hatte Katja Hardenberg den Sonderermittler abkommandiert. Es musste nach dem Rechten gesehen werden und bitte, in Sachen Metzger sei der Ball absolut flach zu halten. Ja, aber so konnte er den Ball überhaupt nicht spielen.

Dieser dicke Landbulle hatte ihn außer Gefecht gesetzt. Eigentlich hätte das eine schöne Aufgabe für Arthur @point_man sein können, aber das Wörtchen „eigentlich" drückte alle Einschränkungen bestens aus, denen er nun erlag. Der Sonderermittler gähnte laut. Seine Lider wurden schwer. Kurz darauf schlief er entspannt, tief und fest. Er selbst war sich natürlich nicht bewusst, dass er eingeschlummert war; erst die Geräusche an der Zellentür, die aufgeschlossen wurde, weckten ihn wieder auf. Er hatte das Gefühl, irgendetwas geträumt zu haben, woran er sich nicht erinnern konnte. Die Traumbilder verwirrten ihn im Vorbeiflug. In der Tür stand neben dem Schließer ein rundlicher Mittvierziger mit dunklen Haaren und braunen Augen.

SOKRATES – der kafkASKe Roman

Der Wachbeamte zog sich zurück und schloss die Tür hinter sich ab. «Guten Tag, Herr Suthers, mein Name ist Hardenberg. Ich bin im Auftrag der Rechtsanwaltskanzlei Kolbig und Partner hier. Herr Kolbig hat mich geschickt. Er hat schon Akteneinsicht gefordert und wird sie vertreten, wenn Sie nichts dagegen haben.» «Was?» Arthur Francis Suthers verstand nichts. Er war wieder wach und hatte nur einen Gedanken; wenn sich die Zellentür öffnete, dann um ihn aus der Zelle hinaus in die Welt zu lassen. Nun stand aber dieser schier legendäre Niklas Hardenberg vor ihm und erzählte irgendetwas von einer Kanzlei. «Ich will jetzt nach Hause. Schluss mit dem Blödsinn!» brummte Arthur. Sein Gegenüber schüttelte den Kopf und verzog seine Miene zu einem Bedauern: «Ich fürchte, ich bin gar nicht in der Lage, zu bestimmen, wann Sie nach Hause dürfen. Das haben wir beide gemeinsam.» «Ich will sofort mit meiner Dienststelle telefonieren!», sagte der Sonderermittler. Jetzt war er wach und hatte die Faxen dicke. Seinen Besucher beeindruckte das nicht. «Sie brauchen einen Anwalt. Ein Anwalt steht Ihnen zu und ich bin für die Kanzlei Kolbig & Partner bei Ihnen.» «Aber Sie sind nicht der Anwalt!» stellte Suthers sachlich fest. Nur ganz kurz flog noch ein Traumschatten durch seinen Kopf. «Bevor es juristisch wird, gibt es für Herrn Kolbig noch etwas zu klären. Und in dieser Sache sollte ich schon einmal vorfühlen.» Arthur tat so, als habe er kein besonders großes Interesse an dem, was Hardenberg beschäftigte. «In welcher Sache?» fragte er fast etwas gelangweilt. «Sie sind hier, weil sie die Ermittlungen in Sachen Metzger kontrollieren sollen. Sie haben sich natürlich in diesem Zusammenhang auch über Alfons Albermann schlau gemacht. Sie wollen auch wissen, wie gut und effizient die neu eingerichtete Sonderabteilung des Präsidiums arbeitet – Gedankenkriminalität! Stammt der Ausdruck eigentlich von Ihnen oder Ihrer Chefin? Herr Staatssekretär und Herr Minister wissen nichts davon, sagen sie zumindest.» Arthur schwieg beharrlich. Hardenberg hielt inne und musterte freundlich den Sonderermittler. «Lord Sir Francis Arthur Suthers – englischer Adel in einer deutschen Behörde und nun bald in Untersuchungshaft. Es gibt schon einen Haftbefehl gegen Sie.»

Was sagt Ludwig Wittgenstein: Worüber man nicht sprechen kann, darüber muss man schweigen? Dem setze ich SOKRATES entgegen, den kafkASKen Fortsetzungsroman. Teil 157: Uri Bülbül

«Haftbefehl gegen mich? Pfff... wie absurd!» winkte Suthers ab. «Ich habe ihn nicht beantragt. Ich habe ihn nicht erlassen. Ich bin hier, um mich mit Ihnen zu unterhalten, damit Ihr Rechtsanwalt sie verteidigen kann», erklärte Hardenberg, der bemerkte, dass Suthers seine negative Einstellung einfach nicht aufgeben wollte und im spätpubertären Trotz verharrte. Hardenberg bemerkte, wie die Wangen des Sonderermittlers an rötlicher Farbe gewannen. Suthers wollte ihn abwimmeln, um alleine mit sich seine Gedanken zu sortieren. Seltsame Dinge schossen ihm plötzlich durch den Kopf. Und dieser Blitzsturm seiner Neuronen und Synapsen musste ausgewertet und beruhigt werden. Er brauchte einen ruhigen klaren Kopf wie einen wunderbaren Augusthimmel ganz ohne Wolken. «Wie kann ich Ihnen helfen», sagte er abfällig. Hardenberg kam direkt zur Sache: «Am besten, indem Sie mir plausibel erklären, was falsche Kennzeichen an Ihrem Auto und ein Revolver Marke Smith &

Wesson, Typ special357MAG mit Ihrem Auftrag zu tun haben, den Sie hier im Präsidium unseres Städtchens erfüllen sollen.» «Nichts, gar nichts! Ich habe damit nichts zu tun!» fuhr ihn der Sonderermittler an. Hardenberg drehte sich zur Tür und klatschte mit der flachen Hand gegen sie. «Okay, Sie wollen es nicht kapieren und Sie wollen nicht mit mir kooperieren. Ich gebe das so weiter. Ich bin auf Ihrer Seite, guter Mann, auch wenn Sie es nicht einsehen wollen!» fauchte Hardenberg. In diesem Moment wurde die Tür aufgeschlossen. «Ich kann Ihnen nichts anderes sagen», gab Arthur Francis Suthers zurück. «Sollten Sie aber. Es existieren Videoaufnahmen, die beweisen, wie Sie sich auf dem Hof des Polizeipräsidiums an den Nummernschildern zu schaffen machen und etwas in das Handschuhfach Ihres Autos legen! Die Vergrößerungen zeigen eindeutig den Revolver, der aussieht, als hätte ihm jemand den Lauf abgeschnitten.» Mit diesen Worten ließ Niklas Hardenberg Suthers allein. Die Tür wurde zugeschlossen. Und Arthur saß mit diesen Nachrichten, die in seinem Kopf einen kleinen Wirbelsturm auslösten, wieder allein in seiner Zelle.

Lara machte sich Sorgen. Basti konnte irgendwo in seinen narkoleptischen Schlaf gefallen sein. Hoffentlich nicht am Rande des Bassins; Wenn er ins Wasser fiele, würde er sicherlich ertrinken. «Hier ist niemand ins Wasser gefallen.» Plötzlich hörte sie hinter sich eine Frauenstimme, als sie versuchte, so tief wie möglich in den See zu schauen. Der Rand bestand aus einer Steinmauer; das ganze Becken schien gemauert; zusätzlich zur Mauer lagen große, schwere

Steine auf der Mauer den ganzen Rand entlang, so weit man sehen konnte. Gräser wuchsen zwischen den Steinen und zum Teil durch die alte Mauer des Bassins hindurch, brachen sich ihren Weg und kamen zum Vorschein. Moos bedeckte die Steine, die ein wenig zu klein waren, um sich auf sie zu setzen, aber deutlich zu groß und zu schwer, um sie hoch zu heben.

SOKRATES Teil 158: Es gibt noch so viele Menschen, Charaktere, Ideen, Profile, die ich in den Roman einschreiben, entwickeln und gestalten will, dass das ganze Dostojewskijsche Ausmaße annimmt. Mit 365 Folgen komme ich nie aus im kafkASKen Fortsetzungsroman ^^ Uri Bülbül

Die Wasseroberfläche spiegelte unbewegt und ohne Wellen Himmel, Bäume und das Mäuerchen, nun auch Lara, die konzentriert versucht hatte, etwas im Wasser zu erkennen. Große Karpfen und kleinere flinke Fische mit roten Flossen konnte sie erkennen. Doch als sie die Stimme hinter sich hörte, stieß Lara einen Schrei vor Schreck aus. Eine zierliche dunkel Haarige Frau mit großen dunklen Augen und einem grauen Kleid stand hinter ihr. «Habe ich dich erschreckt? Wollte ich nicht.» Lara schüttelte beschwichtigend den Kopf, als wäre dies eher eine Nebensächlichkeit. «Du kannst ja Gedanken lesen!» staunte Lara. «Gedanken lesen? Lustig. Wie kommst du denn darauf? Ich heiße übrigens Bellarosa. Du kannst mich auch Bella oder nur Rosa nennen, wie du magst. Ich habe selten Besuch hier. Und du? Wie heißt du?» Die Frau im grauen Kleid ging schon auf die dreißig zu, auch wenn sie etwas sehr Mädchenhaftes an sich und ihren Bewegungen hatte. Ihre Augen strahlten eine tiefe

SOKRATES – der kafkASKe Roman

Nachdenklichkeit aus, etwas Melancholisches. Sie sah gerne in Laras Gesicht. Dieses Mädchen hatte sehr viel Lebensfreude in ihren Augen, Neugier, Interesse, Erwartung; aber eine Art von Erwartung, die nicht enttäuscht werden konnte, weil sie nicht bestimmt war und zu wissen glaubte, was kommen musste. Laras erwartungsvoller Blick war offen für die Dinge der Welt, die alles Mögliche sein konnten. Und das fand Bellarosa, wie sie sich vorstellte, äußest sympathisch. Auch Lara fand die Frau, die sie zuerst so erschreckt hatte, sehr sympathisch. «Ich heiße Lara @derherbstinmir.» «Der Herbst in mir», wiederholte nachdenklich die Frau, von der Lara noch nicht genau wusste, wie sie sie nennen würde. Vielleicht konnte das wirklich eine von den beiden Abkürzungen ihres Namens sein. Aber Lara war von beiden Varianten nicht recht überzeugt. Überhaupt schien der Name nicht zu der Frau zu passen. Aber sie wollte plötzlich nicht weiter denken, denn diese Bellarosa konnte Gedanken lesen. «Wie kommst du darauf, dass ich Gedanken lesen kann?» fragte sie. Lara schrie kurz auf, als hätte sie etwas Erstaunliches entdeckt: «Ha, da schon wieder! Du kannst Gedanken lesen!» Bellarosa schüttelte den Kopf: «Du hast laut vor dich hin gesprochen, du hast gesagt: „Hoffentlich ist er nicht plötzlich in seinen narkoleptischen Schlaf gefallen und in den See! Er würde ertrinken!"» Lara staunte: «Das habe ich laut gesprochen? Sag mir, was ich jetzt denke! Sag mir! Du kannst das bestimmt!» Bellarosa schüttelte schmunzelnd den Kopf: «Woher soll ich wissen, was du denkst? Du bist albern! Heißt dein Freund Basti?» Lara nickte. «Und du kannst nicht Gedanken lesen?» «Nein, er hat es mir gesagt – im Vorbeirennen. Er rannte hier den Hügel hinunter und rief: „hallo, ich bin Basti! Bis gleich! Ich komme gleich zu dir!"» «Und dann?» fragte Lara erstaunt. Warum hatte sie das nicht gehört? «Ich glaube, er hat ein interessantes Tier gesehen und ist ihm in den Felsenbunker gefolgt.» «Felsenbunker?»

Ich mag, dass du so sehr auf mich referenzierst, dass es beinahe wie eine sarkastische Imitation wirkt - aber eben nur "beinahe", sodass es immernoch sympathisch bleibt. Uri - bester Mann. Phönix aus'm Aschenbecher[22]

Ich danke dir. Denn in der Tat liegt mir nichts ferner, als dir zu Nahe zu treten. Ich widme dir spontan die 159. Folge des SOKRATES-Romans :)

Jetzt erst bemerkte Lara, dass der weiße Felsen einen Eingang hatte, der mit Moos, Sträuchern und Efeu verdeckt war. «Ich habe ihn gerufen. Er muss mich doch gehört haben!» klagte sie. «Das glaube ich nicht. Man kann dort ganz schön weit in die Tiefe gehen. Der Felsenbunker ist der Eingang zu einem unterirdischen Höhlensystem, das sehr groß und weitläufig ist. Der Bassin, den du siehst, ist in etwa das Dach des Höhlensystems.» Lara staunte: «Wer hat das angelegt? Und wer wohnt nun dort? Was ist, wenn sich Basti darin verläuft und nicht wieder heraus findet?» Der Himmel färbte sich langsam rosa. Das Licht drückte Lara auf die Brust. «Hier wohnt außer mir niemand. Ich bewohne das Eckhaus dort. Das genügt mir vollauf – ist mir sogar ein bißchen zu groß. Ihr könnt bei mir wohnen, wenn ihr wollt.» Lara sah die Frau mit gemischten Gefühlen an. Sicher war das Angebot nett gemeint. Aber der Gedanke, dass sie hier länger verweilen sollten, mißfiel ihr sehr.

22 https://ask.fm/Klugdiarrhoe/answers/135623274169

SOKRATES – der kafkASKe Roman

Antonio war ein Bilderbuchitaliener aus der Klischeekiste eines Deutschen aus den 50er Jahren; Anfang der 70er aber in Tat und Wahrheit mit seinen Eltern und drei Geschwistern nach Deutschland als Sohn eines Fabrikarbeiters eingewandert, hatte er einfach nie Lust entwickeln können, die Dinge des Lebens so anzugehen und zu gestalten, wie Papa das wollte. Seine Schwester ging brav zur Schule, hatte mal eine etwas länger andauernde Affäre mit einem Jungen aus ihrer Schule, was Papa gewaltig und gewalttätig zur Weißglut trieb, so dass sie mit ihrem Köfferchen verschwand. Antonio und seine Mutter versorgten die Schwester von Zuhause aus mit dem Nötigsten und unterstützten sie dabei, sich in Berlin durchs Leben zu schlagen. Antonios Bruder zeichnete für sein Leben gern: Karikaturen, Skizzen mit Bleistift, später auch Aquarelle. Seinem Vater gefiel das alles überhaupt nicht. Als Antonio mit ihm ihre Schwester besuchte, blieb er in Berlin. Und Antonio musste sich einiges deswegen anhören. Es war ihm egal. Später heiratete seine Schwester einen Angestellten der Vatikan-Bank, der geschäftlich aus Rom nach Berlin gereist war. Papa war wieder stolz auf seine Tochter. Antonios Bruder versackte in Berlin und wurde kein berühmter, bekannter oder sonst wie interessanter Maler. Antonio selbst brach irgendwann eine Bäckerlehre ab, heiratete und wurde Vater von zwei Töchtern, die unterschiedlicher nicht sein konnten. Emalia ließ sich tätowieren, machte sich die seltsamsten Frisuren, benahm sich unmöglich und spielte Gitarre auf der Straße. Antonio musste an seinen Bruder denken und machte sich Sorgen um Emalia, der es aber nicht schlecht zu gehen schien. Maria, seine zweite Tochter, war ganz anders: still, brav, gut in der Schule und permanent am Lesen.

Bevor ich nun die letzten Sonnenstrahlen des Jahres mit letzten Gartenarbeiten in diesem Jahr genieße, will ich doch an meine Freunde in SOKRATES denken und von ihnen erzählen. Teil 160[23]:
Uri Bülbül

Antonio begrüßte die meisten seiner Gäste persönlich und viele kannte er auch, was man so „kennen" nennen konnte: oberflächlich von Smalltalks und über Dinge, die er um die Ecke gerüchteweise von den Menschen erfuhr, die zu ihm zum Essen kamen. Das reichte Antonio, er glaubte, ein Menschenkenner zu sein. Wissen ist wie Gestrüpp, dachte er, man kann sich darin schnell verheddern und sich die Haut an irgendwelchen Stacheln böse aufkratzen, ohne voranzukommen. Ganz besonders galt das seiner Meinung nach über psychologisches Wissen. Doktor Lauster kannte Antonio. Der andere Mann am Tisch war ihm unbekannt. Das hätte ihn auch gleichgültig gelassen, schließlich wirkte der Mann nicht unsympathisch, wenn nicht Maria, beim Bringen der Speisekarten den Mann so freundlich und vertraut gegrüßt und ein paar Worte mit ihm gewechselt hätte. Er registrierte es und konnte jedoch seine Neugier gut zügeln, um seine Tochter nicht ausfragen zu müssen. Vielleicht war er auch ein Lehrer oder so etwas. Aber hatte er nicht ein wenig mit Maria geflirtet? Mißmutig ließ Antonio diese Frage offen. Er würde es schon herausbekommen, um wen es sich bei dem Unbekannten handelte, der mit dem Oberstaatsanwalt zu Tisch saß. Niklas hatte den grimmigen Blick des Wirtes bemerkt. «Oh, ein wachsamer Vater»,

---

23 https://ask.fm/Klugdiarrhoe/answers/135684914361 (Silvesterfolge 2015)

ging es ihm durch den Kopf, dann aber gingen am Tisch sowohl die Gedanken als auch die Themen in ganz andere Richtungen. «Ich verstehe wirklich nicht, was es mit diesen gefälschten Nummernschildern und dem Revolver im Handschuhfach auf sich haben soll. Was ist das nur für eine Räuberpistole?» fragte Doktor Lauster. Antonio war zwar nicht weit von den beiden Herren entfernt, konnte aber nicht verstehen, worüber sie sprachen. Der Fremde hatte Nudeln mit Lachs in Sahnesauce bestellt und als kleine Vorspeise ein Tomatensüppchen. Der Staatsanwalt nahm ebenfalls die Tomatensuppe, entschied sich aber für Wiener Schnitzel mit Pommes und Salat. Maria bediente sie. Zu trinken nahmen sie gleich eine ganze Karaffe Rotwein. «Er ist ein Günstling meiner Exfrau, Leo. Wer weiß, was die Herrschaften im Ministerium sich dabei denken? Ich habe ihn ja in seiner Zelle gesprochen.» «Und?» Niklas nahm einen Schluck und ließ sich mit der Antwort Zeit: «Nichts. Das heißt...» er pausierte kurz und balancierte sich Nudeln auf die Gabel. «...fast nichts!» Leopold Lauster wollte nun auch nicht den neugierigen Deppen geben. Er wechselte einfach scheinbar desinteressiert das Thema: «Du bist umgezogen, habe ich gehört Nick. Wohnst jetzt nicht mehr in der berüchtigten Nordstadtsiedlung. Wurde es dir zu heiß dort?» Hardenberg lachte: «Ja, genau. Ich dachte mir, eine kleiner Klimawechsel kann nicht schaden.» «Wenn man es sich leisten kann.» «In letzter Zeit hatte ich ein wenig Glück, oder sagen wir mal: ein bißchen mehr Glück als sonst, habe ein paar gute Referentenhonorare kassiert.» «Was hast du gemacht? Die Politik beraten? Das Innenministerium vielleicht?»

Niklas Hardenberg lachte wieder: «Leo, du bist so unverbesserlich neugierig und mißtrauisch wie eh und je.» «Ja, das bringt der Beruf mit sich. Das bist du aber auch, mein Bester, auch von Berufs wegen, nicht wahr? „Hardenberg Investigationen" Ja, wofür steht das denn, wenn nicht für Neugier?» Antonio beobachtete, wie die beiden Männer best gelaunt anstießen. Langsam trat er an den Tisch, um zu hören, was sich in der kurzen Zeit hören lassen konnte. Irgendetwas gab es immer aufzuschnappen. Er hörte aber einen Satz, der so gar nicht zu der Stimmung der beiden passte: «Frank ist tot.» Die beiden hielten inne, als sie Antonio bemerkten. «Ist alles in Ordnung? Oder wünschen die Herren noch etwas?» fragte der Wirt. Der Oberstaatsanwalt fand alles in Ordnung. Der Fremde bestellte noch Pizzabrötchen mit Knoblauchbutter. Höflich zog sich Antonio zurück, kurz gab er durch die Durchreiche zur Küche die Bestellung auf, um sich dann wieder seinen Gästen zu widmen. Aber er konnte sich nicht allein auf die beiden Männer konzentrieren, schließlich gab es auch noch andere Gäste in seinem Restaurant. Er wollte nur ganz genau beobachten, wie Maria die Pizzabrötchen an den Tisch der beiden ausgelassenen Männer brachte, deren Laune durch Franks Tod nicht beeinträchtigt war.

Lara wollte eigentlich am liebsten heute Abend schon in die Villa und zu ihrer Mutter zurück. Sie hatte nicht einmal Lust, Fotos von all den romantischen Dingen im Wald zu machen, von dem Bassin, seiner Randbebauung, von den Häuschen an den vier Ecken des Bassins mit Türmen in ihrer Mitte. Der Efeu bewachsene Eingang in den Felsenbunker – das alles waren wunderbare Motive. Aber Lara hatte einen Kloß, der auf ihre Brust drückte und sie traurig machte. Sie wollte am liebsten augenblicklich wieder in der Villa sein. «Dein

SOKRATES – der kafkASKe Roman

Freund kommt sicher gleich wieder», sagte die seltsame Waldbewohnerin, «Komm, wir machen schon mal Feuer im Ofen und bereiten das Abendessen vor.» «Was ist, wenn sich Basi dort unten in den Höhlen verläuft? Und womöglich einschläft? Er hat so eine Krankheit, in der er plötzlich in Schlaf fällt.» «Ach, das glaube ich nicht. Ich vermute eher, er wird sich mit Rudi anfreunden, und Rudi passt schon auf deinen Basti auf und bringt ihn auch sicher wieder zurück zu dir.» Während sie das sprach, war sie an ihre Seite getreten und legte ihren Arm um ihre Schulter, um sie sanft mit sich zu führen. Für einen Sekundenbruchteil gab in Lara alles nach. Wohlig warm wurde es ihr und sie machte schon einen Schritt in die Richtung, in die sie Bellarosa führte. Aber dann schüttelte sie die Frau plötzlich ab. «Nein, ich will jetzt sofort nach Basti suchen!» Es war sehr schroff und abweisend von Lara, Bellarosa hätte das durchaus als eine Geste der Ablehnung deuten können, ein böser Schatten huschte über ihr Gesicht, dann lächelte sie jedoch freundlich und sah Lara sanft und melancholisch an: «Du hängst sehr an deinem Freund. Ja, dann musst du ihn sofort suchen.

Vielleicht handelt es sich um Paralleluniversen, vielleicht handelt es sich auch nur um einen Spaziergang. Vielleicht kann man einfach auch die berühmte Frage, was der Dichter damit sagen wollte, noch nicht beantworten. SOKRATES Teil 162: Basti ist wieder da :O Uri Bülbül

Aber bedenke, es wird gleich dunkel und unten in den Höhlen kann man die Hand vor der Nase nicht sehen!» Sie gingen zusammen auf das Haus zu. Lara war unentschlossen, ob sie ihren Schritt Bellarosas

SOKRATES – der kafkASKe Roman

Gemütlichkeit anpassen oder sich besser beeilen sollte. Nach ein paar Metern beschleunigte sie ihren Gang, nahm den kleinen Fußweg um das Haus herum, der wieder bergauf zum weißen Felsen führte. Bellarosa erreichte das Haus, ging links den schmalen Weg zwischen Haus und Bassin und durch die dritte Tür ins Haus hinein. Was macht Basti in der Dunkelheit in dem Felsenbunker? fragte sich Lara immer wieder. Das konnte doch alles nicht wahr sein! Wieder ihrem inneren Impuls folgend rief sie, so laut sie konnte, seinen Namen. Es schallte aus dem Wald und dem hohlen weißen Felsen das Echo zurück. «Schrei nicht so! Du erschreckst schon wieder Rudi!» Lara atmete erleichtert auf. Da war er ja wieder und ganz der Alte! Nun hatte er auch sein seltsames Schnüffeltier gefunden und auf dem Arm. Und die Hispaniola solenodon schien sich tatsächlich bei Basti wohl zu fühlen. «Ich glaube, er wird mitkommen und uns auch den Weg zeigen. Aber nicht heute Nacht. Wir müssen hier übernachten. Vielleicht bei der Frau, die dort in diesem komischen Haus wohnt.» «Ja, sie hat uns eingeladen», sagte Lara mit gemischten Gefühlen. Einerseits war sie erleichtert, dass Basti wieder da war und sein Tierchen gefunden hatte. Andererseits wäre Lara lieber wieder in der Villa bei ihrer Mutter.

«Was sagt eigentlich dieser Typ aus dem Ministerium?» fragte Leopold Lauster. «Nichts. Ich glaube, er denkt, das Präsidium hat sich gegen ihn verschworen. Er hat keine Ahnung, warum er einsitzt.» «Gefälschte Kennzeichen, nicht registrierter Revolver und er weiß nicht, warum er einsitzt?» fragte Leopold Lauster empört.

«Verschwörung gegen ihn – das ist ja lächerlich! Er kam, sah und nervte!» «Und wurde daraufhin von euch weggesperrt?!» fragte Niklas Hardenberg provokant. «Nick, Nick, wo denkst du hin? Du hast doch das Video selbst gesehen, oder etwa nicht? Ross soll sich morgen seiner annehmen. Dann führen wir ihn dem Haftrichter vor.» «Übertreibt ihr nicht ein wenig?» «Mit der Waffe gleichen Typs hat eine Kommissarin ihren Vater erschossen!» bemerkte der Oberstaatsanwalt. «Ja, gleichen Typs aber nicht mit derselben Waffe. Das ist erwiesen! Da hat die Ballistik schnell gearbeitet», bemerkte Hardenberg und fügte hinzu: «Und die Kommissarin liegt nach einem schweren Verkehrsunfall auf der Intensivstation.» Dann hielt er inne. Die junge Dame, die kellnerte, brachte die Brötchen mit Knoblauchbutter. Antonio hatte sie mit Argosaugen beobachtet. Klar hatten die beiden wieder vertraute süße Blicke miteinander gewechselt. Für ihn bestand nun kein Zweifel mehr daran: Seine jüngere Tochter kannte diesen Fremdling. «Ich werde sie ausquetschen wie eine Zitrone», murmelte er mit zusammengebissenen Zähnen, während er in der Küche verschwand. «Wie geht es ihr?» fragte Leopold Lauster. «Sie liegt im Koma.»

Luisa Metzger, Betti @liebeanalle und Uri Nachtigall unterhalten sich noch ahnungslos ob der Katastrophe, die mit Johanna passierte über dies und das und jenes und welches im Theater. Wie es da weitergeht, ist noch gar nicht Thema^^ SOKRATES Teil 163: Uri Bülbül

«Seit wann lebst du hier?» fragte Basti die zierliche Frau mit den dunklen Haaren und dunklen melancholischen Augen. Sie stand in der Küche an der Anrichte, im Ofen brannte warm das Feuer und das Holz knisterte und knackte. Bellarosa schnitt Zwiebeln, Lauch, Möhren. Sie hatte eine große Schüssel mit Kartoffeln vor Lara und Basti gestellt und beiden Schälmesser in die Hand gedrückt. «Ihr könnt gerne bei mir bleiben, mit mir essen, bei mir schlafen und solange hier wohnen, wie ihr wollt. Aber ihr müsst mithelfen!» Ohne Worte hatte Lara das Messer in die Hand genommen und mit dem Kartoffelschälen begonnen. Basti unterhielt sich lieber mit der fremden Frau. Sie hielt inne und überlegte eine Weile, als müsse sie über ihr ganzes Leben vor sich und den anderen Rechenschaft ablegen und wisse nicht genau, womit sie beginnen sollte. «Ja, gute Frage», antwortete sie endlich. «Mir kommt es ziemlich lange vor, als würde ich schon ewig hier leben. Aber ich weiß auch, dass es so nicht sein kann. Aber... wie soll ich es sagen? Ich kann mich an mein Leben zuvor nicht erinnern.» «Das ist ganz schön seltsam», sagte Basti, aber Lara hörte etwas in seiner Stimme, was nicht ganz nach Verwunderung klang. «Dann weißt du also gar nicht, wie du hierher gekommen bist?» «Nein», musste Bellarosa zugeben, «nicht wirklich.» «Und unwirklich?» bohrte Basti, was hätte eigentlich nur eine witzige Formulierung und rhetorische Gegenfrage werden können, was aber aus Bastis Mund seltsamer Weise gar nicht so klang. Basti war ganz und gar ohne Ironie.

«Hast du eigentlich noch regen Kontakt zu Katja?» fragte Leopold Lauster. «Ach, es geht. Wir laufen uns immer mal wieder über den Weg. Katja ist längst nicht mehr so offen zu mir, wie sie früher mal war – selbst nach unserer Trennung. Ich war ja froh, dass es zwischen uns aus war, aber sie suchte immer wieder meine Nähe.» Der Oberstaatsanwalt staunte über die Beredsamkeit seines Bekannten, den er nicht unbedingt zu seinen Freunden zählen wollte. Ihn interessierte nicht die Vergangenheit; er wollte mehr etwas über die Gegenwart erfahren. Stattdessen lenkte dieser Oberschlaumeier ab und driftete scheinbar ins Private. Der Verdacht, dass dieser Niklas Hardenberg irgendetwas verbarg, verdichtete sich in Lauster immer mehr. «Alte Geschichten, sehr alte Geschichten», sagte er, «gibt es denn nichts Neueres und Aufregenderes in deinem Leben, als das, wie es früher mal mit deiner getrennten Frau war?» «Was gibt es Interessanteres und Spannenderes als alte Geschichten? Weißt du? Geschichte ist niemals vergangen. Geschichte ist immer das, was bis in die Gegenwart und darüber hinaus wirkt», dozierte Hardenberg. «Und du suchst als Investigator die Kontinuitäten der Geschichte?» fragte Lauster. Hardenberg grinste verschmitzt: «Ich suche die Sollbruchstellen! Aber im Moment suche ich eigentlich eine vermisste Rechtsanwältin.» «Ach?» staunte der Staatsanwalt.

Wo sind nur Lara und Basti gelandet? Und wird der Oberstaatsanwalt den Sonderermittler wirklich im Gefängnis behalten können? SOKRATES Teil 164: Uri Bülbül

«Welche Kollegin wird denn vermisst?» «Ayleen Heersold. Sie arbeitet in der Kanzlei Kolbig und Partner. Ihr Chef vermisst sie. Sie hat ein paar wichtige Gerichtstermine nicht wahrgenommen und ist einfach nicht aufzutreiben.» Der Oberstaatsanwalt lachte gereizt: «Ich kenne Ayleen Heersold. Ich bin ihr letztens im Präsidium begegnet.

Sie vermisste selbst jemanden...» «Im Umkreis eures Präsidiums werden ganz schön viele Leute vermisst, finde ich», stichelte Niklas Hardenberg. «Überhaupt passieren zu viele seltsame Dinge in eurem Milieu.» «Was heißt hier „unser Milieu"?» konterte Lauster fragend. Dann wagte er eine thematische Punktlandung: «Sag mal, kann es sein, dass jemand im Ministerium uns auf dem Kieker hat?» «Euch? Du gehörst doch nicht wirklich zu diesem Polizeisumpf! Du bist Staatsanwalt, du gehörst zur Justiz.» «Und die Polizei gehört nicht zur Justiz?» fragte Lauster herausfordernd. Niklas Hardenberg spitzte den Mund, wog den Kopf hin und her und sagte dann: «Nun ja, du bist zwar der Chef der Ermittlungen, aber ich habe dich mehr bei der Judikativen gesehen als bei der Exekutiven.» «Nett von dir! Aber weich mir nicht aus! Was hat Katja denn nun gegen unser Präsidium?» Aber mit dieser Frage hatte der Staatsanwalt dem gewieften Investigator eine Fluchttür eröffnet: «Das weiß ich nicht, mein Lieber. Genau das versuche ich dir ja zu erklären. Ich habe keinen intensiven Kontakt mehr zu meiner Ex. Ich bin auch nicht in ihrer Mission unterwegs, sondern im Auftrag der Kanzlei Kolbig & Partner. Du müsstest eigentlich deine Frage an Suthers richten. Er ist im Auftrag des Ministeriums bei euch. Und was macht ihr? Ihr sperrt ihn erst einmal ein! Aber damit muss sich wohl der Haftrichter auseinander setzen.» Er sah sich suchend um, bis seine Blicke die Kellnerin erfassten, um ihr ein Zeichen zu geben. Maria trat lächelnd an ihren Tisch.

«Wirklich nicht und unwirklich auch nicht!» versetzte Bellarosa greizt. Lara versuchte zu vermitteln: «Das ist nur so eine Redewendung.

Man sagt „nicht wirklich", meint es aber nicht so.» Basti lachte: «Man sagt „nicht wirklich" und meint es nicht wirklich, stimmt's? Aber unwirklich ist doch etwas anderes!» Die beiden Frauen tauschten bedeutungsvolle Blicke aus. Dann sagte die Gastgeberin: «Ja, so kann man es ausdrücken. Und was machen die Kartoffeln? Sie sehen vor dir, Basti, nicht wirklich geschält aus!» Basti störte das nicht. «Hast du keine Familie? Keine Freunde?» «Es kommen nicht viele Menschen hier vorbei. Aber die hiesigen Tiere sind meine Freunde. Der weiße Tiger, der kleine Wolf, Trick und Track, die beiden Katzen. Ja, das sind meine Freunde.» Jetzt war Basti ganz erstaunt und aufgeregt: «Du hast einen weißen Tiger zum Freund?!» «Ja, habe ich.» Lara sah sowohl Basti als auch ihre Gastgeberin mit großen strahlenden Augen an: «Und „Bellarosa" ist dein wirklicher Name?» fragte sie. «Oder ist das so etwas wie ein Nickname für Waldfeen?»

Antonio war in dem Moment, in dem Maria an den Tisch der beiden Herren trat, in der Küche, lief hin und her, räumte Geschirr ein und aus und um, öffnete die Spülmaschine, schloss sie wieder. Seine Frau bemerkte die Unruhe ihres Mannes. Er schien sich über irgendetwas zu ärgern, aber im Moment erschien es ihr ratsam, ihn damit in Ruhe zu lassen und nicht sofort nachzufragen. Im Gästeraum lächelte Niklas Maria an und bestellte sich Tiramisu und Kaffee als Nachtisch. Maria nahm die Bestellung auf, und richtete dann ihren erwartungsvollen schönen Blick auf den Staatsanwalt. «Für mich bitte die Rechnung», sagte dieser. «Zusammen oder getrennt», kam es nun etwas unterkühlt und routinemäßig zurück. Niklas beachtete das weitere Geschehen gar nicht. Kurz zögerte der Oberstaatsanwalt, als fiele es ihm nicht leicht, die Zeche für den freien Investigator mitzuübernehmen. Doch dann antwortete er: «Zusammen bitte. Mein Freund ist über jeden Verdacht der Bestechlichkeit erhaben.» Maria lächelte höflich und unverfänglich, während Niklas in Gedanken ganz woanders schien.

Basti warf Lara böse Blicke zu, die wohl bedeuten sollten, dass sie keinen Schabernack mit der Gastgeberin treiben sollte. «Du kannst auch nur „Bella" zu mir sagen, wie schon angeboten. Bellarosa nennt mich der weiße Tiger. Ich habe keinen anderen Namen.» «Kann der weiße Tiger sprechen?» fragte Basti ganz aufgeregt. «Er spricht nicht so wie du und ich. Du musst ihm in die Augen schauen, ganz tief in die Augen und dann weißt du, was er dir sagen will. Seine Gedanken übertragen sich förmlich in deinen Kopf und werden zu Worten. Ganz ohne die Stimme des Tigers!» «Unglaublich», murmelte Lara. «Das ist ja wie in einem Märchen.» «Es gibt nun einmal Dinge zwischen Himmel und Erde, von denen sich deine Schulweisheit nichts träumen lässt, wie mein Vater mal gesagt haben soll», warf Basti ein. «Wie schön, du kannst dich an deinen Vater erinnern!» rief die Gastgeberin freudig aus. «Ob das immer so schön ist!» murmelte Lara. «Nein, ich kann mich nicht an meinen Vater erinnern», widersprach Basti und fügte grinsend hinzu: «nicht wirklich! Meine Mutter hat mir von ihm erzählt. Er selber ist mir nie begegnet.» «Sei froh», sagte Lara, «vielleicht wäre die Begegnung gar nicht so schön.» «Aber er könnte sich wenigstens daran erinnern», versetzte die Gastgeberin. «Ist nicht jede Erinnerung besser als gar keine Erinnerung?» fragte sie traurig. «Keine Ahnung», antwortete Basti, «müsstest du mal Zodiac fragen!» Die Gastgeberin wandte sich an Lara: «Können nur Väter schlimm sein? Können Mütter nicht auch manchmal furchtbar schlimm sein?»

SOKRATES – der kafkASKe Roman

Lara zuckte die Achseln: «Meine Mutter ist zugleich meine beste Freundin. Eine bessere gibt es nicht. Und jetzt vermisst sie mich bestimmt und macht sich Sorgen!» Und zu Basti sagte sie: «Morgen müssen wir schnell zurück. Dann waren wir aber wirklich lange genug weg.» «Ich weiß gar nicht, ob ich überhaupt zurück möchte», antwortete Basti.

Rudi hatte sich Basti zu Füßen gelegt und schlummerte wie ein kleiner Hund. «Hier habe ich Rudi als Freund gewonnen.» Als er seinen Namen hörte, wackelte er kurz mit den Ohren. Nun schälte auch Basti kräftig Kartoffeln, als wollte er damit seinen Willen ausdrücken, bei Bellarosa bleiben zu wollen, und als müsste er dafür unter Beweis stellen, dass er sich sehr gut nützlich machen konnte. Lara schmerzte diese Haltung. Sie warf sehnsüchtig einen Blick zum Fenster. «Am liebsten würde ich heute Nacht schon zurück!» «Du kämst nicht weit und flögst womöglich in den See oder in irgendein Loch.» «Aber was sollen wir jetzt nur machen», jammerte Lara. «Wir machen jetzt das Abendessen», sagte die Gastgeberin und holte eine große, tiefe, runde Stahlemaille-Pfanne mit zwei Griffen aus dem Schrank. «Darin braten wir unser Gemüse und kochen Reis dazu. Das wird lecker. Deiner Mutter wird durch die Sorgen, die sie sich vielleicht um dich macht, nichts passieren. Sorgen sind weitaus ungefährlicher als der nächtliche Gang durch den Wald.» Damit schloss Bellarosa die Diskussion um Laras Wunsch ab.Basti mochte es, dass es sowohl Reis als auch Kartoffeln gab. Nach dem Abendessen räumten sie gemeinsam den Tisch ab, erledigten den Abwasch, unterhielten sich dabei über Gott und die Welt, bis Bellarosa ihnen einen Kräutertee gekocht und blau schimmernde runde Kekse aufgetischt hatte. «Kommt! Wir können noch ein paar Kekse essen und Kräutertee trinken. Die Kräuter dazu habe ich selbst gesammelt», verkündete sie stolz. «Und die Kekse habe ich selbst gebacken. Das Rezept dazu aber habe ich von meiner Freundin Philomena, weswegen diese Kekse auch Philomena-Kekse heißen.» «Wo wohnt deine Freundin? Wo ist sie jetzt?» wollte Basti sofort wissen. Bellarosa schenkte allen erst einmal Tee ein und stellte einen Topf Honig auf den Tisch. Dann sah sie versonnen und nachdenklich vor sich hin, während Basti einen Keks nahm, um ihn in mehrere Teile zu brechen. Ein Stück gab er dem Spaltrüssler Rudi, der wie ein braver Hund ihm zu Füßen lag. Er roch appetitlos an dem Keks und rührte ihn weiter nicht an. «Oh Rudi, du bist wirklich ein Feinschmecker!» rief Basti. Dann hob er den Keks wieder auf und träufelte mit dem Löffel Honig darauf. Als er den Keks wieder Rudi vor die Nase hielt, schnupperte der Spaltrüssler aufgeregt daran und fraß den Keks gierig auf. «Das muss ja lecker sein! Komm, da bekommst du gleich noch ein Stück», sagte Basti und gab Rudi noch etwas von seinem Keks ab. Bellarosa schien Bastis Treiben gar nicht wahrzunehmen. Ihre Gedanken kreisten noch immer um diese eine eigentlich schier zum Verrücktwerden einfache Frage, die Basti gestellt hatte, worauf sie aber keine Antwort fand. «Philomena, wo bist du nur abgeblieben? Wann haben wir uns aus den Augen verloren? Und warum nur?» murmelte sie vor sich hin, als wollte sie ein Gebet aufsagen. Lara bemerkte, wie sehr Bellarosa darunter litt, keine Antwort auf Bastis Frage nach Philomena zu haben.

«Es gibt tatsächlich eine Menge Leute, die Kunstwerke im Allgemeinen aber Literatur im ganz Besonderen als Gleichnisse betrachten, als von Genies verschlüsselte Nachrichten und Einsichten aus Perspektiven und Welten, die eben nur Genies zugänglich sein können. Alles muss etwas bedeuten.»

«Und? bedeutet nicht alles auch irgendetwas? Also unsere Deutschlehrerin sagt, man könne die ganze Welt als eine Menge aus Zeichen verstehen. Sie hat das von einem italienischen Schriftsteller, nach dessen Roman wohl auch dieser Mönchsfilm gedreht sein soll. Der alte James Bond spielt da so einen Quasidetektiv. Im Mittelalter hatten sie ja keine wirklichen Detektive.»

«Es ist nicht ganz dasselbe, ob man Kunstwerke als Gleichnisse betrachtet oder die Welt als eine Menge von Zeichen, die man deuten muss.»

«Ach ja?» fragte Luisa provokant. Sie spürte intuitiv, dass sie den Philosophen an einem wunden Punkt getroffen haben konnte. Warum also sollte sie jetzt nicht nachhaken? Nun bot sich ihr einmal die Gelegenheit, diesem Mann auf den Zahn zu fühlen, der als "Theaterphilosoph" bezeichnet wurde oder sich bezeichnen ließ. Vielleicht war alles mehr Theater als Philosophie. Zugleich fragte sie sich, wie es wohl wäre, wenn dieser Mann in ihrer Schule im Deutschunterricht bei Sophie Rosenberg-Kübel ein Referat halten müsste. Ob die beiden Alten sich womöglich gut verstehen würden? Das machte den Theaterphilosophen in ihren Augen sofort ein bißchen unsympathisch. Sie konnte sich geradezu vor dem Gedanken ekeln, Sophie Rosenberg-Kübel und Uri Nachtigall sich als ein intellektuelles Liebespaar auszumalen, die einhellig und miteinander völlig einverstanden über irgendwelche Themen sprachen und dabei sich tief und voller Einverständnis in die Augen schauen und lächeln konnten. Da konnte sich Luisa schon mal der Magen umdrehen. Die Welt als eine Zeichenmenge und die Kunst als Botschaft! Was sollte nur der ganze Mist? Luisa entging nicht, dass Bettis Unruhe wuchs. Sie machte sich schier offensichtlich Sorgen um den Verbleib ihrer Tochter. Was war das nur für eine story mit diesen gelben Legosteinen, dem Delphin im Traum und Bettis Tochter, die nun auf einem Spaziergang mit diesem Jungen verschwunden war... na ja, und wenn nicht verschwunden, so hatte sie sich doch so verspätet, dass ihre Mutter sich anfing größere Sorgen zu machen. Während Luisa in Gedanken zu Betti abschweifte und eine Frage in ihr hochkam, die sie sogar etwas schmerzte, sprach der Theaterphilosoph weiter, dem der Unterschied zwischen Botschaft und Zeichenhaftigkeit der Kunst und Literatur ein besonderes Anliegen war:

«Gleichnisse sind rational konstruiert. Sie entspringen der reinen Vernunft.» Als er die Wendung "reine Vernunft" aussprach, zögerte kurz der Philosoph in ihm. «Da ist erst die Botschaft als Gedanke, dann wird eine Geschichte dazu konstruiert. Literatur aber entspringt wie die ganze Sprache nicht allein den Gefilden der Vernunft, sondern des ganzen menschlichen Seins und seiner Tiefen.»

«Und das Theater...», sagte er und machte eine bedeutungsvolle Pause, in der er erst die eine, dann die andere Frau mit großen

Augen ansah, bis Bettis Geduldsfaden riss. Uri Nachtigall aber bemerkte es nicht und sprach gewichtig weiter: «Ja, das Theater ist ein viel vielschichtigeres und „mehrdeutigeres" Kunstphänomen als die Literatur. Es hat leider in den vergangenen Jahren sehr viel von seiner Vielschichtigkeit und Lebendigkeit verloren. Mit Antonin Artauds „Theater der Grausamkeit" keimte eigentlich eine bahnbrechende Hoffnung auf. Auf eine irrwitzige Weise hätte das Theater revolutioniert werden können und die oberflächliche Vernünftigkeit des elenden bürgerlichen Aufklärungstheaters, dieses rationalistische Herumdümpeln des Belehrenwollens von der Bühne herab als Kanzelersatz, wäre um ein Haar aus den Schauspielhäusern gebannt worden und das Leben hätte beinahe auf der Bühne Platz gefunden. Schon Anfang des 20. Jahrhunderts wollte Antonin Artaud das Theater, die Kunst überhaupt von jeglicher Zeichenhaftigkeit und vorgegebener Bedeutung befreien!» Luisa hörte nur noch mit einem Ohr zu, und Betti wurde das Gerede nun endgültig zu viel. In ihrem Kopf fingen in einem finsteren Foyer mit gelben Wänden und skurrilen Bildern die an der Decke hängenden Puppen an zu tanzen. Erst bewegten sie sich nur langsam, kaum merklich wie von einem leisen Lufthauch angestoßen, dann aber hoben sie aus eigener Kraft ihre am Galgen hängenden, mit dem Kinn auf die Brust gefallenen Köpfe und wurden lebendig. «Ja, ja, dieses rationalistische Herumdümpeln muss ein Ende haben! Wir brauchen keine Künstler als Priesterersatz», murmelten sie, «Die Bühne ist keine Kanzel. Die Wahrheit steckt in jedem Atemzug», sagte eine andere, sie schaukelten und nickten einander bestätigend zu. «Es ist Zeit für das Theater der Grausamkeit!» stöhnte eine Puppe an der Säule mit einem roten Rock und schwarzem Oberteil. «Wir werden das Eiland der Hoffnung aufsuchen!» hauchte eine mit einer Mütze auf dem Kopf. «Ich brauche nun etwas frische Luft», sagte Betti beim Aufstehen, «ich gehe mal ein paar Schritte vor die Tür.» «Und ich sehe mal nach der Schwester Maja und nach meinem Moped», sagte schnell Luisa und stand mit Betti auf, um sie aus dem Aufenthaltsraum zu begleiten. Uri blieb etwas verdutzt und mit halb offenem Mund zurück, sah den Frauen nach, murmelte so etwas wie: «Ja, dann sehen wir uns später beim Essen», aber er konnte sich nicht einmal sicher sein, dass sie ihn gehört hatten. Er blieb etwas ratlos und unentschlossen sitzen. Dann beschloss er, auf sein Zimmer zu gehen und nach Nachrichten und Emails auf seinem Computer zu sehen. Vielleicht hatte sich ja Ayleen inzwischen mal per Mail bei ihm gemeldet. Im Entrée waren Betti und Luisa nicht zu sehen.Er ging langsam zur Treppe. Auf halber Höhe kam ihm der junge Mann mit den dunklen Haaren entgegen. Sie nickten einander zu. Der junge Mann fasste sich ein Herz, um ihn anzusprechen: «Sind Sie wirklich Theaterphilosoph?»

SOKRATES – der kafkASKe Roman

«Oh ja», sagte Uri Nachtigall nicht ohne Stolz, «Ich bin der Hausphilosoph des Cascando-Theaters. Es ist ein freies Theater», fügte er zur Erläuterung hinzu, was Benjamin nur ein Kopfschütteln entlockte und irritiert zu Boden blicken ließ. Er konnte mit dieser Art von Freundlichkeit und insbesondere mit der Lautstärke der Stimme des Mannes nichts anfangen. Er drängte sich an ihm vorbei und beeilte sich, nach unten zu kommen. Uri hörte ihn noch vor sich hin rumoren: «Was heißt schon frei in diesem Fall!» Der so stehen Gelassene blickte verwirrt dem jungen Mann nach. Dann setzte er schweigend und kopfschüttelnd seinen Weg in sein Zimmer fort. Dort setzte er sich an seinen Computer. Abgesehen von ein paar Spams war seine Mailbox enttäuschend leer. Kein Lebenszeichen von Ayleen. Und seine Freunde aus dem Theater schienen ihn auch nicht zu vermissen. Er öffnete das Verzeichnis „Dokumente" und darin das Unterverzeichnis „Aesthetik und Poetik", worin er mit dem Touchpad das Dokument namens „Poetik-Vortraege" ansteuerte, aber kurz vor dem Doppelklick fiel ihm ein Dokument auf, das ihm fremd vorkam: „Paradieseologie"! «Wann habe ich das denn angelegt?» fragte er sich, lachte laut auf und sah sich dann erschrocken in seinem Zimmer um, als könnte ihn jemand gesehen haben und für verrückt halten.

Vor Antonios Restaurant verabschiedeten sich der Oberstaatsanwalt Leopold Lauster und Niklas Hardenberg. «War nett, mit dir geplaudert zu haben, mein Lieber», sagte der Staatsanwalt. «Ja, fand ich auch», erwiderte der Investigator noch immer ein wenig gedankenverloren und unterkühlt. Lauster konnte das gut übersehen. Ihm waren die

Befindlichkeiten seines Gegenübers so ziemlich egal. Was er zu erfahren gehofft hatte, hatte er nicht in Erfahrung bringen können, wahrscheinlich weil dieser Hardenberg selbst nichts wusste. Auch die allgemeinen Plaudereien waren wenig informativ. Zur Abteilungsleiterin im Ministerium, die diesen Suthers geschickt hatte, schien er auch keinen Kontakt geschweige denn eine engere Beziehung zu haben. Alles nur Geschichte und Vergangenheit. Nicht einmal den Trennungsgrund vor Jahren, wenn nicht gar vor mehr als einem Jahrzehnt, hatte er in Erfahrung gebracht. Aber so sehr interessierte ihn das auch nicht. So war es halt, man liebte und entliebte sich wieder und verliebte sich neu. Die Sache mit dem Neuverlieben bei Niklas Hardenberg war eine Geschichte für sich. Aber deswegen wollte der Staatsanwalt keinen Stab über den Investigator brechen. Im Zusammenhang mit Pädophilie jedenfalls tauchte der Name Niklas Hardenberg nirgends auf. Etwas hilflos standen die beiden Männer für einen kurzen Augenblick einander gegenüber. Hardenberg beendete das Ganze mit dem Spruch: «Wir sehen uns dann bestimmt beim Haftprüfungstermin des Sonderermittlers.» So trennten sie sich und gingen jeder seiner Wege. Hardenberg schlenderte bewusst entspannt nach Hause. Aber da war Lausters Spruch und ließ ihn nicht in Ruhe: «über jeden Verdacht der Bestechlichkeit erhaben».

Also ja, Tatsache[24]: ich bin der, der pleite ist und auf ask «unnötige romane schreibt obwohl keine

---

24 *https://ask.fm/Klugdiarrhoe/answers/136346265529*

Ahnung»^^ Und ich kann sie nicht mehr zurückhalten die 170. Folge des SOKRATES-Romans. Sie will unbedingt raus in die Welt, obwohl keine Ahnung :) <u>*Uri Bülbül*</u>

«Mein Freund ist über jeden Verdacht der Bestechlichkeit erhaben» - warum hatte er das gesagt? War das nur ein dummer Zufall, eine Phrase, bloß so daher gesagt, um sich nicht von Hardenberg einladen zu lassen, sondern ihn einladen zu können? Dann diesem jungen Mädchen gegenüber! Oder hatte er ernsthaft die Befürchtung, dass Hardenberg ihm eine Falle stellen wollte? Aber so eine dumme kleine Falle mit einem Essen, was nicht einmal den Wert von 100 € erreichte? Im Grunde war diese Bemerkung von Lauster kleingeistig und dumm. Oder aber Lauster spielte auf den verdammten Auftrag an. War diese Geschichte also immer noch akut, war es Thema und beschäftigte die Herrschaften im Präsidium! Aber selbst Katja traute er so eine Rachsucht nicht zu. Letztendlich war fast niemand wirklich zu Schaden gekommen, bis auf den einen Menschen eben. Aber er war nun tot. Die Affäre mit Kristina hätte eigentlich viel präsenter sein müssen. Alfons Albermann könnte er es nicht verübeln, wenn er Rachegefühle deswegen hegte. Das aber hatte nun wiederum gar nichts mit dem Staatsanwalt zu tun. Und schon gar nicht mit Bestechung. So in Gedanken vertieft, zweifelnd und grübelnd erreichte Niklas Hardenberg seine Wohnung. Nachdem er die Tür hinter sich sorgfältig wieder verschlossen hatte, ging er durch den dunklen Flur ins Wohnzimmer. Er liebte seine Wohnung im Dunkeln. Er hatte das Gefühl in dieser Dunkelheit besonders geborgen zu sein.

SOKRATES – der kafkASKe Roman

«Ich bin ein Mann mit Sonnenallergie, um im platonischen Höhlengleichnis zu bleiben, das wurde doch schon über mich geschrieben», ging es ihm durch den Kopf. Nein, er wollte das nicht denken! Er wehrte sich gegen diesen Gedanken, gegen dieses Gleichnis und wie er damit in Verbindung gebracht wurde. Aber wie sicher kann einer seiner Gedanken schon sein? Er stieß einen Schreckensschrei im Wohnzimmer aus, als er plötzlich eine Stimme aus der finsteren Ecke des Sofas hörte, wo Hermes es sich bequem gemacht hatte: «Guten Abend, mein lieber Freund.» «Ah! Du hast mich zu Tode erschreckt.» «Hast du mit dem dicken Polizisten gerechnet? Der Bulle ist anderweitig gut beschäftigt. Er ist mit seiner lädierten Visage im Krankenhaus auf der Intensivstation.» «Was? So schlimm habe ich aber nicht zugeschlagen!» Hermes lachte: «Manchmal überschätzt du dich! Natürlich hat das nichts mit deinen Fausthieben zu tun, Junge. Ross ist auf der Intensivstation, weil dort seine Partnerin Johanna Metzger liegt. Sie hatte einen „Verkehrsunfall".» Hermes apostrophierte das Wort schier spöttisch. «Was willst du damit sagen?» «Ach, du hängst zu sehr in deiner Vergangenheit mit deinen Gedanken, als wärest du dein eigener Schatten und müsstest damit einem Willen folgen, der rein gar nichts mit dir zu tun hat.» «Sehr philosophisch!» Hardenberg schaltete das Licht ein. «Kristina Albermann, Frank, Katja, der Auftrag – meine Güte, was für Geschichten! Hast du dich auch mal um deine Gegenwart gekümmert? Hast du vom dicken Hoffmann deine Walther wiederbekommen?»

Ohne viel Umschweife lassen wir doch mal die 171. Folge von SOKRATES sprechen. Eine Gefahr besteht auf gar keinen Fall: ich

SOKRATES – der kafkASKe Roman

kann die Lesefaulen nicht zu Tode langweilen. Sie sind gegen SOKRATES total immun :) Uri Bülbül

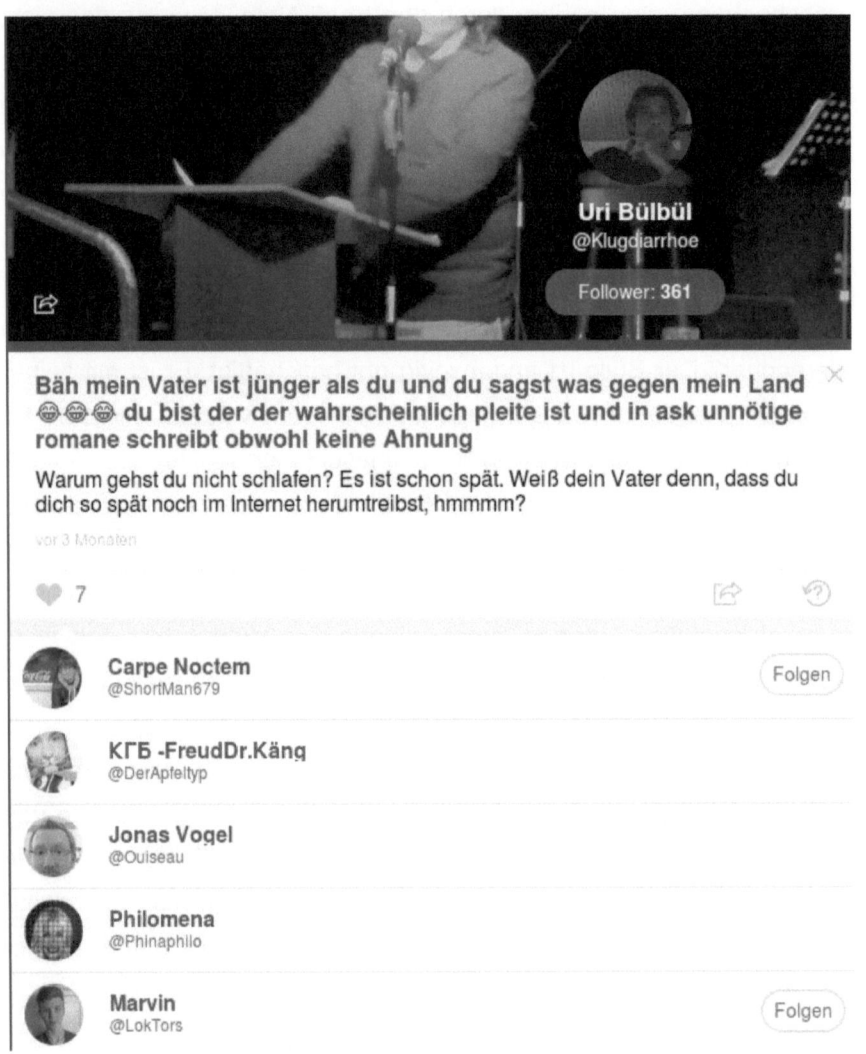

SOKRATES – der kafkASKe Roman

Nein, Niklas musste zugeben, dass die Waffe noch immer konfisziert war und aller Wahrscheinlichkeit nach in der Asservatenkammer lag. «Aber nein, so ist das Dickerchen nicht!» grinste Hermes, «Das Asservat[25] bezeichnet einen nach Polizeirecht oder nach der Strafprozessordnung sichergestellten oder beschlagnahmten Gegenstand. Die asservierte Sache kann im Straf- oder im Bußgeldverfahren als Beweismittel oder der Gefahrenabwehr dienen», sprach die Weisheit der guten Polizeischule aus Hermes. Aber seine Menschenkenntnis wusste noch etwas anderes: «Hoffmann ist so einer, der Fünf gerade sein lassen kann. Er bewahrt gewiss die Pistole in seiner Schublade und wird sie dir nach einem interessanten Gespräch wieder zurück geben. Aber er erwartet natürlich von dir, dass du dich um deine Angelegenheiten kümmerst. Ich erwarte das von dir auch!» fügte er mahnend hinzu. «Sagt der Richtige», brummte Niklas Hardenberg, «erscheint irgendwann mitten in der Nacht in meinem Leben, erschreckt mich schier zu Tode, mischt sich in alles ein, was nur mich etwas angeht und dann sagt er, ich solle mich um meine Angelegenheiten kümmern. Kümmer du dich doch um deine Angelegenheiten!» Hermes lachte herzhaft. «Das ist mein Job sozusagen! Ich muss mich um dich kümmern! Du bist meine Angelegenheit, Nick. Und ich muss dir auch sagen, bevor ich dich jetzt verlasse, kümmere dich um Kairos!» Mit diesen Worten stand Hermes grinsend auf. «Ich muss jetzt gehen», sagte er, ging aber nicht Richtung Flur, sondern zur Balkontür. «Was machst du da?» fragte Niklas etwas ratlos. «Ich nehme die Abkürzung», antwortete Hermes, als er die Tür öffnete. «Lass den Blödsinn!» Aber es war zu

---

25 https://de.wikipedia.org/wiki/Asservat

spät. Hermes ging sicheren Schrittes zum Balkongeländer, sprang darüber hinweg in die Tiefe. Niklas hörte Menschen schreien. Er blieb wie versteinert in seinem Wohnzimmer stehen mit Schweißperlen auf der Stirn und wagte es nicht an die Balkontür zu treten, um sie wieder zu schließen. Er musste aber schnellstens etwas unternehmen, denn so konnte jeder von unten sehen, wo Hermes gesprungen war. «Verdammtes 4rschl0ch!» fluchte Niklas, «Als hätte ich nicht schon genug Scherereien!»

Als Uri Nachtigall den Speisesaal betrat bemerkte er, dass Betti nicht anwesend war, ebenso fehlte Basti und mit ihm Lara. «Sie sind also immer noch nicht zurück», sagte er sich. Das erfüllte ihn nun ebenfalls mit Sorge. Wie mochte es Betti damit gehen? War sie nun auf ihrem Zimmer mit ihren Sorgen um ihre verschwundene Tochter allein? «Nach dem Essen werde ich bei ihr anklopfen», nahm er sich vor. Der junge Mann namens Benjamin saß weit ab von Uris Mittagstisch mit dem Rücken zu ihm. Er saß zwar allein und an dem Tisch wäre noch Platz für mehrere andere Personen gewesen. Aber es war dort nicht nur für weitere Personen nicht gedeckt. Es befanden sich an dem Tisch auch keine weiteren Stühle.

«Ich werde mich noch irgendwann mit ihm unterhalten, auch wenn er wahrscheinlich sehr gerne alleine essen mag. Schwester Lapidaria wird seinem Wunsch entsprochen und die anderen Stühle weggeräumt haben», dachte er. An dem Tisch, an dem er gesessen hatte, sah er nun Luisa und ihr gegenüber saß ein sehr

146

alter, ein steinalter Mann, klein, schmächtig, fast nur aus Haut und Knochen bestehend. Ein seltsames Paar. Neugierig ging er an diesen Tisch, grüßte und nahm Platz. Luisa schien sich über seine Anwesenheit zu freuen. Der kleine alte Zwerg aber sah ihn fast eifersüchtig und feindselig an, da er nun das junge Mädchen nicht allein für sich haben konnte. Seine Haut schien fahl und wächsern, ein wenig gelblich und seine Augen grün und funkelnd. Obwohl er zunächst so wirkte, als könnte ihn ein Lufthauch davontragen, brannte hinter den Augen dieses alten Mannes unter seiner Schädeldecke ein prometheisches Feuer von großem Ausmaß. Seine Augen spiegelten dieses Feuer in einem brandgefährlichen Maße. «Methusalem», dachte Uri, «er wird mich mit dieser ihm innewohnenden Energie um Jahrzehnte überleben.» Luisa nahm die Verteilung des Essens in die Hand, nahm die Teller der Männer und schöpfte Hauptspeise und Beilagen darauf; erst dem ältesten am Tisch, dann der Nachtigall, dann verteilte sie den Salat und erst als ihre Tischgenossen versorgt waren, nahm sie sich selbst. Die beiden hatten ihr fasziniert und freundlich wohlwollend zugesehen. Uri Nachtigall empfand fast schon Dankbarkeit für diese ihre kleine Geste der Freundlichkeit, was natürlich recht schnell den Beigeschmack von Schneckenschleim bekommen konnte, wenn Luisa es darauf ankommen ließ. Sie sah aber freundlich in die Runde und wünschte allen einen guten Appetit. Der alte Mann schmatzte ein wenig, noch bevor er die Gabel überhaupt in die Hand nahm. «Darf ich mich vorstellen? Ich heiße Marcellus Adonis Narrat. Ich bin Diplomat, Weltreisender,

Geschäftsmann und auf einem Zwischenstopp Gast des DoctorParranoia auf Wunsch eines gewissen Jo Ziegler und Uri Bülbül.» «Uri Bülbül?» fragte Uri Nachtigall, «ich heiße ebenfalls Uri aber nicht Bülbül, sondern Nachtigall.» «Was nicht dasselbe ist!» antwortete der Alte verschmitzt. «Ich bin Luisa», stellte sich Luisa vor. «Entzückend, Ihre Bekanntschaft zu machen, junge Dame», sagte er, stand überraschend gewandt auf, kam um den Tisch, nahm Luisas Hand und gab ihr äußerst galant einen Handkuss. Luisa ließ es lächelnd geschehen und schien sogar ein wenig zu erröten. Uri Nachtigall klapperte demonstrativ mit dem Besteck. Was sollte das Theater? Hatten die beiden sich nicht schon unterhalten, bevor er an den Tisch kam? Hatten sie sich da einander nicht schon längst vorgestellt? Für Uri Nachtigall hatte es den Anschein, als hätte Methusalem schon längst das Mädchen für sich eingenommen und in eine kleine Verschwörung gegen den Rest der Welt, wozu nun auch Uri Nachtigall gehörte, verwickelt. «Schön, dass wir uns kennengelernt haben», brummte Uri.

Ich werde mich jetzt mit SOKRATES zurückziehen. Ein halbes Stündchen gönne ich mir noch mit deinem Buch. Dann sinken die Lider, Schlaf darf kommen. Gute Nacht, Uri Philomena

Oh ja, SOKRATES eignet sich prima zum Einschlafen. Darum nun die Folge 173:

«Sie dürfen mich ruhig „Adonis" nennen, junger Mann», sagte der Zwerg, als er wieder Platz genommen hatte; Uri Nachtigall fiel das Häppchen von der Gabel. «Herr Narrat, Sie können mir sicher eine

Frage beantworten, die mir hier von einem jungen Mann gestellt wurde, für die er sich sogar, sagen wir mal ein wenig zu stürmisch eingesetzt hat: Wer schreibt uns?» Luisa stieß einen überraschten Lacher aus. Dieser Theaterphilosoph war immer für eine Überraschung gut. Was war das nur wieder für eine verrückte Frage? Adonis aber reagierte äußerst sachlich, als wäre es das Selbstverständlichste der Welt, danach zu fragen, wer einen schreibe. «Sehen Sie? Das ist sehr unterschiedlich. Manche von uns entspringen einem Traum oder einer Idee und sind kaum mehr als ein Lufthauch, ein Frühlingsdüftchen oder ein kalter Luftzug im winterlichen Flur eines schlecht beheizten und wärmeisolierten Häuschens.» Er lächelte vielsagend, als könnte er mit diesem Lächeln Uri Nachtigall endgültig vernichten und aus der Welt schaffen, um wieder mit Luisa ungestört zu sein. Uri und Luisa aber wechselten freundschaftliche Blicke, sie lächelte ihm sogar zärtlich zu. Nein, so leicht würde er sich nicht geschlagen geben. Das Lächeln verschwand aus seinem Gesicht und sein Blick wurde eiskalt und messerscharf, als er Adonis wieder ansah: «Manche von uns sind also ein Frühlingsdüftchen und ebenso leicht flüchtig. Die anderen aber? Wie sind sie?» «Sie entspringen langen Erzählungen, dem Roman einer Lebensgeschichte, der schier unendlichen Tradition von Ahnen und ihren Abenteuern. Sie werden in einen Kosmos geboren, sie werden zu Trabanten wirkungsmächtiger Zentralfiguren und drehen ihre schicksalhaften Kreise ohne je die geringste Chance zu haben, ihren Orbit zu verlassen.» «Und manche sind darin zu einer tragischen Bedeutungslosigkeit verdammt, obwohl wahnsinnig viel Energie in ihnen steckt, nicht wahr?» fragte Uri Nachtigall. «Ich glaube, man kann festen Laufbahnen auch entrinnen», warf Luisa ein. «Wird sind keine bewusstlosen Monde!» In diesem Augenblick betrat Schwester Lapidaria mit zwei Polizisten den Speisesaal.

Im Ofen knisterte das Feuer. Bellarosa hatte noch ein paar Holzscheite nachgelegt. Auf dem Ofen stand die Teekanne mit dem Kräutertee, aus der sie sich immer wieder nachschenkten. Sie aßen die Filomena-Kekse dazu und unterhielten sich über dies und das. Lara hatte eine Afrika-Reise mit ihrer Schulklasse gemacht, auf der sie sich mit einem Lehrer ganz und gar nicht verstanden hatte; sie erzählte auch von ihren Berufsvorstellungen und auch davon, dass sie sich auf der Theaterbühne versucht habe, was ihr aber letztendlich auch nicht gefiel. Lieber fotografierte sie und schrieb Geschichten und Berichte. Sie erwog, Journalistin zu werden. Das konnte sie als Beruf für sich recht gut vorstellen.

Was ist das nur für ein Typ - dieser Marcellus Adonis Narrat, der beim Abendessen in der Psycho-Villa aufgetaucht ist? Uri Nachtigall ist er nicht ganz geheuer. Bei Bellarosa im Hattinger Wald hingegen scheint es gemütlich und unterhaltsam zu sein. SOKRATES Teil 174:

Basti hatte auch eine Menge zu erzählen, er hörte auf jeden Fall auf, bohrende Fragen an Bellarosa zu stellen, weil auch er bemerkt hatte, dass es ihrer Gastgeberin damit gar nicht gut ging. Stattdessen erzählte er davon, dass er am liebsten auch hier irgendwo in Bellarosas Nähe am Bassin in einem Haus ganz aus Käse wohnen und sich dann Käsedreieck-Dreieckkäse* nennen würde. Bastis Erzählungen zauberten Lara ein Lächeln auf die Lippen und sie vergaß darüber schon fast ihr Heimweh. Auch wenn Bellarosa zunächst skeptisch die Augenbrauen hoch zog, kam auch eine gewisse Heiterkeit in ihre Miene. Basti wurde ganz redselig und erzählte schier schwärmerisch, was er sich wünschte, wo sie lebten und dass «die ganzen Leute von der Villa irgendwann mit einem Schiff auf dem Meer rumfahren»* sollten, «und das Schiff hört dann plötzlich 50 Meter vor einer Insel auf, zu fahren und geht anschließend unter und dann schwimmen alle zu der einsamen Insel hin... und auf der Insel ist Dschungel und Strand, also in der Mitte Dschungel und am Rand Strand und ich suche mir in dem Dschungel den größten Baum aus und baue da ein Baumhaus drauf und Rufus findet ein paar wildlebende rosa Schweine und immer wenn wir Hunger haben, grillt Rufus so eins»[26]. Basti ließ seinen Wünschen und seiner Phantasie freien Lauf. Warum sollten nicht alle Bewohner der Psycho-Villa in einem Ausflug in eine Robinsonade verwickelt werden? Da durfte natürlich eine Schwester Maja nicht fehlen. Als der Name Rufus fiel krampfte sich für eine kurze Sekunde Bellarosas Magen. Aber noch bevor es jemandem auffallen konnte, gingen Gespräch und Thema weiter und der Krampf verflog. «Und Schwester Lapidaria ist zuständig für Obst suchen und wird dabei von einer pinken Riesenschlange mit grünen Punkten gefressen, aber danach direkt wieder ausgespuckt und die Schlange stirbt direkt danach und wird dann von einem Adler aufgehoben und weggeflogen und über dem Meer fallen gelassen», erzählte Basti. Lara konnte ihr Lachen nicht zurückhalten: «Warum stirbt die Schlange und nicht Schwester Maja?» Basti musste darauf nicht lange überlegen: «Ich möchte nicht, dass jemand stirbt»*, antwortete er mit großem Ernst. Und mit ebenso

---

26 https://ask.fm/Maulwurfkuchen

großem Ernst und großer Aufmerksamkeit, die sie ausstrahlte, beobachtete Bellarosa die beiden Jugendlichen. «Niemand?» fragte Lara. «Und was ist mit der pinken Riesenschlange?» «Sie hätte Lapidaria nicht essen dürfen!» konterte Basti. Überraschenderweise biss sich Lara sanft aber sicher an diesem Thema fest: «Die Schwester liegt einem nun mal schwer im Magen und wurde ja dann auch sofort wieder ausgespuckt. Also sollte die pinke Riesenschlange auch nicht sterben, finde ich. Der Adler kann sie ja trotzdem mitnehmen und vom Himmel wieder fallen lassen. Das könnte sie auch überleben: entweder fällt sie ins Meer oder sie fällt irgendwo an Land über einem Wald. Sie verfängt sich in den Baumwipfeln und schlängelt sich wieder nach unten.»

Wir sind mit Lara und Basti im phantastischen Hattinger Wald; es ist Nacht. In der Psycho-Villa hingegen ist nicht nur ein seltsamer steinalter Mann aufgetaucht, sondern es kommen nun zwei Polizisten in den Speisesaal, aber greifen wir nicht vor! SOKRATES Teil 175: Uri Bülbül

Diese Idee gefiel Basti und er griff sie zur Weiterführung für sich auf: «Ja, das ist gut. Sie landet hier irgendwo im Hattinger Wald und wenn wir ganz viel Glück haben, begegnen wir ihr morgen auf dem Heimweg. Und dann werde ich der pinken Riesenschlange mit den grünen Punkten sagen, dass sie auf gar keinen Fall Rudi aufessen darf.» Das war schon ganz in Ordnung in den Augen der beiden Frauen, aber Lara noch nicht ganz zufrieden. «Aber was ist nur mit den Schweinen? Warum darf Rufus sie grillen?» «Ich möchte auch leckeres Grillfleisch zum Essen», sagte Basti. Bellarosa lachte:

«Würdest du deine Freunde auch grillen, wenn sie lecker schmeckten? Vielleicht schmeckt Rudi ja auch lecker?» «Nein, daran denke ich nicht einmal! Rudi ist mein Freund!» protestierte Basti. «Na dann, hoffentlich freundest du dich nicht mit den rosa Schweinchen an», sagte die Gastgeberin, während sie aufstand. «Es ist jetzt spät und Zeit ins Bett zu gehen! Euer Zimmer ist im Turm schräg über uns. Ich schlafe im Nachbarzimmer von hier. Es ist doch in Ordnung, dass ihr beide in einem Zimmer schlaft, oder?» fragte sie Richtung Lara. Sie nickte. «Solange jeder sein eigenes Bett hat und Basti mich nicht auf den Grill legen will» zwinkerte sie Bellarosa zu. Die Frauen lachten und Basti nahm Rudi auf den Arm. «Rudi darf bei mir im Bett schlafen», erklärte er hoch feierlich. Das Turmzimmer war sehr gemütlich und warm; darin gab es zwei voneinander getrennte bequeme, kuschelige Betten, in der Mitte einen runden blauen Tisch, auf dem eine Öllampe stand; an den Betten waren Nachttischchen mit blauen Lampen und auch an der Decke hing eine Lampe mit einem blauen ballonartigen Lampenschirm. «So viel Blau», staunte Basti. Kurze Zweit später lagen sie in ihren Betten und schliefen ein. In Bastis Bett machte es sich, wie von Basti angekündigt und gewünscht Rudi ebenfalls gemütlich. Basti streichelte noch im Halbschlaf Rudis borstiges Fell, bevor er gänzlich wegdämmerte. Vom Fenster, von dem aus man auf den Bassin sehen konnte, warf der Mond etwas Licht ins Zimmer. Ein wenig raschelten die Bäume, durch deren Blätter der Wind fuhr und schaukelte die blaue Ballonlampe. Zunächst war das eine kaum merkliche Bewegung, die auch ein Schattenspiel hätte sein können. Doch dann bewegte sie sich deutlicher und eigentlich mehr als der leichte Luftzug sie hätte bewegen können. Es schien, als habe die Lampe ein Eigenleben oder genauer, als lebe etwas in der Lampe und bewege sie, als wolle es heraus aus diesem von der Decke baumelnden blauen Ballon. Basti bemerkte diese Bewegung und konnte seinen Blick nicht mehr von der Lampe lassen. Eines wurde ihm schlagartig klar: das war keine Ballonlampe; es war ein großes, blaues, fast rundes Ei. Und dieses Schaukeln kündigte die Ankunft eines neuen Erdenwesens an. Unwillkürlich tastete seine Hand nach Rudi und wurde beim Tasten schneller und hektischer, weil die erwartete Berührung des borstigen Fells ausblieb. Rudis Platz im Bett war leer.

Es gibt ein Bild, ich glaube, es heißt "Der Schrei". Dieses Bild ist ein Albtraum und hing im Zimmer eines Tagungshauses, in dem ich schlief; Jemand meinte, mit diesem Bild an der Wand könne er im Zimmer nicht schlafen. Ich hörte nichts. SOKRATES Teil 176:

Erschrocken richtete sich Basti im Bett auf, starrte mit weit aufgerissenen Augen an die Decke, auf die Lampe, die sich immer heftiger bewegte, dann versuchte er Lara wachzumachen. Als er ihren Namen rufen wollte, bekam er keinen Ton aus seiner Kehle. Wie konnte es sein, dass er kein Wort mehr sagen konnte? Panisch holte er tief Luft; ja atmen ging noch. Wieder versuchte er Laras Namen zu rufen. Aber er bekam wieder keinen Ton heraus. Seltsame Schattenspiele entstanden an der Decke. Eine Frauengestalt oder ein Engel mit Flügeln oder doch eine Frau mit ausgebreiteten Armen? Sie sprang hin und her und drehte sich, sie war wie eine indische Tänzerin mit mehreren Armen, dann wieder wurde sie länger und länger wie eine Schlange. Der blaue Ballon tanzte wild im Kreis gleich einem Hammer, der losgelassen in die Weite fliegen würde. Und in der Tat löste sich die Verankerung an der Decke und der Ballon flog Richtung Bastis Kopf, den er nur ganz knapp und reflexartig einziehen konnte, bevor ihn der gläserne Lampenschirm traf. Er zerschellte an der Wand und jemand schrie aus vollem Hals als würde er aufgespießt. Lara stand senkrecht im Bett. Sofort schaltete sie das Licht ein. Sie sah, dass Basti sich tief unter seiner Decke vergraben hatte. «Basti? Was war das? Hast du das auch gehört?» fragte sie. Basti kam langsam unter der Decke hervor, sah sich orientierungslos um. An der Decke hing ruhig und unbewegt die Lampe mit dem blauen Ballon als Lampenschirm. «Habe ich geschrien?» fragte er, konnte es kaum glauben, weil er doch keinen Ton in seinem Traum aus dem Hals bekam. In diesem Moment wurde seine Frage wie von selbst beantwortet. Jetzt hörte er den Schrei, der aus dem Nebenhaus kam und eindeutig zu einer Frau gehörte. Ratlos starrten sie sich an. Immer und immer wieder kamen Schreie, als würde eine Frau im Nebenraum gefoltert. «Bellarosa!» rief Lara plötzlich aus, «Wir müssen ihr helfen!» «Wo ist nur Rudi? Rudi ist weg!» klagte Basti. «Die Tür ist zu. Er wird sich hier irgendwo versteckt haben! Wie schrecklich! Bellarosa braucht bestimmt unsere Hilfe!» Lara schlüpfte schnell in ihre Schuhe, da sie ihrer Gastgeberin zu Hilfe eilen wollte. «Nein, warte! Mach die Tür jetzt nicht auf! Erst müssen wir Rudi finden. Außerdem höre ich keine Schreie!» protestierte Basti. «Vielleicht hast du das alles ja nur geträumt!» «Aber du hast die Schreie doch auch gehört!» widersprach Lara. Basti hatte keine Lust auf eine Diskussion und gab ihr ein Zeichen, dass sie still sein sollte. Lara lauschte aufmerksam in die Nacht. Draußen war nun alles ruhig;

aber unter ihrem Bett hörte sie ein Scharren und Schnaufen. Das konnte nur Rudi sein. «Ich glaube, ich weiß, wo Rudi ist», flüsterte sie und zeigte unter ihr Bett. Sofort krabbelte Basti auf allen in die gewiesene Richtung. Zärtlich und leise rief er den Spaltrüssler zu sich, der in der Tat nicht lange auf sich warten ließ. Wie schnell Basti dieses Tier gezähmt hatte, fand Lara bemerkenswert.

Zum Abschluss des alten Tages und Anbruch des neuen eine weitere Folge SOKRATES. Ein Bericht von der Schicht zweier Wachtmeister. In der Frühe geht ihr Arbeitstag zu Ende, ihre Fragen aber bleiben offen. Teil 177:

Um 6.00 Uhr in der Frühe hatten die beiden Wachtmeister Robert Kruse und Dietmar Winkelmann Feierabend und eine sehr anstrengende wie seltsame Schicht hinter sich. Schon der Unfall, mit dem ihre Schicht begann, war äußerst seltsam gewesen. Ihre Kollegin, die Kommissarin Johanna Metzger war in einem Waldstück vom Weg abgekommen und gegen einen Baum gerast. Sie konnte nur sehr schwer verletzt aus dem Auto mit Hilfe der Feuerwehr geborgen werden. Ob sie überleben oder ihren Verletzungen erliegen würde, stand in den Sternen. Am Unfallort trafen sie auf einen Mann, der sich als Gärtner und Hausmeister des Psychiatrischen Sanatoriums eines gewissen Doctor Parranoia ausgab; dessen Name sich aber lediglich als Nickname auf der Internetplattform www.ask.fm herausstellte. In der Villa hingegen stießen sie auf die jüngere Schwester der Kommissarin Luisa Metzger, die sie über den Unfall ihrer Schwester benachrichtigten. Ein alter Mann, der nach Angaben der Krankenschwester ein Freund des Anstaltleiters war, über den man nichts weiter als diesen Nickname herausbekam, nahm sich des Mädchens an, das in Tränen ausbrach und dringend Betreuung brauchte. Zum Glück waren sie ja schon in der Psychiatrie, so dass ihr sofort mit einer Beruhigungsspritze geholfen werden konnte, die ihr ein Doktor Zodiac verabreichte. Auch ein Mann namens Uri Nachtigall kümmerte sich besorgt und rührend um Luisa Metzger. Der Freund des Anstaltleiters aber schien das nicht gerne zu sehen. Verwirrt suchte dieser Nachtigall nach seinen Autoschlüsseln, um Luisa Metzger ins Krankenhaus zu fahren. Aber Schwester Maja und Herr Narrat, der steinalte Mann, wiegelten ab, er solle die Angelegenheit ruhig ihnen überlassen. Dann kümmerte sich Herr Narrat um eine Fahrgelegenheit; denn er hatte eine Limousine mit Chauffeur zu seiner Verfügung, mit der er sofort Luisa ins Krankenhaus fahren lassen konnte. Die Überprüfung der Papiere des Gärtners ergab nichts Auffälliges. Wachtmeister Kruse aber ließ die Möglichkeit keine Ruhe, dass die Kommissarin jemand verfolgt hatte, als sie verunglückte. Sie fuhren den Waldweg ab, überprüften die Gegend, so gut sie konnten. Doch das Einzige, worauf sie stießen, war ein Förster mit einem Rudel Jagdhunde, der ihnen versichern konnte, dass niemand vorbei gekommen war. «Komm, Robert, lass uns auf die Wache fahren. So kommen wir nicht weiter!» schlug der zweite Wachtmeister vor, wenngleich auch er mit dem Ergebnis nicht zufrieden sein konnte. Sie gaben per Funk ihren Standort durch und fuhren los. «Dieser Waldweg ist ganz schön unheimlich», sagte Robert Kruse, während er noch immer mit den Augen die Strecke absuchte, ob er nicht doch noch etwas Erhellendes entdeckte. Ihr nächster Einsatz stand noch stärker unter dem Zeichen der seltsamen Begebenheiten. Sie wurden in die Nähe der Nordstadt gerufen, wo Passanten gesehen haben wollten, dass jemand vom Balkon im zehnten Stock eines Hochhauses gesprungen war. Von diesem Menschen aber fehlte jede Spur.

Was ist der "richtige Moment"? Woran erkennt man ihn? Und ist man nicht hinterher immer schlauer? SOKRATES geht in die nächste Runde. Um Mißverständnissen vorzubeugen: Ich schreibe diesen Roman nicht in einer bestimmten Absicht, sondern um ihn zu schreiben! Teil 178... Uri Bülbül

Dafür zeigten die Leute aufgeregt auf einen Balkon, was die beiden Polizisten nicht aus der Fassung brachte. Sie legten die Köpfe in den Nacken, sahen am Hochhaus entlang nach oben und sahen viele Balkone. «Woher wissen Sie so genau, dass es ausgerechnet der Balkon im zehnten Stock war?» fragte Robert Kruse. Da nahm ihn eine Frau am Arm, zog ihn ein paar Meter vom Haus weg, um dann von einem neuen Standpunkt aus nach oben zu weisen: «Ich stand genau hier, Herr Wachtmeister. Genau hier! Und was sehen Sie, wenn Sie nun nach oben sehen?» Kruse sah nach oben. «Ich weiß nicht, was Sie meinen», antwortete er. «Die Balkontür sieht man von hier, Herr Wachtmeister. Die Balkontür! Und diese eine Balkontür stand offen!» «Aber nun ist sie zu», konstatierte der Polizeibeamte. «Das zeigt nur, dass er nicht alleine in der Wohnung war, als er sich vom Balkon stürzte», betonte die Zeugin. «Aber wo ist die Person, die sich vom Balkon hinunter gestürzt haben soll?» fragte er. Sie sah ihn mit großen Augen an, als könne sie seine Gelassenheit in dieser Frage überhaupt nicht nachvollziehen. «Weg. Ich habe keine Ahnung.

SOKRATES – der kafkASKe Roman

Einfach verschwunden, aber ich schwöre, dass sich von dort ein Mann hinunter gestürzt hat. Kopfüber!», rief sie. «Kopfüber», wiederholte der Polizist. Langsam wurde seine Geduld strapaziert. Sein Kollege nahm die Personalien der Zeugen auf; er beschloss, es ihm gleich zu tun und dabei ruhig zu bleiben! Für gewöhnlich mussten sie nicht die Personalien von Zeugen, die sich freiwillig meldeten, überprüfen. Dieses Mal aber beschlossen beide unabhängig voneinander, eine Ausnahme zu machen, und ließen sich die Ausweise zeigen und notierten die Adressen. Wurde ihnen kollektiv ein Streich gespielt? Robert drohte den Zeugen, erntete aber nur Empörung: «Hören Sie, Irreführung von Polizeibeamten und Vorspiegelung falscher Tatsachen, kann zur Anzeige gebracht werden, Bußgelder und Strafverfolgung nach sich ziehen!» «Was soll das heißen? Ich erfülle hier meine Pflicht als Bürger? Melde Ihnen einen Vorfall und Sie drohen mir mit Bußgeld und Anzeige?» «Ja, nun bleiben Sie mal ganz ruhig! Immerhin ist das nicht ganz glaubwürdig, was Sie da erzählen. Da soll jemand aus dem zehnten Stock gesprungen und dann einfach verschwunden sein! Wie ist das möglich? Sie sehen ihn vom Balkon stürzen, können mir den Balkon zeigen, Sie sehen aber nicht, wohin dieser Mensch schwer verletzt verschwunden sein soll?» «Ja, ich gebe zu, das klingt seltsam. Aber so ist es gewesen. Fragen Sie doch die anderen!» «Wir werden alles überprüfen», antwortete der Polizist, in dessen Ohren es wie ein schlechter Scherz klang: jemand sollte vom Balkon im 10. Stock gesprungen und dann spurlos verschwunden sein. Die Zentrale bekam vom Streifendienst Kruse/Winkelmann mehrere Personen allesamt zur Überprüfung, die jedoch nichts ergab, bis auf eine

Ausnahme: «Ja, Niklas Hardenberg ist uns bekannt», lautete es über Funk. «Gut, dann befragen wir ihn jetzt», beschlossen die Streifenbeamten.

Jeder Routineeinsatz kann aus dem Ruder laufen, unerwartete Dinge können geschehen; doch mit ständiger Angst ist so ein Job nicht zu machen. Nur mit nötiger Umsicht und Fingerspitzengefühl. Die Wachtmeister statten Niklas einen Besuch ab. SOKRATES - Teil 179: Uri Bülbül

Während sie in den 10. Stock fuhren, fragte Dietmar: «Was soll dieser Hardenberg gemacht haben? In seiner Wohnung wild um sich geschossen? Mit einer scharfen Waffe? Ist er womöglich auch jetzt bewaffnet?» «Angeblich nicht. Aber seien wir lieber vorsichtig. Die Waffe wurde ihm von den Kollegen Hoffmann und Oberländer konfisziert. Er hat aber einen Waffenschein dafür.» Die beiden luden ihre Dienstpistolen durch und steckten sie schussbereit ins offene Halfter. Eine einfache Personenkontrolle konnte zu einer Katastrophe, zu einem Desaster ausarten. Hoch angespannt kamen sie an Hardenbergs Tür an. Als sie an Hardenbergs Tür klingelten, wusste dieser, dass der Ärger, den Hermes heraufbeschworen und er befürchtet hatte, nun eintraf. Er musste sich ihm stellen und selbstverständlich würde er eine Deeskalationsstrategie wählen. Aber schon nach wenigen Sekunden nach dem Klingeln hämmerte jemand heftig gegen die Tür: «Niklas Hardenberg, öffnen Sie sofort die Tür. Hier spricht die Polizei! Öffnen Sie sofort die Tür!» Niklas hielt es für klug, etwas von sich hören zu lassen, bevor er an die Tür trat. Denn schreckhafte Polizisten konnten gemeingefährlich sein. Er erinnerte sich an den Fall eines Wanderers in Thüringen, der die Tür aus Angst wieder zuschlug, als er bewaffnete Männer in Zivil erblickte, die sich nicht als Polizisten zu erkennen gegeben hatten. Der Wanderer war in einem Gasthaus abgestiegen, um den Thüringer Wald zu durchwandern. Und der Gastwirt verwechselte ihn mit einem aus der forensischen Psychiatrie entflohenen Gewaltverbrecher und verständigte die Polizei. Die beiden Kriminalbeamten, die kamen, schossen dann durch die geschlossene Tür, als der Gast erschrocken die Tür zuschlug und töten den harmlosen Wanderer. Ein paar Tage später wurde der Gewaltverbrecher lebendig und widerstandslos gefasst. «Ich komme. Ich mache Ihnen die Tür auf.» rief Hardenberg. Die beiden Wachtmeister traten zwei Schritte zur Seite und warteten gespannt. Beide hatten die Hand am Griff ihrer Pistolen, als sie hörten, wie die Tür aufgeschlossen und dann geöffnet wurde. Als Niklas aber niemanden vor der Tür sehen konnte, trat er einen Schritt vor in den Türrahmen, damit er von den Polizisten gesehen werden konnte. Nun entspannte sich die Atmosphäre ein wenig zwischen ihm und den beiden Wachtmeistern, die sich ihm namentlich vorstellten und eintreten wollten. Er ließ sie gewähren. Der lange mit den grauen Haaren, ein fast Zweimetermann, eröffnete das Gespräch: «Herr Hardenberg, haben Sie Ärger mit ihren Nachbarn?» Diese Frage überraschte Niklas ein wenig, aber noch mehr freute er sich darüber, dass sich jemand Gedanken machte, bevor er einfach lospolterte: «Nein, ich habe keinen Ärger mit meinen Nachbarn. Ich wohne noch nicht lange hier.» «Sie können sich also nicht vorstellen, dass die Nachbarn Ihnen einen Streich spielen wollen?» «Nein, sind wir nicht alle aus dem Alter raus?»

161

SOKRATES – der kafkASKe Roman

Seltsame Dinge kann man schnell verdrängen. Der Alltag ist voll von Ungereimtheiten, aber sie beschäftigen uns nicht; man findet eine schnelle Erklärung, überbrückt den Wahn und findet zur Normalität zurück - aus der Albtraum. SOKRATES Teil 180: Uri Bülbül

«Na ja, umso komischer ist dann die Geschichte, weswegen wir hier sind: Einige Passanten behaupten, jemand sei von Ihrem Balkon in die Tiefe gesprungen!» «Wie bitte? Ist derjenige tot?» «Nein verschwunden!» mischte sich der kleinere und etwas rundere Polizist in das Gespräch ein. Niklas sah die beiden verständnislos an: «Bei mir war niemand», log er dann. «Hatten Sie die Balkontür zwischenzeitlich mal offen heute Abend?» fragte der Wachtmeister, als suche er nach einer plausiblen Erklärung für etwas Unerklärbares. «Ja, ich glaube schon. Als ich nach Hause kam...» «Wann war das?» unterbrach ihn der Mann sofort. «Vor etwa einer halben Stunde. Ich war mit dem Oberstaatsanwalt Abendessen. Und als ich nach Hause kam, lüftete ich kurz die Wohnung. Das mache ich immer so», log Niklas weiter. Jetzt fühlte er sich sicher. Die Information, dass er mit Herrn Oberstaatsanwalt zu Abend aß, musste eine gewisse Wirkung auf die beiden niederen Beamten haben, spekulierte er. Robert Kruse aber war recht unbeeindruckt und sogar noch ziemlich angriffslustig: «Hat Sie der Herr Oberstaatsanwalt mit nach Hause begleitet?» Niklas lachte: «Oh ja, dann habe ich ihn vom Balkon geworfen! Aber dann ist er wieder nach Hause gegangen.» Robert wollte zu einem verbalen Gegenschlag ausholen. Aber sein Kollege intervenierte kurzerhand: «Ja gut. Das war's schon! Mehr wollten wir von Ihnen nicht wissen.» «Bin ich jetzt verhaftet?» übertrieb Niklas mit seiner Angeberei. «Wenn dem Herrn Oberstaatsanwalt wirklich etwas zugestoßen sein sollte, werden wir auf Sie zurückkommen», erwiderte Dietmar Winkelmann. Damit verabschiedeten sich die Polizisten von Niklas Hardenberg. «Bei meinem Glück ist er, nachdem wir uns getrennt haben, wahrscheinlich vom Bus überfahren worden», dachte Niklas. Apropos Glück. Was hatte Hermes zum Abschied noch gesagt? Und vor allem, was hatte er gemeint mit „kümmere dich um Kairos"? «Kairos – klingt wie ein Hundename», murmelte er, als er sich eine Zigarette anzündete, während er an seinen Computer ging. «Habe ich irgendetwas übersehen?» fragte er sich laut mit sich selbst redend. «Leute, die Selbstgespräche führen, sind Genies; zumindest haben sie eine überragende Intelligenz. Es gibt bestimmt eine Studie dazu, auch wenn ich diese Nachricht von facebook habe. Ich weiß gar nicht, ob es einen Link dazu gab. Ich habe den Gedanken nicht weiter verfolgt. Aber „Kairos" habe ich bereits mehrmals gegoogelt. „Kümmere dich um Kairos!" Wird gemacht, Mister Psychopompos, abgekürzt: Mister Psycho! Wahrscheinlich verliere ich langsam aber sicher den Verstand. Wahrscheinlich langsam aber sicher! Erst wollte ich nur Schriftsteller werden, Bücher schreiben, die Manuskripte kopieren, in Briefumschläge stecken und an Verlage schicken. Ihre Antworten gespannt abwarten und die Zeit nicht untätig verstreichen lassen, sondern schon am nächsten Manuskript arbeiten. Aber man hat ja keine Ruhe im Leben.

Niklas mit sich allein. Eine große Innenansicht wird er uns nicht offenbaren. Und wer weiß, ob er es wirklich schafft, dahinter zu kommen, was es mit "Kairos" auf sich hat. Lara und Basti erleben bange Augenblicke im Turmzimmer. SOKRATES Teil 181: Uri Bülbül

Schon treibt einen irgendetwas um – man fühlt sich am Schreibtisch einsam und denkt: das kann doch nicht alles sein – ein Buch schreiben! Ich muss raus, ich muss unter Leute, vielleicht an die Uni, ich könnte ja dort auch mal...». Er machte eine Pause. Irgendetwas stimmte mit seinem Computer nicht oder mit dem Internet. Er checkte den Router. Dieser schien in Ordnung. Aber woher wusste man das? Eine Reihe grün leuchtender Lämpchen und schon hielt man das Gerät für in Ordnung. Aber wenn er es aufschrauben und einen Blick auf die Platine oder auf die Anschlüsse werfen würde, würde er nichts sehen. Er hatte schlichtweg keine Ahnung davon. Aber selbst Leute, die von sich behaupteten, Ahnung von Elektronik zu haben, tauschten manchmal eine Platine einfach nur gegen eine andere aus, weil man angeblich kleinere Fehler sowieso nicht finden konnte oder es zu viel Zeit in Anspruch nahm. «Ich habe keine Elektronik, Informatik, Elektrotechnik oder ähnliches studiert. Ich habe schlicht keine Ahnung von Leiterplatten, Widerständen, Dioden, Transformatoren, Transistoren» – war das alles eigentlich auf einer Leiterplatte zu finden? Immerhin kannte er die Internetplattform www.heise.de Das konnte auch nicht jeder von sich behaupten! Er startete seinen Computer neu. So etwas wirkt meistens wunder. «Alles fängt im Arbeitsspeicher bei Null an, es wird tabula rasa im Hirn gemacht und schon wird alles wieder gut.» Das war eine andere Welt, da galten andere Regeln. Die Fehlfunktionen in seiner Persönlichkeit oder in seinem Bewusstsein oder wie man den Arbeitsspeicher unter der Schädeldecke noch nennen sollte, konnte man nicht einfach mit einem Reset beheben. Und es lief schon seit einiger Zeit einiges gehörig daneben.

Rudi ließ sich von Basti auf den Arm nehmen, streicheln, wieder ins Bett zurück tragen. Die beiden so inniglich vertraut miteinander zu sehen beruhigte Lara, zauberte ihr ein Lächeln auf die Lippen, obwohl sie noch von den gehörten Schreien schreckensbleich war. Sie horchte konzentriert in die Nacht, aber es war still geworden. Sie wollte dennoch einmal hinaus gehen und nachsehen, ob sie jemanden oder irgendetwas entdecken konnte. Aber Basti fragte: «Was hast du vor?» Und seine Frage klang dabei sowohl besorgt als auch ein bißchen vorwurfsvoll. «Ich will mal draußen nachsehen, ob ich jemanden oder irgendetwas entdecken kann!» «Ich würde lieber hier bleiben. Wenn dort draußen irgendwo Gefahr lauert, dann wirst du in der Dunkelheit schnell ihr Opfer. Hier drinnen sind wir sicherer! Was da draußen auch ist, es wird sich nicht ohne Weiteres hier in das Turmzimmer trauen. Dort draußen aber hat es Heimspiel. Und du kannst sowieso niemandem helfen!» Lara stand aufgrund dieser Einwände unentschlossen an der Tür. So Unrecht hatte Basti nicht. Aber konnte einfach nichts tun das Richtige sein? Sie sah sich suchend im Zimmer nach etwas um, was als Hieb- und Schlagwaffe zur Verteidigung dienen konnte.

Ich werfe jetzt lieber mal einen Blick in das Turmzimmer und erzähle, was Lara und Basti machen. Woher können die Schreie nur kommen, die ihnen den Schlaf und den Atem rauben? SOKRATES Teil 182: Uri Bülbül

«Bitte, geh nicht hinaus! Was soll ich nur deiner Mutter erzählen, wenn dir etwas zustößt?» Basti überraschte Lara und machte sie ratlos. Aber es hatte etwas Überzeugendes, was er sagte. Nur war sie sich nicht sicher, ob er das ernst meinte oder nur sagte, weil er selbst große Angst hatte.

«Hast du Angst um mich? Oder hast du Angst, alleine zu bleiben?» fragte Lara. «Angst, alleine zu bleiben? Aber Rudi ist doch bei mir! Ich habe gesagt, was sein kann: dass nämlich du da draußen ungeschützt bist! Wenn da eine Gefahr ist, dann lauert sie nur darauf, dass du raus kommst und ihr in die Falle gehst.» «Was können wir aber machen, wenn diese Gefahr nicht draußen bleibt, sondern zu uns kommt?» Darauf hatte Basti erstaunlich gelassen eine ziemlich durchschlagende Antwort: «Dann werde ich uns wohl beschützen müssen.» Plötzlich hatte er einen Revolver in der Hand. Lara war erschrocken und erleichtert zugleich. «Wow! Ich dachte, die Polizistin hätte sie dir abgenommen!» «Hat sie auch, aber ich kenne ein Versteck im Wald, wo es ganz viele von diesen und anderen Waffen gibt und eine Menge Munition dazu!» «Wer versteckt denn eine Waffenkiste im Wald?» staunte Lara. Basti steckte den Revolver wieder ein, während er die Achseln zuckte. Erleichtert sah er, wie sie einen Stuhl vor die Tür rückte und unter die Türklinge schob, so dass sich die Tür verkantete. Danach sprang sie ins Bett: «Okay, wollen wir mal sehen, was uns der kommende Tag so bringt. Bei Sonnenschein sieht doch alles wieder ganz anders aus! Jetzt ist es ja auch still geworden.» Sie saßen in ihren Betten, schwiegen und warteten, doch bald wurden sie des Wartens müde und dann schläfrig. Basti kuschelte sich an Rudi, worauf er kurz darauf wieder einschlief. Auch Lara blieb nicht lange wach. Es waren keine Schreie oder anderen beunruhigenden Geräusche mehr zu hören; so schlummerte sie auch wieder ein. Einen unruhigen und schreckhaften Schlaf hatte sie, träumte irgendetwas, woran sie sich nicht erinnern konnte. Schatten rappelten geräuschlos an der Tür, verschoben den Stuhl, schlichen um den Tisch. Und verwundert fragte sich Lara im Schlaf, wie man nur geräuschlos rappeln konnte. Denn sie hörte nichts.

Basti träumte davon, dass er als Delphin in einem grünlich schimmernden Gewässer gemütlich schwamm und in die Tiefen tauchte, die aber sehr dunkel waren. Wenn er nach oben sah, blickte er auf die gebrochenen verspielten Spiegelungen eines Sternenhimmels und des Vollmonds über den Baumwipfeln. «Ist denn heute wirklich Vollmond?» fragte er sich im Traum. «Das ist mir gar nicht aufgefallen.» An ihn gekuschelt schlief Rudi, der Spaltrüssler und wärmte ihn mit seinem Fell und ruhigen Atem angenehm, so dass sich das Wasser, was eigentlich das Wasser des großen Bassins in Bellarosas Wald war, allmählich von Grün ins Blau färbte und zugleich immer heller wurde. Basti konnte nun in der Tiefe Korallen und bunte Korallenfische sehen. Irgendetwas aber beunruhigte ihn.

Man kann bestimmte Träume mit Fotos belegen. Das beweist in der 183. Folge des kafkASKen Fortsetzungsromans SOKRATES Basti @Maulwurfkuchen: Uri Bülbül

Und plötzlich wusste er auch, was es war: er sah in der Ferne die Schemen patrouillierender Haie. Einer von ihnen schien ihn bemerkt zu haben. Er schwamm direkt auf Basti zu. Basti fürchtete sich vor dem Hai nicht wirklich, aber er war alarmiert und fluchtbereit. Plötzlich aber sah er, dass der Hai einen Tigerkopf hatte, mit dem er ihn unter Wasser anbrüllte. Er hatte auch die Pranken eines Tigers, mit dem er dem Delphin böse Wunden zufügen konnte. «Das ist nicht bloß ein

Traum. Diesen Tigerhai gibt es wirklich. Und er kann mich töten, wenn er mich erwischt», sagte er sich. Und um sich das zu beweisen, fotografierte er mit Laras Handy den Tigerhai, der vom Blitz geblendet einen Moment zauderte, was Basti ausnutzte, um schnell in die Tiefe abzutauchen. Er war sich sicher, dass er, wenn der Tigerhai ihm folgte, schnell die Richtung ändern und auftauchen und somit den Hai abschütteln konnte. Sowohl was das Ab- als auch das Auftauchen anbelangt, fühlte sich Basti den Haien haushoch überlegen. «Ich werde das Foto ins Internet posten, dann können alle sehen, dass mein Traum wirklich war», meinte Basti. Den Tigerfisch hatte Basti beim Auftauchen tatsächlich abgeschüttelt; er schnellte wie ein Pfeil an die Wasseroberfläche und schoss mit einem riesigen Sprung aus dem Wasser, um hoch in der Luft seine Pirouetten zu drehen; doch dabei hörte er furchtbare Schreie. Während er sich in der Luft drehte, versuchte er zu Orten, woher die Schreie kamen. Unkonzentriert und aus dem Gleichgewicht gebracht klatschte er unelegant auf die Wasseroberfläche; es ging ein Ruck durch seinen ganzen Körper, und Basti erwachte im Bett, dann musste erst einmal Orientierung suchend sich im halb dunklen Turmzimmer umschauen. Auch Lara war von den Schreien wieder wach geworden. Ängstlich sahen sie sich an.

Die Nachricht, dass die Kommissarin verunglückt war, traf auch Uri Nachtigall hart. Er war verwirrt, aufgeregt, wollte Luisa beistehen und mit ihr ins Krankenhaus fahren, fand aber seinen Autoschlüssel nicht. Dieser alte Mann bot sich ekelhaft jovial an, Luisa mit seinem Chauffeur ins Krankenhaus zu fahren. Luisa war außer sich, konnte die Nachricht gar nicht fassen. Die beiden hilflosen Polizisten wurden von ihr immer wieder mit derselben Frage bedrängt: was ist passiert? Was genau ist passiert? «Luisa, komm jetzt in mein Büro! Wir werden von dort aus alles in Erfahrung bringen. Ich wäre Ihnen sehr dankbar, Herr Narrat, wenn Sie Ihren Fahrdienst mobilisieren könnten! Und Sie, Herr Nachtigall, können die Angelegenheit getrost uns überlassen! Wir werden uns bestmöglich um Luisa kümmern.» Sanft aber bestimmt drückte sie Uri Nachtigall etwas zur Seite. Adonis telefonierte schon mit seinem Fahrer und ließ den Theaterphilosophen, der sich für das junge Mädchen verantwortlich fühlte, links liegen.

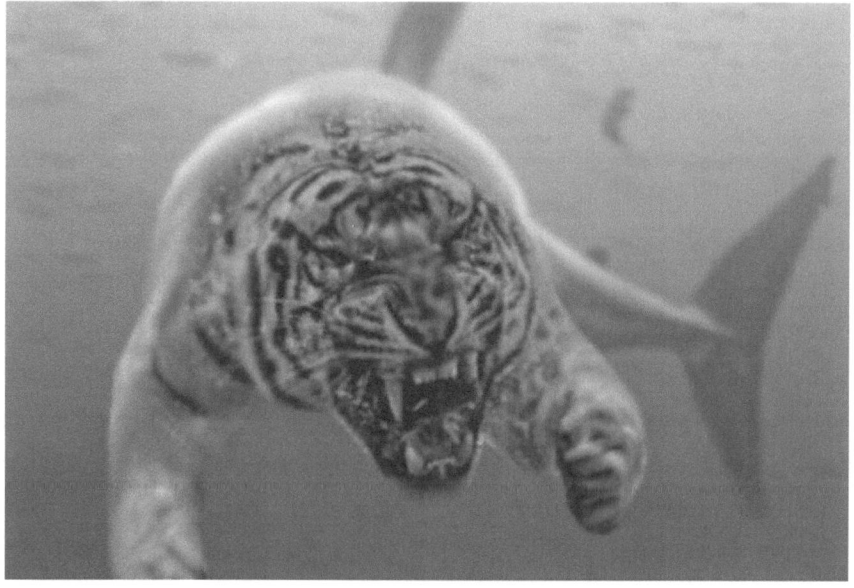

Wie fühlt man sich denn so, wenn man so gerne helfen will, aber niemand die Hilfe nötig zu haben scheint und man einfach links liegen

gelassen wird? SOKRATES Teil 184: Uri Bülbül

Er war als Mensch plötzlich marginalisiert, spielte keine Rolle mehr; alle gaben ihm das Gefühl, dass es nun ernst wurde und man keine Zeit und keine Aufmerksamkeit mehr für ihn als belanglose Person hatte. Auch wollte niemand seine Hilfe, die er zwar anbot, die er aber offensichtlich in Tat und Wahrheit gar nicht zu leisten vermochte. Dann war vor ihm die Erinnerung an die letzte Begegnung mit Johanna; er sah ihre Augen, ihr Lächeln, dieses sehr vertraute und ihn ergreifende Gesicht. Er musste unbedingt wissen, was mit ihr passiert war. Johanna war für ihn längst keine Fremde mehr und eigentlich auch nicht die Feindin, die ihm in den Bauch getreten hatte, als er mit blutender, gebrochener Nase auf dem Boden lag. Sie war die sympathisch schmunzelnde aus dem Badezimmer oder die zärtlich und warm lächelnde, die ihm beim Abschied länger als nötig gestattete ihre Hand in der seinen zu halten. Und nun diese unfassbar aufwühlende Nachricht, dass ihr etwas zugestoßen war. Damit ließen ihn aber alle allein. Nachtigalls Befindlichkeit interessierte im Moment niemanden; alle hatten etwas Wichtigeres zu tun. Sogar dieser widerliche Alte. Uri Nachtigall rannte auf sein Zimmer, begann wie wild nach seinem Autoschlüssel zu suchen: auf dem Schreibtisch, in den Schubladen, im Schrank, in seinen Taschen – sein Schlüsselbund war weg. Er sah sogar unter dem Bett nach, was vollkommen absurd war; aber er wollte nichts und keinen Platz ausgelassen haben, nicht den unwahrscheinlichsten. Der Schlüsselbund war weg: sein Wohnungsschlüssel, sein Autoschlüssel und seine Schlüssel für das Gartentor und sein Gartenhaus in einer Schrebergartenkolonie, die er liebevoll «mein Dorf» nannte. Er

170

versuchte sich zu erinnern, wo sein Schlüsselbund abgeblieben sein konnte. Aber nach seiner Ankunft in der Villa hatte er keinen einzigen Gedanken mehr an seine Schlüssel verschwendet und nun plötzlich erfüllte es ihn schockartig mit einem abgrundtiefen Bedauern. Wen sollte er nach seinen Schlüsseln fragen? An wen konnte er sich in diesem Moment wenden? Alle waren mit etwas wesentlich Wichtigerem beschäftigt, niemand würde auch nur eine Sekunde an ihn und seine Schlüssel verschwenden wollen. Natürlich kam ihm auch etwas Verschwörungstheoretisches, etwas schier Paranoides in den Sinn: vielleicht hatte ihm jemand seinen Schlüsselbund abgenommen, als er in den tiefen Schlaf verfallen war. Wie ein Geistesblitz schlug es nun in seinem Kopf ein: dass er da nicht früher auf die Idee gekommen war! Schwester Lapidaria musste seine Schlüssel an sich genommen haben, denn schließlich hatte sie seine Bücher, Arbeitsutensilien und seinen Laptop aus seiner Wohnung ins Sanatorium bringen lassen, damit er seinen Aufenthalt angenehm und kreativ gestalten konnte. Das war der scheinbare und vorgeschobene Grund. Um was aber ging es ihr tatsächlich, wenn sie nicht selbst nur Werkzeug anderer Mächte im Hintergrund war? Und was konnten diese von ihm wollen?

Ich habe mit einem schrecklichen wie abschreckenden Vorwort zum 1. Band den Auftritt des SOKRATES-Romans als Buch gehörig versalzen :(Das war eine echte Nachtigall-Aktion! Iwie sind mein Avatar und ich verwandt, wenn auch nicht identisch. Teil 185: Uri Bülbül

Es konnte also längst nicht damit abgetan sein, sich nach seinem

SOKRATES – der kafkASKe Roman

Schlüsselbund zu erkundigen. Viel zu lange schon hatte er sich in diesem Irrenhaus gedanklich wie häuslich eingerichtet. Womöglich verlor er kostbare Zeit – und nicht nur das. Womöglich verlor er mit der Zeit alles, was ihm wichtig war. Er wollte handeln. Er musste etwas tun. Allerdings konnte er nicht sagen, was es sein sollte, wobei sein erster Impuls in diesem Moment Betti war. @liebeanalle erschien ihm als eine Person, der er vertrauen und von der er wirkliche Hilfe erwarten konnte. An seiner halb offenen Zimmertür war still und unbemerkt @Gedankenkammer erschienen. Der junge zögerliche Mann konnte ihn halb verdeckt am Schreibtisch stehend sinnieren sehen. Dann fasste sich Benjamin ein Herz – nicht zuletzt angetrieben davon, dass er die halboffene Tür unerträglich fand und klopfte an, so dass er beim Anklopfen die Tür auch weiter aufstoßen konnte. Aus den Gedanken gerissen und nicht wirklich geistesgegenwärtig sah ihn Uri Nachtigall nicht unfreundlich aber deutlich verwirrt an. «Ich habe hier ein Büchlein, worüber ich sehr gerne mit Ihnen reden würde», sagte Benjamin. «Ein Büchlein?» wiederholte Uri Nachtigall entgeistert. Der junge Mann hielt ein dünnes gelbes Reclam-Bändchen in der Hand, das er nun etwas hoch hielt, wobei er sich aber sogleich vorkam, wie ein Schiedsrichter, der einem Fußballer die gelbe Karte zeigt. Von seinen eigenen Gedankengängen verunsichert zog er die Hand mit dem Büchlein wieder zu seinem Körper. «Ich suche meine Autoschlüssel, meinen Schlüsselbund suche ich eigentlich. Ja, mit all meinen Schlüsseln!» stammelte der Theaterphilosoph. «Steht Ihr Auto noch an seinem Platz?» fragte Benjamin, womit er Uri Nachtigall in Erstaunen versetzte. Das war eine sehr pragmatische und zutreffende Frage,

172

und er musste zugeben, dass er es nicht genau wusste. Er hatte sich seit seiner Ankunft in der Villa nicht ein einziges Mal um sein Auto gekümmert. «Kommen Sie, lassen Sie uns gemeinsam nachsehen. Dabei können Sie mir auch Ihr Anliegen erläutern», forderte er den jungen Mann auf. Vielleicht war er bei aller Schüchternheit ein sehr aufmerksamer und vertrauenswürdiger Begleiter. «Was ist das für ein Buch?» Es war das schmale Bändchen von Immanuel Kant «Träume eines Geistersehers». Sie traten vor die Villa. Uri Nachtigall schlug den Weg Richtung Straße und Gesindehaus ein. Sie konnten sehen, wie eine Limousine der S-Klasse mit drei Personen darin abfuhr. «Vielleicht werden Sie enttäuscht von diesem Buch sein. Kant macht sich am Ende seiner vorkritischen Phase eher lustig über die Geisterseherei. Seine Hinwendung vom Rationalismus zur sinnlichen Philosophie der Erkenntnis ist nicht romantisch. Kant beginnt lediglich neben der Vernunft auch die Anschauung als Erkenntnisquelle zu betrachten.» Mit offenem Mund blieb er stehen. «Mein Auto ist weg! Ich hatte es hier abgestellt.» Er wies mit der Hand auf den Straßenrand unweit vom Gesindehaus.

«Glauben Sie an Geister? Dann lesen Sie doch mal Immanuel Kants „Träume eines Geistersehers"! In Uri Bülbüls SOKRATES geht es um Delphine, die in Träumen der Menschen auftauchen können, um gespenstische Frauengestalten und Polizistinnen, die ihre Väter erschießen.» SOKRATES Teil 186: Uri Bülbül

«Vielleicht... vielleicht...», stotterte Benjamin, «vielleicht hat Rufus den Wagen auf den Parkplatz hinter der Villa gefahren. Doktor Zodiac will nicht, dass hier am Wegrand geparkt wird.» «Dann muss ich Dr.

Zodiac nach dem Schlüssel fragen, aber zuvor will ich auch auf dem Parkplatz nachsehen.» Sie gingen auf dem Weg am Gesindehaus vorbei hinter die Villa, bogen links auf den Parkplatz ab; Uri Nachtigalls Mercedes war aber nicht zu sehen. Sie hatten ein paar Schritte lang geschwiegen. «Weg. Das Auto ist weg», murmelte Uri Nachtigall. «Haben Sie noch eine Idee, wo es sein könnte.» Auch @Gedankenkammer hatte ein Bedauern im Gesicht. Er ließ seine Unterlippe etwas herunter hängen, als er die Achseln zuckte. «Ich wäre so gern ins Krankenhaus gefahren» sagte Uri Nachtigall resigniert. Aber insgeheim erhoffte er sich auch einen Lösungsvorschlag von seinem Begleiter. «Das Mädchen im schwarzen Kleid mit den schwarzen langen Haaren hat bestimmt etwas gesehen. Aber ich weiß nicht, wo sie wohnt.» «Ein Mädchen im schwarzen Kleid mit langen schwarzen Haaren», wiederholte Uri Nachtigall sinnlos. «Ja, das Kohlewittchen», erwiderte der junge Mann leise, als wollte er nicht gehört werden. «Glauben Sie an Geister», schob er sodann die Frage nach, die ihn in Uri Nachtigalls Augen völlig disqualifizierte. «Ich glaube, der Titel des Buches führt ein wenig in die Irre», antwortete er. Peinlich berührt versuchte der junge Mann das Reclam-Heft in seiner Hosentasche zu verstauen. Der Theaterphilosoph sah sich suchend um. Dabei fiel ihm in einiger Entfernung ein Schatten auf, der sich in den Wald entfernte. «Da ist ja Betti», rief er. «Sie geht jetzt noch in den Wald, wahrscheinlich ihre Tochter zu suchen.» Er überlegte kurz ihr zu folgen, entschied sich aber dagegen. Es würde in kaum einer halben Stunde so dunkel werden, dass man im Wald nichts mehr sah. Insofern konnte es nicht sehr lange dauern, bis Betti wieder zurückkam. «Die Ausdehnung ist etwas, worüber man sich Gedanken machen muss; Raum, Ausdehnung und das Leib-Seele-Problem», sagte @Gedankenkammer. Dem Theaterphilosophen war diese Bemerkung nicht entgangen, obwohl seine Aufmerksamkeit von Bettis Gang in den Wald abgelenkt war. «Ich hoffe, sie ist vernünftig genug, umzukehren», brummte er. «Sie ist eine tolle Mutter», erwiderte @Gedankenkammer. Es gelang ihm immer wieder Uri zu verblüffen. «Ich glaube, ich gehe jetzt zu Dr. Zodiac. Ich muss wissen, wo mein Auto ist und wer meine Autoschlüssel hat!» Schweigsam begleitete ihn der junge Mann. Kaum, dass sie den Parkplatz hinter sich gelassen hatten, schoss Uri Nachtigall eine Frage durch den Kopf: «Wo steht eigentlich Schwester Majas Auto?» Wieder bekam er nur ein Schulterzucken als Antwort. «Sie kennen nicht zufällig noch andere Parkplätze hier in der Nähe?» fragte er. Benjamin schüttelte den Kopf.

Wow, Flüchtlinge, Bombardements, Anschläge, Selbstmordattentate, Staatsterror, ertrinkende Menschen - die Gemüter bleiben kühl; ein Beitrag über Veganismus und auf dem profil tobt der Bär. Zeit, sich wieder dem fiktiven Wahnsinn zu widmen: das Leib-Seele-Problem in SOKRATES Teil 187: Uri Bülbül

«Wenn es eine ausgedehnte und eine rein geistige Substanz gibt und diese beiden Substanzen essentiell unterschiedlich sind, erscheint mir doch die Frage durchaus berechtigt, wie die eine Substanz die andere Substanz beeinflussen kann.» «Basti hat Recht; ich muss unbedingt herausbekommen, wer uns schreibt!» murmelte der Theaterphilosoph vor sich hin. Er warf einen Blick auf den jungen Mann, der neben ihm ging, um sich zu vergewissern, dass er keine Halluzination war. «Das ist doch eine Versuchung», sagte er sich still und heimlich. «Das muss eine Versuchung sein! Jemand – eine höhere Macht will meinen Verstand auf die Probe stellen, auf seine Belastbarkeit prüfen! Und dieser junge Mann ist ein Teil des Plans.» Natürlich konnte er diese schier paranoide These selbst nicht ganz ernst nehmen. Aber in was für eine Geschichte war er da bloß hineingeraten? «Ich habe eine Idee», platzte es plötzlich aus @Gedankenkammer heraus. «Was für eine Idee? Betrifft es den „Geisterseher"?» fragte Uri, ohne dabei den Sarkasmus auch nur halbwegs kaschieren zu wollen? @Gedankenkammer überhörte den sarkastischen Ton –von „Unterton" konnte ja wohl kaum die Rede sein!- oder aber er war so neurotisch, dass daraus auch Wahrnehmungsstörungen im sozialen Umgang erwuchsen! «Sie könnten doch den Motorroller nehmen, mit dem Luisa hier angekommen ist! Er ist vollgetankt und fahrbereit. Wenn Sie Roller fahren können, können Sie sofort losfahren!» «Ja, ich habe auch einen Motorradführerschein!» erwiderte der Theaterphilosoph mit einem Stolz, als wäre das sein Abschlusszeugnis in Sachen Lebenstüchtigkeit. «Umso besser!» rief @Gedankenkammer. «Kommen Sie! Ich zeige Ihnen, wo der Roller steht.» Der Theaterphilosoph winkte ab: «Danke. Aber ich will erst einmal meinen Schlüsselbund finden und mein Auto! Vielleicht packe ich dann auch gleich meine Sachen und fahre einfach wieder nach Hause!» «Sie würden alles einfach hinter sich lassen und wegfahren?» fragte Benjamin @Gedankenkammer schier fassungslos. «Aber nein! So etwas würde ich niemals tun. Ich fühle mich den Schicksalen in dieser Villa zutiefst verbunden und möchte

SOKRATES – der kafkASKe Roman

unbedingt erfahren, wie es mit ihnen weitergeht.» @Gedankenkammer war sehr wohl in der Lage, Ironie und Sarkasmus zu erkennen. Aber er war nicht in der Lage, seine furchtbare Enttäuschung zu verbergen. «Das hätte ich von einem Philosophen niemals gedacht! Sie sind ja einfach nur dumm und arrogant! Sie sind eben nur ein Theaterphilosoph, eine Rolle, eine Maske, eine Denkerpose – mehr nicht!» Sie waren fast schon wieder am Haupteingang der Villa angekommen. Nachdem er zu Ende gesprochen hatte, ließ Benjamin Uri Nachtigall stehen und rannte eiligst ins Haus. Im Flur wäre er beinahe mit Schwester Maja zusammengestoßen. Sie sprang zur Seite und stieß einen kurzen schrillen Schrei aus, der mehr gespielt als ernst gemeint war. Benjamin aber rannte, ohne die Schwester weiter zu beachten, die Treppen hoch in sein Zimmer. Schwester Maja sah ihm nachdenklich hinterher.

Welche Konsequenzen hat es, wenn man allzu vehement auf sein Recht besteht? Wer bin ich? Was kann ich tun? Was darf ich hoffen? SOKRATES, der kafkASKe Fortsetzungsroman. Teil 188: Uri Bülbül

Aber sie hielt es für besser, ihn in dieser Stimmung nicht anzusprechen. Gerade als sie weitergehen wollte, kam auch die Ursache der Misere durch die Tür. «Kleines Vögelchen, Uri Nachtigall», begrüßte sie den aufgeregt wirkenden Theaterphilosophen, dessen Realitätsverlustigkeit sie gerne auf den psychiatrischen Prüfstand stellen wollte. Doktor Zodiac aber hatte wenig Interesse an diesem neuen „Gast". Er hatte zwar die Einweisung unterzeichnet, ihm war es jedoch gleich, ob dieser Vogel hier seine Geschichten ausbreitete oder nicht. Aus einem mysteriösen Grund hatte Zodiac sein Interesse an Uri Nachtigall verloren. Er konnte der ganzen SOKRATES-Angelegenheit nichts abgewinnen und wollte sich darin auch nicht verortet sehen – vielleicht hatte es etwas damit zu tun, dass Uri Nachtigall nicht aufhören konnte, Zodiac immer und immer wieder mit einem berühmten Serienkiller in Verbindung zu bringen. Dabei war Zodiac etwas ganz anderes. Schwester Maja aber wollte auch dieses schräge Philosophenvögelchen unter ihren Fittichen sehen! «Schwester Maja, ich muss unbedingt sofort mit Doktor Zodiac sprechen», zwitscherte die Nachtigall drauflos. «Was ist geschehen?» fragte sie ungerührt. «Ich vermisse mein Auto und meinen Schlüsselbund, an dem auch mein Autoschlüssel ist. Ich möchte ins Krankenhaus fahren und die Kommissarin besuchen. Auch mich interessiert ihr Schicksal, ihr Befinden. Ich muss zu ihr!» Die psychiatrische Krankenschwester zog ihre rechte Augenbraue hoch und neigte ihren Kopf leicht zur Seite. «Sie überraschen mich, Uri Nachtigall. So viel Engagement und solch eine Entschlossenheit einfach aus dem Nichts! Das hätte ich Ihnen nicht zugetraut. Was weckt Ihr drängendes Interesse? Was wollen Sie von der Kommissarin? Oder gilt dieses Interesse mehr der jungen Dame, mit der Sie das Vergnügen hatten, hier sich länger zu unterhalten?» «Ich glaube, ich habe ein Recht darauf, unverzüglich zu erfahren, wo mein Auto steht und wo mein Schlüsselbund ist, ohne irgendwelche Fragen von Ihnen beantworten zu müssen», konterte Uri Nachtigall. «Ja», erwiderte sie eiskalt, «Ja, und manchmal ahnt man gar nicht, welche Konsequenzen es hat, wenn man allzu vehement auf sein Recht besteht!» Uri Nachtigall schauderte es. War er zu weit gegangen? Welche Konsequenzen konnte es haben, in diesem Fall auf sein Recht zu bestehen? Er durfte nicht gegen seinen Willen in dieser Villa festgehalten werden. Daran gab es doch nichts zu deuteln! Ohne ein weiteres Wort drehte sich die Schwester um. Er folgte ihr zu den Treppen zwei Schritte hinter ihr und mit großer Lust, sie von hinten zu berühren, was er tunlichst unterließ. Sie spürte seine Nähe hinter sich, scherte sich nicht weiter darum und schritt einfach konsequent voran zu den Treppen. Wortlos folgte er ihr. Sie schlug den Weg in ihr Büro ein und vor der Tür angekommen drehte sie sich plötzlich zu ihm um.

Induzierte Halluzination bzw. Wahrnehmung - das ist nicht einfach ein Fingerzeig: schau mal, ich sehe etwas, was du nicht siehst! Und dann habe ich die Frage, ob ich Dostojewkij weiterempfehlen kann. Ja, auf jeden Fall. SOKRATES Teil 189: Uri Bülbül

«Sie müssen mir nicht folgen, Herr Nachtigall! Gehen Sie in Ihr Zimmer und sehen Sie noch einmal dort nach, wo die Schlüssel sein könnten. Vielleicht in ihrer Schreibtischschublade, auf dem Nachttisch, in der Nachttischschublade oder auf dem Schreibtisch! Und Ihr Auto steht auf dem Parkplatz hinter dem Haus! Am Wegrand ist das Dauerparken nicht erwünscht! Ach noch etwas! Haben Sie schon mal etwas von „induzierten Wahrnehmungsstörungen" und „induzierten Halluzinationen" gehört? Sie sollten sich damit beschäftigen! Aber seien Sie sich über eines ganz im klaren: ICH dulde keine Unruhe in diesem Haus! Und keine Beunruhigung unserer Gäste! Haben wir uns verstanden?» Kurz kochte in ihm die Wut. Dieser autoritäre Ton war absolut unangebracht. Er war nicht gewillt, ihn sich gefallen zu lassen. Mit einer Mischung aus Amüsement und leichter Überraschung sah Schwester Maja ihn an: wollte dieser pseudointellektuelle Taugenichts am Rande der Gesellschaft es tatsächlich wagen, zu rebellieren? Er hatte ihren Blick bemerkt: «Unruhe, Schwester? Aber nein. Ich bitte Sie. In der Ruhe liegt die Kraft. Ich werde meine Schlüssel schon finden. Sicherlich habe ich sie nur übersehen. Ich wünsche Ihnen einen schönen Abend.» «Danke. Und wenn Sie jetzt noch wegzufahren gedenken, nehmen Sie einen Hausschlüssel mit, sonst kommen Sie nicht mehr ins Haus! In einer Stunde schließe ich die Haustür ab.» Er wollte etwas sagen, aber sie ließ es nicht zu. Aus ihrem Büro holte sie von einem Schlüsselhaken einen Schlüssel an einem Anhänger mit einem silbernen Flügelhelm. Als sie ihm den Schlüssel überreichte, kam nur noch ein abschließendes «Guten Abend!» über ihre Lippen. Damit schloss sie ihm ihre Bürotür vor der Nase zu. Neben dem Schwesternzimmer im Erdgeschoss verfügte sie also über ein weiteres Zimmer in der Villa. Er hätte noch gerne gewusst, ob sie hier übernachtete oder nach Hause fuhr. Aber das war nur eine Nebensächlichkeit. Nicht unzufrieden mit seinem erreichten Ergebnis ging Uri Nachtigall in sein Zimmer, und tatsächlich! Da lagen seine Schlüssel auf dem Nachttisch. «Wie konnte ich nur sie übersehen?» fragte er sich. «Hat jemand, während ich mit Benjamin unterwegs war, den Schlüsselbund heimlich auf meinen Nachttisch gelegt? Wie wahrscheinlich ist das? Warum legt er den Schlüssel ausgerechnet dann zurück, wenn ich ihn vermisse? Und woher weiß er, dass ich ausgerechnet jetzt den Schlüssel vermisse? Warum finde ich den Schlüsselbund nicht erst morgen nach dem Aufwachen neben mir auf meinem Nachttisch?» Er warf den Schlüsselbund in der Hand einen Blick auf seinen Computer. «Induzierte Halluzinationen? Warum sagt sie, dass ich mich damit beschäftigen soll? Jetzt nicht! Ich werde erst einmal nachsehen, ob mein Auto inzwischen schon auf dem Parkplatz steht. Wenn die Schlüssel so plötzlich auftauchen, kann das Auto ja ebenfalls plötzlich auf dem Parkplatz stehen.»

Mitten in der Nacht muss ich noch etwas loswerden - wie ein dunkles Geheimnis im Beichtstuhl muss ich erzählen; ganz ohne Absolution und Sündenvergebung. SOKRATES - Teil 190: Uri Bülbül

Er nahm aus dem Schrank seine Jacke, steckte den Haustürschlüssel ein, den er von Schwester Maja erhalten hatte, und gerade, als er zur Tür wollte, glaubte er ein Geräusch und Stimmen vor seiner Zimmertür zu hören. Sofort hielt er reglos den Atem an. In der Tat flüsterten zwei vor seiner Tür, die weibliche Stimme schien etwas zu befehlen und hatte durchaus etwas Bedrohliches, während die männliche Stimme eher erklärend klang. Die Inhalte des Gesagten konnte er nicht verstehen nur Bruchstücke kamen bei ihm an. Sie: «...habe ich gesagt... kümmere dich... nichts verloren... » Er: «Aber... ich wollte doch nur... nichts Schlimmes... kann es mir nicht erklären... warum...» Er erkannte die Stimmen nicht. Sicher war nur, dass die weibliche Stimme einen faszinierenden Klang hatte, nichts Schrilles, Kreischendes – eine Stimme, die ihm nie auf die Nerven gehen würde. Wem mochte sie gehören? Schwester Lapidaria, auf die er zunächst getippt hatte, war das nicht. Und der Mann? Konnte das Dr. Zodiac sein? Er hielt es nicht mehr aus und riss die Tür auf. Dabei stieß er beinahe mit einer jungen dunkelhaarigen Frau mit großen braunen Augen zusammen, die ganz in Schwarz gekleidet war und schwarze Stiefelletten trug. «Kohlewittchen», schoss es ihm durch den Kopf. Das war also die Frau, von der Benjamin gesprochen hatte. Als die Tür aufgerissen wurde, riss damit das Gespräch plötzlich ab. Unsicher wackelte @Gedankenkammer hin und her, schwankte, wusste nicht, was er nun tun sollte. Die Schwarzhaarige konnte ihm auf die Sprünge helfen: «Geh auf dein Zimmer. Lass Uri Nachtigall in Ruhe!» Der junge Mann gehorchte schier willenlos. «Sie kennen mich?» fragte der Theaterphilosoph. «Was heißt schon kennen?» erwiderte die junge Frau. «Ich heiße Nadia», fügte sie dann etwas versöhnlicher hinzu. «Angenehm», er streckte ihr seine Hand entgegen. Aber sie drehte sich um und ging. Er blieb unbeholfen stehen und konnte @Gedankenkammer sehr gut verstehen, dass auch er nicht genau wusste, wie er auf diese Frau reagieren sollte. Er schloss seine Zimmertür ab und machte sich auf den Weg zum Parkplatz. Ihm war, als würde der junge Mann ihn aus der Ferne fragen: «Werden Sie wiederkommen, Uri Nachtigall? Es tut mir Leid, falls ich Sie beleidigt haben sollte.» Nadia war vorsichtshalber zu @Gedankenkammer geeilt. Und tatsächlich traf sie ihn auf dem Flur, er war nicht in seinem Zimmer, wie sie es ihm befohlen hatte. «Mach dir keine Sorgen», sagte sie. «Du hast ihn schon nicht beleidigt. So schnell ist er nicht beleidigt. Aber er muss jetzt ins Krankenhaus fahren, und du solltest ihn nicht davon abhalten wollen!» «Meinst du, er kommt wieder?» fragte @Gedankenkammer. Nadia lächelte beruhigend. «Ja, er kommt wieder!» Der junge Mann senkte seinen Blick zu Boden. «Tschuldigung», murmelte er. «Nichts passiert. Schon gut.» antwortete Nadia. Auf dem Parkplatz stieg Uri Nachtigall in seinen Mercedes und startete nachdenklich mit hunderten Fragezeichen im Kopf den Motor.

Damit die 191. SOKRATES-Folge nicht für einen Aprilscherz gehalten wird, kommt sie heute schon. Erst findet der Philosoph seine Autoschlüssel und sein Auto nicht, dann kümmert er sich um induzierte Halluzinationen nicht und fährt einfach schon mal los^^ Uri Bülbül

Die Unfallstelle war selbst in der Dunkelheit nicht zu übersehen. Die umgeknickten Sträucher, der verletzte Baum; obwohl jemand sich die Arbeit gemacht hatte, die Glassplitter der zerborstenen Windschutzscheibe und die frei herum liegenden Metallteile zusammen zu kehren und wegzuschaffen, lagen verstreut noch einige Dinge herum. Uri Nachtigall hielt an, stieg aus, nachdem er den Ganghebel auf „Parken" umgestellt und auf die Feststellbremse getreten war. Den Motor ließ er laufen. Das tiefe Rumoren seines Sechszylinders beruhigte ihn. Auch eine Menge Blutspuren waren noch zu sehen. Ameisen und andere Insekten machten sich über das Blut her. «Wie konnte das bloß passieren?» fragte er sich. «Das wollte ich nicht», er stieß vor Schreck einen Schrei aus. Er hatte sich auf den Boden gebückt und betrachtete vertieft die Ameisen auf dem Weg. Ein paar Schritte hinter ihm am Wagen stand Nadia. «Entschuldigung. Ich wollte dich nicht erschrecken. Ich wollte auch Johanna nicht erschrecken. Ich war hier auf dem Weg, sie fuhr zu schnell, sie raste mit Blaulicht durch den Wald, sah mich, bremste, kam von der Straße ab und knallte gegen den Baum. Es ging alles so schnell und doch irgendwie so langsam wie in Zeitlupe. Ich weiß auch nicht.» «Wie? Wie kommst du so schnell hierher?» stotterte Uri, der sich von seinem Schreck nur bedingt erholt hatte. Die Frau im schwarzen Kleid stand ruhig an seinem Auto, sah ihn freundlich an und schüttete ihm ihr Herz aus. Aber es war unmöglich in der kurzen Zeit ohne ein Fahrzeug die Strecke von der Villa bis hier her zurückzulegen. «Wer oder was bist du?» «Ich heiße Nadia», antwortete sie. Er mochte ihre angenehme Stimme. «Wie...» «Ich bin einfach hier. Genügt das nicht?», unterbrach sie ihn. «Du bist nicht real, stimmt's?» fragte er. Sie trat auf ihn zu, der Boden unter ihren Stiefelletten knirschte. Er stand starr vor ihr, während sie näher kam, auch den Abstand von wenig miteinander vertrauten Menschen überwand und direkt vor ihm stand, so dass ihre Körper sich fast schon berührten. «Ich bin nicht das, was du denkst und wovor du dich fürchtest», sagte sie, streckte ihre Hand vertraulich aus und streichelte zärtlich, warm und liebevoll seine Wange. «Komm, fahr jetzt ins Krankenhaus.» «Sehen wir uns wieder? Können wir uns auch etwas länger unterhalten?» Er hatte etwas von der Unbeholfenheit eines Kindes, was sie lächeln ließ. Zugleich aber fragte sie sich, ob das echt war oder nur gespielt. Sie mochte sich nicht festlegen, war sich, was diesen Theaterphilosophen betraf unsicher. In vielem war er diffus und manchmal sogar so in sich widersprüchlich, dass sie ihn als unglaubwürdig empfand. Sie trat wieder einen Meter zurück: «Ich weiß noch nicht. Mal sehen.» Ihre Stimme klang sehr kühl. Er stieg ins Auto. Eine neue Sachlichkeit musste nun schnell gefunden werden oder er musste einfach losfahren. Aber er ließ sein Seitenfenster ab: «Nadia, weißt du, wo der Unfallwagen hingekommen ist?»

SOKRATES – der kafkASKe Roman

Wir dringen langsam aber sicher zum Kern des Wahnsinns vor. Eine Freundin schreibt mir gestern im Chat, ich sei mit meiner politischen Haltung penetrant, mein Teamchef im Theater sagt, der Roman SOKRATES sei mein Privatvergnügen - meine Unverdrossenheit bleibt! Teil 192: Uri Bülbül

Sie wusste es: «Ja, zu deinen Freunden. Gute Frage, übrigens. Ich würde mich an deiner Stelle auch bald um das Auto kümmern.» Wenn er nicht so weinerlich ist, ist er sehr süß, ging es ihr durch den Kopf. Aber das sollte nun wirklich keine Rolle spielen. Er bedankte sich und winkte noch einmal beim Vorbeifahren. Als er in den Rückspiegel sah, konnte er sie nicht mehr sehen. Als er wieder nach vorne sah, erschrak er zutiefst und brachte das Auto mit einer Vollbremsung zum stehen. Er war keine 500m weiter gefahren und stand nun fassungslos: «Betti!» Laras Mutter humpelte zerzaust und verstört aus dem Wald auf den Waldweg. Er stellte den Motor ab und sprang schnell aus dem Auto. «Betti!» Wirr starrte sie ihn an. Sie hatte offensichtlich große Schmerzen und konnte nicht richtig auftreten. «Betti, was ist passiert?» Ihr wirrer Blick bekam etwas Ängstliches, was hart an der Grenze zur Panik stand. Wortlos hob sie ihren Arm, um auf etwas zu zeigen, was hinter Uri Nachtigall zu sein schien. Der Theaterphilosoph schrie: «Verdammt!» und machte einen Satz zur Seite. Er hatte vergessen, den Ganghebel seines Mercedes auf Parken zu stellen. So rollte der Wagen auf der leicht abschüssigen Strecke durch den Wald seinem Fahrer hinterher. Er riss die Tür auf, um dem ein Ende zu setzen. Stolpernd sprang er in den Wagen, der ihn von hinten überrollt hätte und konnte die Feststellbremse mit der linken Hand niederdrücken, die man eigentlich mit dem Fuß bediente.

Als der Wagen stand, sicherte er ihn, um sich wieder an Betti zu wenden. «Betti, warte! Wohin gehst du?» Sie hatte ihn nicht mehr weiter beachtet. Sie humpelte über den Weg von links nach rechts und ging wieder in den Wald. Er rannte ihr nach. «Betti, warte doch!» Sie machte keinerlei Anstalten, auf ihn zu warten. Aber im Gegensatz zu ihm konnte sie mit ihrem verstauchten Fußknöchel nicht rennen. Er holte sie ein. «Betti, komm mit mir. Ich fahre dich ins Krankenhaus. Du kannst dir in der Ambulanz deinen Fuß behandeln lassen, und ich gehe in die Intensivstation. Vielleicht kannst du dich dort auch erkundigen, ob irgendein Unfall mit Lara gemeldet wurde.» Betti wollte sich nicht aufhalten lassen. Er hielt sie am Arm fest, aber sie riss sich energisch los! «Lara ist nicht im Krankenhaus! Ich muss sie hier im Wald suchen!» «Das bringt doch nichts! Nicht in dieser finsteren Nacht. Morgen früh helfe ich dir bei der Suche.» «Fahr jetzt! Und lass mich in Ruhe! Wenn ich Lara bis morgen nicht gefunden haben sollte, kannst du mir immer noch bei der Suche helfen.» So schnell wollte Uri Nachtigall nicht aufgeben: «Die sind zu zweit! Wenn etwas passiert wäre, hätte der andere doch Hilfe holen können – zumal Basti doch irgendwie über irgendwelche übersinnlichen Kräfte oder Fähigkeiten verfügt!» Betti winkte verächtlich ab. Jedem anderen hätte sie dieses Argument mehr abgenommen, als diesem bornierten Theaterfreak! «Wenn du mich weiter aufzuhalten versuchst, werde ich unangenehm», drohte sie. «Betti!» Sie hörte nicht auf ihn.

Setzen wir die Fahrt durch den dunklen Wald mit dem alten Babybenz fort; der verzweifelten Mutter, die ihre Tochter sucht, kann im Moment nicht geholfen werden, aber vielleicht entwickelt sich der Theaterphilosoph zum Blitzmerker. SOKRATES - Teil 193: Uri Bülbül

SOKRATES – der kafkASKe Roman

Ohne sich umzusehen und weiter um den lästigen besorgten vermeintlichen Freund zu kümmern, setzte sie ihren Weg humpelnd und torkelnd fort. Uri Nachtigall gab es auf, sie zurückhalten zu wollen. Er suchte noch nach einem Argument, das Betti hätte akzeptieren können. Ihm fiel nichts ein; sie war verrückt vor Sorge um ihre Tochter. Es schoss ihm kurz durch den Kopf, Lara und Basti eine Liebesgeschichte anzudichten. Verliebt wie sie waren, hatten sie einfach die Zeit vergessen und fanden den Wald einfach nur romantisch schön. Nein, dieser Quatsch hätte wirklich niemanden überzeugt – erst recht nicht Betti. Oder Basti war wieder in einen narkoleptischen Schlaf gefallen, und Lara wachte über ihn und wartete, bis er wieder zu sich kam. Diese Idee gefiel ihm immerhin so gut, dass er einen letzten Versuch startete: «Betti, warte! Ich muss dir etwas sagen! Vielleicht ist Basti...» Sie hörte nicht auf ihn und setzte ihren Weg stur fort. Er kehrte zurück zu seinem Auto. «Dann muss sie eben das tun, was sie tun zu müssen glaubt!» Er startete seinen Wagen. War da neben dem tiefen Rumoren des Sechszylinders noch ein Nebengeräusch zu hören? Kurz schien es ihm so; aber als er den Ganghebel umlegte und Gas gab, schien seine Welt wieder in Ordnung. Mit einem Kavalierstart seiner über 150 Pferdekavallerie ließ er den finsteren Ort und Betti hinter sich. Er raste durch den Wald auf die kleine Landstraße zu, die ihn wieder zurück in die Stadt führen würde. Plötzlich aber spürte er eine Bewegung auf dem Rücksitz und stieß einen Schreckensschrei aus. «Fahr nicht so schnell durch den Wald, sonst passiert dir noch dasselbe wie der Kommissarin!» Auf dem Rücksitz saß Nadia. Er drosselte unwillkürlich. «Nadia! Du hast mich erschreckt!» «Ja, dafür scheine ich irgendwie Talent zu haben.»

187

Der Adrenalinstoß durch den Schreck, den sie ihm eingejagt hatte, beflügelte ihn zu blitzartigen Schlussfolgerungen: «Hast du etwas mit dem Unfall zu tun? Hast du Johanna so erschreckt, dass sie vor einen Baum fuhr?» Nadia zögerte kurz. «Es war nicht meine Absicht. Das wollte ich nicht.» «Wer oder was bist du? Was machst du hier und was willst du von mir?» Er fuhr in seiner Aufregung wieder schneller und unachtsamer. «Beruhige dich! Ich will auf jeden Fall niemandem schaden», antwortete die mysteriöse junge Frau. «Ich hätte einen Herzinfarkt bekommen können. So sehr hast du mich erschreckt.» «Tut mir Leid.» «Wohnst du auch in der Villa? Oder bist du eine Fee?» «Ich bin jedenfalls nicht ask.fm! Ich kann nicht so viele Fragen auf einmal beantworten! Es tut auch nichts zur Sache, ob ich eine Fee bin oder in der Villa wohne!» Sie musste darüber, für eine Fee gehalten zu werden, ein wenig lachen. «Weißt du womöglich auch, wo Lara und Basti stecken? Ist ihnen etwas passiert?» Er warf einen kurzen Blick in den Rückspiegel. Nadia sah blass aus, um nicht zu sagen totenbleich.

Todmüde muss Uri Bülbül gleich ins Bett, während Uri Nachtigall mit Nadia durch den Wald fahren kann und Kurs auf das Krankenhaus in der Stadt genommen hat. SOKRATES Teil 194: Uri Bülbül

Der schwarze Lippenstift passte zu ihrem Teint und verlieh ihr sowohl eine unheimliche als auch eine unwiderstehliche Ausstrahlung. Er fand sie wunderschön. Aber wie schnell hatte sie sich umgeschminkt? «Lara und Basti geht es gut. Sie werden schon wieder auftauchen. Betti muss nun durch den Wald irren. Da kann ich ihr auch nicht helfen. Ich hätte sie ebenso wenig beruhigen können wie du. Aber du solltest nun wirklich etwas langsamer fahren, bevor noch etwas passiert!» Uri Nachtigall drosselte nun deutlich die Geschwindigkeit. Nadias Stimme löste in ihm ein wohliges Gefühl der Entspannung aus; sie klang gänzlich angstfrei und pragmatisch, so als sei es ihr völlig egal, ob der Wagen von der Straße abkam und verunglückte oder nicht. Sie hatte die Ruhe einer Unbeteiligten. «Was bist du?» wiederholte Uri Nachtigall seine Frage. Aber kaum hatte er sie ausgesprochen, wurde ihm auch schon bewusst, dass er keine Antwort darauf bekommen würde. «Schau nach vorne», sagte sie zärtlich. Er konnte seinen faszinierten Blick kaum vom Rückspiegel lösen. Das Ende des Waldweges war so gut wie erreicht. «Um welche Sache geht es denn, wenn du mir schon sagst, es tue nichts zur Sache, ob du eine Fee seist oder nicht? Dann entscheide ich für mich einfach, dass du eine Fee bist.» «Spinner!» Er hielt kurz an der Kreuzung an, bog dann nach links auf die Landstraße ohne zu blinken ein. «Hast du eine eingebaute Vorfahrt?» fragte sie. «Du bist vielleicht doch keine Fee, sondern eine ganz normale Frau», schmollte er. Aber er war auch ein ganz normaler Mann und wollte die Kritik an seiner Fahrweise nicht auf sich sitzen lassen: «Ich habe doch angehalten! Nur weil ich nicht geblinkt habe, habe ich doch keine eingebaute Vorfahrt!» Nadia schwieg. Sie war etwas enttäuscht von ihm. Er offenbarte eine Kleingeistigkeit, die sie von ihm nicht erwartet hätte. «Soll ich dich irgendwo absetzen?» fragte er nach einigen Augenblicken des Schweigens. «Nicht nötig. Ich komme mit dir bis zum Krankenhaus. Von dort aus kann ich zu Fuß nach Hause gehen.» «Ich kann dich auch nach Hause fahren», beharrte er, bekam aber keine Antwort. Sie erreichten die geschlossene Ortschaft. Nadia betrachtete aus dem Seitenfenster die vorbeiziehenden Fachwerkhäuser. Vergeblich suchte er ihren Blick im Rückspiegel. Schließlich hielt er das Schweigen nicht mehr aus: «Nadia?» Er wartete ab, ihre Reaktion jedoch war spärlich: «Ja?» Wie sollte er sie wieder erweichen und für sich gewinnen? Die kurz entstandene zärtliche Nähe zwischen ihnen schien zerstört. Sie saß zwar physisch noch im Auto, zwischen ihnen war aber eine Trennwand aus Eis. Er war ihr gleichgültig geworden, und die plötzliche Kälte ließ ihn frieren. «Nadia, du wolltest mir vorhin etwas mitteilen, nicht wahr?» «Ich wollte nur, dass du vorsichtig fährst.» Sie standen an einer Ampelkreuzung keine drei Minuten mehr vom Krankenhaus entfernt. Er ging ihr mit seinem ständigen Versuch, Blickkontakt über den Rückspiegel herzustellen gehörig auf die Nerven.

Natürlich bewegt mich die Frage, wieviel ich in 5 Folgen bis zur Folge 200 erzählen kann, von dem, was mir so vorschwebt. Aber es gibt ja auch die Folgen bis 300 von SOKRATES, dem kafkASKen Fortsetzungsroman. Hier Teil 195: Uri Bülbül

Die Ampel war umgesprungen. Uri Nachtigall hatte die Rot-Gelb-Phase nicht einmal bemerkt. Nun durfte er zwar fahren, glotzte aber immer noch in den Rückspiegel. Sie sah aus dem Seitenfenster und versetzte ihm unbewegt und kühl den Stich, den er offenbar brauchte, um sich zu bewegen, ungeduldig und streng: «Grün!» Hektisch sah er auf die Ampel und gab fast gleichzeitig Gas. Der Motor aber veränderte komplett seinen Klang; metallisch hämmerte etwas mehrmals kurz hintereinander unter der Haube. Dann ging der Wagen aus. Hilflos und hektisch wollte Uri Nachtigall den Motor neu starten.

SOKRATES – der kafkASKe Roman

Der Anlasser versuchte noch ein letztes Mal die festgefressenen Kolben zu drehen. Aber nichts ging mehr. Nun hupte es ungeduldig hinter ihm. Uri Nachtigall blieb erstaunlich ruhig. «Tja, das war's wohl», murmelte er, während er den Warnblinker einschaltete. «Hilfst du mir den Wagen zur Seite schieben?» Sie stiegen aus; er hatte den Ganghebel auf „Neutral" bewegt und doch ließ sich der Wagen nur unter äußerstem Kraftaufwand schieben. Plötzlich fiel es massiv ins Gewicht, dass die Straße nicht ganz eben war, sondern eine minimale Steigung aufwies. Sie war auch nicht mit aller Leidenschaft dabei, den Wagen zu schieben; ihre Gedanken kreisten um eine andere Angelegenheit: Wer mochte hinter diesem Ausfall des Motors stecken? War das eine gewöhnliche Panne? Zwei, drei Männer sprangen von der Seite herbei und schoben mit vereinten Kräften in wenigen Sekunden den schweren Benz zur Seite. Uri Nachtigall bedankte sich winkend bei ihnen, während sie schon wieder weiter gingen. Ratlos stand er da. «Ich gehe mal zu Fuß nach Hause. Ich habe es nicht mehr weit», sagte Nadia, womit sie ihn aus seiner Lethargie riss: «Warte! Kannst du mir nicht noch helfen?» «Ich wüsste nicht, wie!» Sie wollte sich schon umdrehen und gehen. «Ich habe kein Handy bei mir. Ich weiß nicht, wo ich es gelassen habe. Die Psycho-Villa bringt mich ganz schön durcheinander. Darf ich kurz dein Handy benutzen, um in einer befreundeten Werkstatt anzurufen?» Nadia war nicht so abweisend, wie es ihm erschien. «Klar.» Sie konnte nur nicht mit Hilflosigkeit gut umgehen; wenn sie wusste, was er von ihr wollte, konnte sie annehmen oder ablehnen. Und gegen einen Anruf von ihrem Handy aus war nichts einzuwenden. Um diese Uhrzeit war natürlich die Werkstatt längst geschlossen, aber wie er seinen Freund kannte, war er noch immer da – nicht etwa um Überstunden zu machen, was man naiver Weise annehmen konnte, sondern den Feierabend zu genießen. «Warum heißt der Feierabend „Feierabend", du kleiner Zwitschervogel, wenn es nichts zu feiern gibt, hmmm?» pflegte er zu sagen. «Du Ahnungsloser! Du steckst deine Nase nur in deine Bücher und deine Geschichten! Die wahren Geschichten aber schreibt das Leben, und du bekommst es leider nicht mit. Was hast du noch mal studiert?» Ali kannte die Antwort. Der kleine Zwitschervogel brauchte nicht zu antworten. Er selbst übernahm den Part: «Philosophie! Und?»

Öffnen wir die Tür zum Wahnsinn; die Geschichte trägt als Titel den Namen eines antiken Philosophen, von dem Cicero gesagt hat, er habe die Philosophie von den Sternen in die Städte geholt und unter Menschen gebracht. Aber was war der Dank dafür? SOKRATES Teil 196: Uri Bülbül

Ali wollte die Antwort nicht hören. Es war aber ein Ritual. Also antwortete jedes Mal Uri Nachtigall: «...und Germanistik! Und Theater-, Film- und Fernsehwissenschaften!» Alis „und" hatte sich auf etwas anderes bezogen und bezog sich immer auf etwas anderes. Wer wollte denn eine Aufzählung von irgendwelchen unsinnigen Fächern an der Hochschule hören? Das waren Nachrichten aus einer anderen Welt. Sie interessierten Ali nicht. Ali wollte auf etwas anderes hinaus und vor allem wollte er sich nicht unterbrechen lassen. Also setzte er neu an – immer und immer wieder glich das Ritual wie ein Ei dem andern. Ganz egal, wann Uri Nachtigall in Alis Werkstatt kam. Sobald Ali sich ihm zuwandte, lief das Begrüßungsritual automatisch ab. Und nichts und niemand vermochte dies zu ändern. «...Und? Was hat es dir gebracht? Schau mal, wie dein Auto wieder aussieht! Geht man so mit seinem Auto um? Philosophie! Aber vom Leben verstehst du nichts! Du bist keine Nachtigall! Du bist eine ahnungslose Ente! Du denkst, so ein Auto fährt von alleine!» «Es fährt doch auch von alleine! Schon der Name besagt: es fährt von alleine - automobil!» widersprach Uri Nachtigall, um dem Ritual genüge zu tun. «Siehst du? Das meine ich! Die ganze Philosophie, das teure Studium – nichts hat es dir gebracht! Du denkst doch auch, dass der Strom aus der Steckdose kommt!» «Kommt er doch auch! Was machst du, wenn du Strom haben willst? Du steckst den Stecker in die Steckdose!» «Wenn es so wäre, du Ente, dann wärst du jetzt nicht hier! Habe ich recht? Du kommst doch immer nur, wenn du etwas brauchst? Und warum brauchst du etwas von mir?» Uri Nachtigall durfte nun um einen Witz nicht verlegen sein: «Weil diese Autos einfach Scheiße konstruiert sind. Die Bremsen nutzen sich ab; der Motor verbraucht Treibstoff und Öl – das ist doch nicht normal so was! Dann ist da auch noch ein Geräusch am linken Radlager.» So konnte er die Kurve zu seinem Anliegen bekommen, warum er in die Werkstatt gekommen war. Nun aber stand er mit Nadias Handy am Ohr an einer Kreuzung, weil etwas wirklich Außerplanmäßiges mit seinem Auto passiert war. Und Uri Nachtigall hoffte, dass Ali ans Telefon ging, obwohl die Werkstatt längst geschlossen war und Ali höchstwahrscheinlich mit seinen Kumpels und Kollegen den Feierabend feierte. Alis Autowerkstatt, die offiziell nur eine Wasch- und Pflegegarage sein durfte, weil niemand hier KfZ-Meister war, sondern ein Haufen Autodidakten, befand sich im Osten der Stadt in einem kleinen

Industriegebiet. Hinter einem dreistöckigen Plattenbaukomplex mit Büros lag ein großer Parkplatz und eine 800m² große Halle, in die Ali sechs Hebebühnen und eine Montagegrube platziert hatte. Ursprünglich war Ali Taxifahrer gewesen, hatte dann aber mit unternehmerischem Spürsinn festgestellt, dass "Autopflege" an Taxis gewinnbringender zu praktizieren war, wenn er die offiziellen Werkstätten und die Vertragswerkstätten unterbot.

«Zu viele Personen, zu viele Handlungsstränge», sagt ein Freund immer mal wieder und liest dann doch ziemlich genau mit, was mich manchmal überrascht. Er wird im Roman verschwinden und wieder auftauchen. Jetzt aber Folge 197 des SOKRATES: Uri Bülbül

Seine Brüder unterstützten ihn dabei; sie hatten schon immer an Autos geschraubt, sie repariert, frisiert, getuned und über den TÜV gebracht. Ali war ein Naturtalent, ein lebendes Nachschlagewerk, was Autos anbelangt, ein Wunderheiler, nichts entging seinen feinen Mechanikerohren, Mechanikeraugen und es gab keinen Schaden, keinen Defekt, den er nicht beheben konnte. Und tatsächlich war Ali auch an diesem Feierabend in Feierlaune; Marokkanische, tunesische, polnische, russische, deutsche und türkische Autohändler hatten sich eingefunden, hatten fast alle ein Fläschchen Schnaps mitgebracht und saßen um den Grill auf dem Parkplatz herum. Hier hatte sich Ali seine kleine Oase geschaffen; auf kaum 10 m² hatte er einen Grillplatz mit einem wild rankenden Weinstock eingerichtet. Koteletts, Sucuks, Lammkäulen brutzelten vor sich hin und wurden unter den Freunden auf ein Stück Brot verteilt. Sie unterhielten sich über die neuesten Gerüchte, über Autos und über den Opa, der gestern mit seinem Wohnmobil aus dem Balkan angereist gekommen war und auf dem Parkplatz campierte. Er gehörte zum Freundeskreis und hatte laut Legende über vierzig Kinder über das Land verteilt. Allein in Albanien hatte er drei Frauen mit Kindern, die er regelmäßig besuchen und für deren Unterhalt er sorgen musste. Sie tranken gerade auf sein Liebesleben, als das Telefon klingelte. Ali warf einen Blick auf das Display seines Apparates und nahm dann freudig ab: «Hallo Nadia!» Er traute aber seinen Ohren nicht und war völlig enttäuscht, als er die Stimme vernahm: «Du blöde Ente! Was willst du denn? Ist es denn wahr? Du verdirbst einem noch die Feierabendlaune!» Uri Nachtigall war nicht minder überrascht: «Woher kennst du Nadia?» «Rufst du an, um mich das zu fragen? Die Antwort ist kurz: ich kenne sie halt! Und Tschüss!» «Nein, warte, leg nicht auf! Ich habe eine Autopanne!» «Na und? Dann ruf morgen wieder an!» «Ich stehe auf der Kreuzung, Mann!» «Wenn sich der Opa deiner annimmt, hast du Glück! Sonst empfehle ich dir einen gelben Engel! Und nicht einmal der kann dir helfen, wenn du Nadia unglücklich machst!» «Ist der Opa denn im Land?» «Ja, du hast Glück. Er kommt mit dem Abschleppwagen. Aber nur um zu wissen, ob es Nadia gut geht! Außerdem ist er der einzige von uns, der jetzt noch fahren kann!» Uri Nachtigall gab noch einmal seinen Standort durch, um sich dann erstaunt und fragend an Nadia zu wenden: «Du kennst Ali?» Sie nahm ihm ihr Handy aus der Hand. «Mach's gut. Ich bin dann mal weg.»

Im Arztzimmer klingelte ein Handy, worüber sich Doktor Wagner, die Nachtdienst hatte, erschrak. Sie war aus ihren Gedanken gerissen. Auf dem Monitor beobachtete sie gerade die Werte der neuen

195

Patientin, der sie heute das Leben gerettet hatte. Am Tag Notärztin, in der Nacht Dienst auf der Intensivstation. Sie wusste auch nicht, wie lange sie das durchhalten würde. Es war ein fremdes Klingeln und nicht das ihres eigenen Handys. Irritiert suchte sie nach dem Gerät, das im Körbchen der Kommissarin lag.

Alfred Ross wütet wieder; er kann es nicht lassen. Die Abreibung, die er von Niklas Hardenberg bekommen hat, scheint vergessen. SOKRATES Teil 198: Uri Bülbül

«Hallo?» «Frau Kommissarin, hier ist Christoph.» «Wer?» «Christoph, Luisas Schulfreund. Wir haben uns doch heute gesprochen, als sie auf der Suche nach Luisa waren. Bitte Frau Kommissarin, ich erreiche Luisa nicht und ich hätte gerne meinen Motorroller und mein Handy wieder zurück von ihr. Können Sie es ihr bitte ausrichten?» Doktor Wagner wollte nicht länger die Kommissarin spielen, aber sie durfte laut Vorschriften auch nicht mit dem Handy in das Stationszimmer, in dem Johanna Metzger lag. Andererseits war sie auch sehr neugierig und wollte ein paar Informationen sammeln: «Die Kommissarin kann jetzt nicht mit dir sprechen.» Sie schwieg. Der junge Mann am anderen Ende der Leitung war irritiert: «Oh, ja, dann... würden Sie ihr bitte ausrichten, dass ich angerufen habe?» «Ja, du hast Luisa dein Handy und deinen Motorroller ausgeliehen?» «Ja, genau. Und ich bräuchte morgen bitte beides wieder zurück. Eigentlich wollte Luisa es mir schon längst wieder gebracht haben. Aber dann ist sie einfach nicht gekommen. Ich habe mich schon gefragt, ob sie einen Unfall hatte.» «Nein, hatte sie nicht!» Wieder Schweigen. Christoph fand die Frau am Telefon unheimlich. Es ging etwas Seltsames vor, aber er konnte sich nicht erklären, was es sein konnte. Er wollte nur noch schnell das Gespräch beenden und bereute schon, überhaupt angerufen zu haben. «Ja, dann... entschuldigen Sie bitte die Störung.» Er legte schnell auf. Die Ärztin legte das Smartphone wieder in die Schachtel zurück, wo auch Johannas Portemonnaie und Dienstwaffe lagen. Irgendetwas reizte sie, die Waffe in die Hand zu nehmen. Aber sie gab dem Drang nicht nach. Sie war auch gleich sehr froh darüber, denn plötzlich stand ein mürrischer Mann mit kurzen Haaren und einem stattlichen Bierbauch im Arztzimmer, dessen Gesicht so aussah, als habe er eine Schlägerei hinter sich. «Ich habe Sie nicht anklopfen hören!» entfuhr es ihr. «Kein Wunder. Ich habe auch nicht angeklopft. Ich werde die Dienstwaffe und den Dienstausweis meiner Kollegin mitnehmen. Das kann ich kaum im Schwesternzimmer liegen lassen!» knurrte der Mann. Sie stellte sich schützend vor den Tisch. «Wer sind Sie überhaupt?» Der Mann zückte seinen Ausweis: «Alfred Ross, Hauptkommissar. Und nun händigen Sie mir die Sachen aus, Schwester!» Ohne eine Reaktion abzuwarten, schob er sie grob und kräftig zur Seite. Sie verlor dabei sogar ein wenig ihr Gleichgewicht, strauchelte, fing sich wieder. Da hatte er das Gewünschte schon an sich genommen. «Doktor Wagner heiße ich!» «Schön für Sie!» wieder schubste er sie beiseite, weil sie ihm im Weg stand. «Und Finger weg vom Handy meiner Kollegin, klar?» Wer diesen Kerl auch so zugerichtet haben mochte, er hatte Recht daran getan und verdiente Doktor Wagners Respekt. Und eines war klar: Doktor Theresa Wagner war niemand, die morgens in den

Spiegel schauen konnte, ohne sich vor sich selbst zu schämen oder gar zu ekeln, wenn sie so ein rüpelhaftes Verhalten unwidersprochen und ohne Gegenwehr hinnahm. «Hey!»

Aua, aua, die Nase des Theaterphilosophen wird wieder in Mitleidenschaft gezogen. Wehrt er sich auch mal? SOKRATES Teil 199: Uri Bülbül

Alfred Ross blieb stehen. Theresa Wagner war auf den Flur getreten: «Wer auch immer das mit deinem Gesicht gemacht hat, hat es gut gemacht. Du hast nichts anderes verdient. Alles klar?» Kurz schien der Kommissar ratlos. Dann hob er den Arm, um eine abwehrende und verächtliche Geste zu machen. Er setzte seinen Weg ohne eine weitere Erwiderung fort. Im tiefsten Innern war ihm nach heulen zumute. Er ging an den Aufzügen vorbei zum Treppenhaus. Dort konnte er sich vielleicht unbemerkt auf die Stufen setzen und seinem Drang nachgeben. Noch bevor er das Treppenhaus erreichte, hielt der Aufzug auf der Etage an. Ihm entstieg Uri Nachtigall. Als er Alfred Ross etwa drei Schritte weiter halb von hinten sah, zuckte er kurz zusammen, beschloss dann aber sogleich, ihn nicht zu beachten. Auch Ross hatte seinen Delinquenten bemerkt. Aber in ihm war eine gähnende Leere und Gleichgültigkeit. Doch nach zwei, drei weiteren Schritten schlug der Blitz der Eifersucht in ihn ein wie in einen einsamen Baum auf weitem Feld. Was hatte dieser Affe von Theaterschwätzer hier zu suchen? Ross drehte auf dem Absatz um, blieb jedoch erstarrt stehen. Ein alter Mann kam Uri Nachtigall und ihm entgegen. Nachtigall und er schienen sich zu kennen. Sie nickten einander ernst zu. Von dem alten Mann ging etwas aus, was Ross

198

einschüchterte, und es war nicht seine physische Erscheinung. Jetzt Uri Nachtigall zur Rede zu stellen, konnte für den Kommissar gefährlich werden. Das sagte ihm sein Instinkt. Seine geliebte Johanna alias Nilam lag im künstlichen Koma. Was sollte der Theaterschwätzer mit ihr in dieser Situation anfangen können? Aber Ross war beunruhigt. Nein, so konnte er nicht einfach die Station verlassen. Er musste ein Auge auf die Situation und auf seine Kollegin haben. Der alte Mann ging zu den Aufzügen und wartete. Immer wieder warf er auch einen Blick in Richtung des Kommissars, der wie bestellt und nicht abgeholt im Flur stand. Adonis beschloss einen kleinen Smalltalk mit ihm zu führen, da er bemerkt hatte, wie der Kommissar seinem Blick auswich. Alfred Ross aber hatte etwas ganz anderes im Sinn; er steuerte direkt auf seinen Delinquenten zu: «Uri Nachtigall! Was haben Sie hier zu suchen?» Unter Zeugen fühlte sich der Theaterphilosoph etwas sicherer, was ihn übermütig und unvorsichtig werden ließ. Obwohl sie Auge in Auge gegenüberstanden, antwortete er Ross trotzig: «Das geht Sie einen feuchten Kehricht an, Herr Kommissar!» «Keine große Fresse, Sokrates!» erwiderte der brutale Beamte und quetschte Uri Nachtigalls Nase zwischen dem gekrümmten Zeige- und Mittelfinger seiner rechten halb geöffneten Faust, die er um 90° drehte, bis es in Uris Nase, Stirn, ja im ganzen Kopf krachte! Ein langer Schmerzenssschrei hallte durch die Intensivstation, was Doktor Wagner durch Mark und Bein ging. «Immer eine große Fresse, immer anderen auf die Nerven gehen, bis man ihm den Giftbecher reicht», knirschte der Kommissar.

SOKRATES – der kafkASKe Roman

Da könnte sich etwas ganz Seltsames anbahnen, etwas schier Unbegreifliches und doch Mögliches, wenn man nur wüsste, was der alte Metzger auf dem Kerbholz hat! Luisa trauert nicht nur um ihre schwer verletzte Schwester. SOKRATES Teil 200: Uri Bülbül

Der Schmerz raubte Uri Nachtigall den Verstand; seine Augen waren vor Tränen trüb, sie sahen kaum die Faust an seiner Nase. Er hatte seine Rechte in der Jackentasche an seinem Springmesser und in sich den Impuls dem brutalen Angreifer überraschend das Messer in den Bauch zu rammen. Aber wie hatte Ross ihn genannt? Sokrates? War Unrecht leiden nicht besser als Unrecht tun? Hatte Sokrates nicht seine Ethik auf diesen Satz errichtet? Er hielt den Schmerz aus, bis Doktor Theresa einschritt: «Lassen Sie sofort den Mann los!» Der steinalte Adonis im dunkelblauen Anzug trat dem Kommissar zur Seite, legte ihm beruhigend seine Hand auf die Schulter und sagte: «Es ist genug, Ross! Lassen Sie diesen Mistkäfer los, auch wenn Sie ihn am liebsten zerquetschen würden!» Ross lockerte nach kurzem Zögern und einem kurzen ruckartigen festen Ruck, der Uri Nachtigall in die Knie zwang, seinen Griff. «Verschwinden Sie von hier, bevor ich sie einsperren lasse! Sie haben hier nichts zu suchen!» fauchte der Kommissar, erntete jedoch überraschend von einer anderen Person Widerspruch: «Sie haben auf meiner Station nichts und niemandem etwas zu sagen oder Weh zu tun!» Doktor Wagner blitzte den Angreifer böse an, «Und nun machen Sie, dass Sie wegkommen! Sie wollten doch sowieso gehen, Kommissar! Verschwinden Sie!» Aber so leicht ließ sich Ross nicht abschütteln und verjagen: «Gegen diesen Mann liegt ein Haftbefehl vor, Frau Doktor!» «Na und? Wollen Sie ihn etwa jetzt verhaften und mitnehmen? Er ist verletzt und braucht eine ärztliche Versorgung! Und genau diese wird er nun von mir bekommen!» Ross stieß den stark aus der Nase blutenden Philosophen verächtlich und angeekelt weg. «Hier haben Sie ihn! Ihren Patienten! Aber er darf sich auf gar keinen Fall meiner Kollegin annähern.» «Ach, daher weht der Wind», sagte sie giftig, während sie dem geschundenen Philosophen, dessen Nase höllisch schmerzte und heftig blutete, auf die Beine half. Sie stützte ihn beim Gehen und führte ihn in ein Behandlungszimmer.

Luisa saß verwirrt und in Tränen zerfließend am Bett ihrer Schwester und hatte nur am Rande den Lärm im Flur mitbekommen. Sie hatte Uri Nachtigalls Erscheinen auf der Station gar nicht registriert. Nichts war ihr im Moment so gleichgültig wie der Theaterphilosoph. Die Nachricht, die sie bei ihrer Ankunft von Ross erhalten hatte, zerstörte völlig ihr seelisches Gleichgewicht: ihr Vater tot? Von ihrer Schwester erschossen? «Was hast du nur getan? Was hast du nur getan?» murmelte sie immer wieder vor sich hin, ohne dass sie eine Reaktion darauf erhielt. Johanna lag reglos an die Apparate gebunden in ihrem Bett im künstlichen Koma. Luisa hätte nie gedacht, dass der Hass ihrer Schwester gegen ihren Vater so weit gehen würde, dass sie ihn tötete. Natürlich konnte sie sich den Grund hierfür ausmalen, aber sie selbst hatte unter Johannas Schutz Distanz zu den Annäherungsversuchen ihres Vaters bekommen, so dass sein Tod sie zutiefst schmerzte.

SOKRATES – der kafkASKe Roman

Es kommt, wie es kommen muss: SOKRATES Folge 201... ABER... seit Jo und ich vor acht Tagen einen Geschäftsbrief zusammen geschrieben haben, ist eines klar: die Realität bricht in den Roman mit aller Vehemenz ein... demnächst. Aber erst einmal Teil 201... Uri Bülbül

Nein, nie wäre sie zurück ins Elternhaus gezogen. Allein schon um die Dämlichkeit ihrer Mutter nicht ertragen zu müssen, ihre Trunksucht, ihre glasigen Augen, ihre Stimme, die sich zu vorgerückter Stunde veränderte, ihre geheuchelte Anteilnahme an ihren Belangen, die Fragen, als sie nur gute Nacht sagen wollte, ob sie auch alle ihre Hausaufgaben gemacht habe, wann die nächsten Klassenarbeiten anstünden und ob sie auch mit dem einen oder anderen Lehrer zurechtkomme. Ja, Luisa kam mit allem zurecht nur nicht mit diesen hohlen Fragen! Selbst die gierigen Blicke ihres Vaters konnten an ihr abprallen. Doch das Unbehagen an ihrem Zuhause wuchs stetig. Mit sicherem Instinkt wich sie ihrem Vater aus, schlief sogar bei Freundinnen, wenn sie wusste, dass er zu Hause war. Unauffällig für ihre Freundinnen verabredete sie sich zu Tanz-, Koch- oder Filmabenden, was deshalb ganz gut möglich war, da Franz-Joseph Metzger häufig und für längere Zeit sich unterwegs auf Montage befand. Etwas unangenehm wurde es, wenn er unerwartet nach Hause kam, unangemeldet plötzlich im Hausflur zu hören war oder auch ohne anzuklopfen plötzlich in ihrem Zimmer stehen konnte. Sie begann wieder zu schluchzen, konnte unmöglich ihre Tränen zurückhalten. Es kam ihr alles wie ein böser Traum vor. Noch heute Mittag hatte sie sich über Stoffel geärgert und seinen schweren Motorroller durch den Wald geschoben. Und nun steckte sie in einem grünen sterilen Kittel, saß neben ihrer reglosen Schwester und versuchte zu begreifen, was passiert war. «Luisa, ich muss dir noch etwas sagen...» Sie hatte die Stimme des Arbeitskollegen ihrer Schwester im Ohr. Und verrückter Weise musste sie an die gelben Legosteine denken, an den sprechenden Delphin, daran, wie sie sich am Morgen von ihrem wahren und wahrhaftigen Zuhause bei ihrer Schwester davon gestohlen hatte, weil sie keine Lust hatte, eine Antwort auf ein unfassbares Phänomen zu suchen. Die Träume der beiden Schwestern ähnelten sich, ergänzten sich, verobjektivierten sich, als hätten beide denselben schlechten Horrorfilm angeschaut. Wieder musste sie an die gelben Legosteine denken. Wo waren sie jetzt in dem Augenblick, in dem sie auf der Intensivstation weinte. Sie würde ihrem Vater nie wieder begegnen. Und vielleicht würde Johanna nie wieder gesund werden, wenn sie tatsächlich überleben sollte, was keineswegs sicher schien. Die freundliche Ärztin hatte sie zu beruhigen versucht. Aber Luisa hörte alle Zweifel und Unsicherheiten in der Stimme überdeutlich heraus. Was sollte aus ihr werden, wenn ihre Schwester starb oder als schwer Behinderte vor sich hin vegetieren musste? Das Allerschrecklichste, was sie sich nur vorstellen konnte, war, zurück ins Elternhaus zu ihrer versoffenen Mutter ziehen zu müssen. Da würde sie doch lieber in diesem Irrenhaus wohnen, wo sie den Theaterphilosophen besucht hatte. Er wohnte ja schließlich auch dort und die anderen ja auch! Warum also sollte sie nicht dort wohnen können?

SOKRATES – der kafkASKe Roman

@Gedankenkammer will wissen, welche Bücher mir persönlich am stärksten im Gedächtnis geblieben sind. Schon recht spät, als ich schon auf die 30 zuging, beeindruckte mich Umberto Eco mit "Der Name der Rose". Jetzt aber geht es erst einmal um SOKRATES Teil 202: Uri Bülbül

Sie konnte sogar einen gewissen Irrsinn, was gelbe Legosteinkäufe aufgrund von Wünschen von sprechenden Delphinen in ihren Träumen anging, vorweisen. «Warum hast du Papa nur umgebracht?» murmelte sie. Johanna blieb reglos und stumm, während Luisa wieder heftig schluchzte. Draußen auf dem Flur war es wieder still geworden. Doktor Theresa Wagner hatte den Theaterphilosophen auf einen Stuhl im Behandlungszimmer gesetzt, drehte das OP-Licht an und ihm direkt ins Gesicht, dass er geblendet zurück wich. Konzentriert mit ernstem Gesichtsausdruck betrachtete sie die Nase: «Das ist nicht ihr erster Unfall, stimmt's? Viel müssen wir aber nicht machen. Tampons in die Nase und fertig!» Uri Nachtigall stöhnte ein wenig: «Ganz schön wehleidig, was? Kennen Sie den: Wacht ein Mann eines Morgens in einer ihm völlig fremden Umgebung auf; er kann sich überhaupt nicht daran erinnern, wie er dahin gekommen ist: fremdes Zimmer, fremdes Bett, er nackt und keinerlei Erinnerung an das Geschehene. Und aus seinem Mundwinkel hängt ein dünner langer Faden. Was denkt er?» Während sie sprach tamponierte sie die blutende Nase. Er konnte nicht einmal den Kopf schütteln. Sie wartete aber auch keine Antwort ab: «Er denkt: hoffentlich ist es ein Teebeutel!» Die Ärztin grinste breit. «Fertig! Sie können nun nach Hause und passen Sie schön auf das Näschen auf, Sie hässlicher Zeisig!» «Wieso nennen Sie mich

„Zeisig"?» fragte er. «Nun ja, der Bulle nannte Sie „Uri Nachtigall", dazu passt aber „hässlich" nicht so gut wie zu Zeisig!» Er bedankte sich bei ihr. «Sie haben Humor, Frau Doktor, Sie haben wirklich Humor», sagte er zum Abschied. Sie musste über diesen Vogel lachen.

«Kommen Sie, Ross! Gegenüber dem Krankenhaus ist ein Café/Restaurant oder so was. Ich lade Sie ein. Lassen Sie uns ein paar Worte wechseln», sagte der alte Mann, so, dass Ross überhaupt nicht zu widersprechen wagte. Außerdem hatte der Alte seine Neugier geweckt, also willigte er ein, ohne auch nur die leiseste Ahnung zu haben, wer dieser seltsame alte Mann mit den Funken sprühenden Energie geladenen Augen war. Vom Café aus konnten die beiden Männer sehen, wie Uri Nachtigall das Krankenhaus verließ und auf den Taxistand zuging. Er stieg in den vordersten Wagen in der Schlange. Statt aber wie erwartet mit dem Taxi abzufahren, schien es einen Streit im Auto zu geben. Uri Nachtigall stieg empört wieder aus und nahm den dahinter stehenden Wagen, der mit ihm auch tatsächlich losfuhr. Die Taxifahrerin, eine pummelige Frau mit tiefblauen Augen und blondem schulterlangem Haar, das an vielen Stellen schon ergraute, war etwa Mitte Vierzig. «Vor zehn Jahren bestimmt eine unwiderstehliche Schönheit», ging es Uri Nachtigall durch den Kopf, bis ganz plötzlich seine Nase heftig schmerzte. Noch immer hatte sie etwas äußerst Anziehendes und Sympathisches, vor allem aber Resolutes. Sie hörte sich die Adresse in aller Seelenruhe an und startete dann ohne weitere Fragen den Motor. Erst unterwegs hatte sie eine Frage an ihn.

Schweben in türkisener Schwerelosigkeit, hier und da grünes Schimmern in Blau, angenehm die Umgebungstemperatur und kein Gefühl von Hunger oder Durst. Ein unbeschwertes Sein rundum. «Das kann ich nur träumen», denkt er. «Ich bin im Meer und muss mich nicht mal über Wasser halten.» Und dann hört er eine andere Stimme: «Jetzt kannst du mal ganz neu über das Sein nachdenken und über das „Sein des Seienden" über die „Seinsweisen" usw. Wie wäre es mal mit einer Existenzialontologie ganz aus der Schwerelosigkeit heraus? So ganz ohne ein Dasein zum Tode-Quatsch» «Ophelia, bist du es?» fragt er, er kann unter Wasser sprechen. Er hat auch genug Luft in den Lungen und keinerlei Not und Drang, aufsteigen zu wollen. Er schwimmt und spricht. Er fragt nach Ophelia. Warum eigentlich? Ist er wieder in diesem Delphintraum, in dem er beinahe ertrunken wäre? «Oh Mann, kannst du nicht mal eine weibliche und eine männliche Stimme voneinander unterscheiden?» fragt die Stimme. Jetzt erst erkennt er sie: es ist Bastis Stimme. «Basti?» «Ja, wer sonst? Weißt du, wo Luisa meine gelben Legosteine hingelegt hat?» Die Legosteine? Sie waren ihm immer noch wichtig. Nun war er in seinem Traum, um ihn danach zu fragen. «Sie hat die Steine bei Schwester Maja hinterlegt. Warum gehst du nicht in ihren Traum?» Diese provokante Frage löste ein wildes Kichern bei Basti aus. Wo war er überhaupt? Warum konnte Uri Nachtigall ihn nicht sehen? Plötzlich fragt er sich, ob nicht auch Haie auftauchen können. Wo Basti ist, können doch Haie nicht weit entfernt sein, geht es ihm durch den Kopf. «Weißt du, was ich will?» fragt Basti. Er kann ihn immer noch nicht sehen. «Nein, ich kann keine Gedanken lesen!» «Ach ja, stimmt! Ich will Geschwister!»

Geschwister? Denkt er. Was hat er mit den Geschwistern eines sprechenden frechen Delphinjungen zu tun. «Ich bin nicht frech! Und Haie sind auch nicht in der Nähe!» Ob er jeden Gedanken lesen kann? fragt er sich. Aber er ist sich sicher, dass er nicht laut vor sich hin gemurmelt hat. «Ich kann überhaupt keine Gedanken lesen! Was für ein Blödsinn! Du trällerst alles laut vor dich hin! Da muss man schon taub sein, um das nicht zu hören, was dir durch den Kopf geht!» Er beschließt zu schweigen, ein völliges totales Schweigen, absolute Stille im Kopf sehr angemessen für diese Situation der warmen, behaglichen Schwerelosigkeit. Jetzt wird kein Ton mehr gedacht! «Mach's halb lang!» stöhnt Basti und äußert einen seltsamen Wunsch: «Kann Ophelia in der Geschichte einen blauen Delfin kennen lernen und damit Zwillinge machen und das eine Kind ist dann vorne rosa und hinten blau und das andere Kind hinten rosa und vorne blau?» «Was?!» schreit die Nachtigall schier verzweifelt. «Woher soll ich denn wissen, ob Ophelia einen blauen Delphin kennen lernen kann? Und in welcher Geschichte überhaupt? Außerdem hast du deine gelben Legosteine! Reichen sie dir denn nicht? Spiel mit ihnen!» «Du bist nicht mein Papa. Du hast das nicht zu bestimmen.»

«Also! Was ist nun?» «Was soll sein?» fragt er noch immer wunderbar schwerelos. «Kann Ophelia in der Geschichte einen blauen Delfin kennen lernen und damit Zwillinge machen und das eine Kind...» «Welche Ophelia?» unterbrach er Basti, den er immer noch nicht sehen konnte, aber seine Stimme war eindeutig da und in seinem Kopf! Das musste so sein. Ein Traum, denkt er, so etwas kann es doch nur im Traum geben und dann wacht man auf und alles ist ganz anders und man vergisst bald den Traum. Er hält nicht mehr bis zum ersten Schluck Kaffee! «Traum oder nicht! Ich will Geschwister. Ich will, dass Ophelia Zwillinge bekommt. Ich will Geschwister!» insistierte Basti. «Ich will, ich will, ich will! Ich will auch so Vieles! Und?» «Du willst nur eine Kugel in den Kopf! Wenn wir jetzt in der Villa wären, würde ich dir wieder die Smith & Wesson an den Kopf halten. Dir sollte man das Hirn aus dem Schädel pusten! Du bist so blöd, dass du damit sowieso nichts anfangen kannst!» Uri Nachtigall lacht provokant. Er lässt sich nicht einschüchtern, nicht jetzt und nicht von diesem Jungen! «Was anderes kannst du nicht denken! Das macht mich richtig wütend!» Uri Nachtigall sagt: «Na und? Du hast meine Frage immer noch nicht beantwortet: welche Ophelia? Und wie willst du mich überhaupt erschießen, wo doch Schwester Maja dir den Revolver abgenommen hat. Ach was sage ich: Revolver! Diese Spielzeugpistole mit dem abgesägten Stummellauf! Kennst du Dirty Harry? Clint Eastwood hat einen Revolver – mit einem Lauf, der ist so lang wie mein Unterarm! Deine komische Special Mag ist ja wohl ein Witz! Und dann kommt ja noch die belanglose Nebensächlichkeit dazu, dass Schwester Maja eben diese Wunderwaffe an sich genommen hat!» «Nein, das war nicht Schwester Maja, du Schwachkopf! Das war die Kommissarin, in die du verknallt bist. Und was ist mit ihr passiert? Sie ist gegen einen Baum gedonnert und liegt im Koma!» «Sag bloß, du hast deine Finger da im Spiel!» «Vielleicht, vielleicht auch nicht! Wichtig ist etwas anderes: ich habe wieder so eine Special Mag und kann jederzeit wieder an eine andere kommen, wenn ich nur will! Dir wird das Lachen schon vergehen!» Noch immer will bei Uri Nachtigall keine rechte Angst aufkommen. Dieser Zustand der Schwerelosigkeit macht ihn zugleich angstfrei, furchtlos, eigenartig entspannt: «Apropos etwas anderes. Ich habe auch noch etwas anderes: Wieso erzählst du mir das eigentlich mit den Zwillingen?» «Hast du schon heraus gefunden, wer uns schreibt? Nein, natürlich nicht. Du willst lieber in der Ahnungslosigkeit vor dich hin treiben! Wer ahnungslos ist, dem wird schon nichts passieren, denkst du. Aber wenn du dich da mal nicht täuschst! Wo ist eigentlich deine Freundin Ayleen abgeblieben?» «Keine Ahnung! Sie hat mich auf diese Villa aufmerksam gemacht und ward seitdem nicht mehr gesehen! Ich hoffe, sie hat wenigstens schon mal Akteneinsicht gefordert!» «Was ist „Akteneinsicht“?» fragte Basti.

Was passiert eigentlich mit Lara und Basti bei Bellarosa? Was mit dem Sonderermittler in der Zelle? Was mit der durch den Wald irrenden Betti und was mit der träumenden Nachtigall? Was mit der trauernden Luisa? SOKRATES Teil 205: Uri Bülbül

«Erst tust du ganz groß mit deinem Minirevolver, und dann kennst du die einfachsten Sachen nicht!» «Immerhin weiß ich im Gegensatz zu dir, wo Ayleen steckt. Und ich will gar nicht wissen, was „Akteneinsicht“ bedeutet. Das kann man sich auch denken: Einsicht in die Akten eben!» «Und ich will gar nicht wissen, wo Ayleen steckt! Sie hat mich in das Irrenhaus verwiesen und hat sich nicht mehr blicken lassen! Eine tolle Freundin ist das! Und während des Prozesses lässt sie mich wahrscheinlich im Stich. Ich werde mir einen anderen Anwalt suchen! Sie ist ja schließlich nicht die einzige Anwältin auf der Welt! Und dieser brutale Ross bekommt eine Dienstaufsichtsbeschwerde an den Hals. Das schwöre ich dir!» «Ist mir egal! Lass uns lieber über die Zwillinge reden», erwiderte Basti. «Ophelia soll einen anderen Delphin kennenlernen und mit ihm Zwillinge machen!» «Von mir aus kann Ophelia machen, was sie will. Was habe ich damit zu tun? Warum erzählst du mir das?» Basti kicherte, wie manchmal Delphine ganz böse kichern können. «Du begreifst wirklich nichts. Warum musste ich ausgerechnet an dich geraten?» schimpfte er. «Wenn du etwas begreifen könntest, könntest du vielleicht auch mal begreifen, dass du ein Delphin sein kannst. Oder wie sonst gedenkst du deine „Paradieseologie" zu schreiben?» «Paradieseologie? Was weißt du von der Paradieseologie?» Wieder kicherte Basti ganz böse. «Du hast ein dickes Brett vor dem Kopf. Das steht schon mal fest.» Und plötzlich steht Basti unmittelbar vor Uri Nachtigall. Das Wasser ist weg, das Meer, in dem er schwerelos trieb, schlagartig ausgetrocknet. Uri Nachtigall schwebt kurz durch die Luft, um dann völlig haltlos abzustürzen. Es geht in einem rasanten Tempo abwärts. «Falle ich nun aus allen Wolken?» scherzt er noch völlig unangebracht, um Basti zu beweisen, wie unbeeindruckt er von all diesen Wunderwerken der Traumwelt ist! Basti klopft an das besagte dicke Brett vor dem Kopf des Unverbesserlichen wie an eine schwere dicke Holztür einer Blockhütte. Es klopft heftig und drängend an der Tür. Uri Nachtigall fällt und fällt. Wo ist das Meer? Und vor allem? Wo ist plötzlich Basti? Es klopft zwar an dem Brett vor dem Kopf; aber es ist nicht mehr Basti, der klopft. «Ich mag keine Holzhütten, keine Blockhütten und auch keine Baumhäuser aus Holz!» ruft Basti aus der Ferne. Aber das Klopfen macht es schier unmöglich für Uri Nachtigall den Ruf des Jungen zu hören. Mit einem plötzlichen Ruck endet der Fall aus allen Wolken. «Ich habe jetzt die Schnauze voll von Warten! Los öffnen Sie sofort die Tür!» ruft eine Männerstimme. Uri Nachtigall möchte noch im Traum fragen: «Welche Tür?» Aber da hört er auch schon, wie seine Zimmertür von außen aufgeschlossen wird. Schläft er noch, oder ist er schon wach? Träumt er oder kann er einen klaren Gedanken fassen? Ein Himmelreich für eine gute Antwort, könnte eine passende Antwort sein; aber er hat keine Himmelreiche zu vergeben.

Nun spinnen wir mal den Faden der Geschichten weiter. Der Begriff der «phänomenologisch-rhizomatischen Erzählweise» ist im Fall von SOKRATES bisher zu hoch gegriffen. Es gibt halt mehrere Fäden - mehr auch nicht bisher: SOKRATES Teil 206: Uri Bülbül

Hauptkommissar Alfred Ross hatte eine schlaflose Nacht hinter sich. Das alles ging nicht in seinen Schädel, dafür aber schien die Welt aus den Fugen zu geraten. Methusalem alias Marcellus Adonis Narrat hatte in gewichtigen Andeutungen zu ihm gesprochen. Angeblich war er Geheimrat und Ministerialdirigent im Innenministerium und Leiter einer Spezialabteilung zu Terrorabwehr. «Mehr kann ich Ihnen nicht sagen, Hauptkommissar. Aber ich zähle auf Sie als einen unserer vertrauenswürdigsten Leute!» Ein Ministerialer lud ihn zum Kaffee ein und sprach äußerst höflich und zuvorkommend mit ihm. «Sie müssen diese Ratte so schnell wie möglich aus dem Verkehr ziehen, bevor er mit seinem schwachsinnigen Gefasel irgendeinen Schaden anrichten kann. Machen Sie ihn zur Schnecke.» Ross äußerte sich nicht weiter;

hörte ernst und verstört zu, war in Gedanken bei Johanna. Durfte er diesem hohen Tier aus dem Ministerium Fragen stellen? Oder sollte er einfach nur zuhören und im Stillen seine Schlussfolgerungen ziehen? Mit jeder Frage konnte er auch etwas über sich selbst verraten. Und irgendetwas in ihm riet zur Vorsicht. Erst einmal musste er etwas mehr über diesen Narrat erfahren. «Luisa nehme ich in meine Obhut, bis es ihrer Schwester wieder besser geht und alles sich geklärt hat. Sie wird es bei mir sehr gut haben und sich von ihrem momentanen Schock sehr schnell erholen.» Ein Pornokönig! Durchzuckte es Ross' Gehirnwindungen. «Ich möchte Luisa immer erreichen können!» brummte der Kommissar. «Sehr gut, Ross! Sie sind vernünftig und wachsam! Wir bräuchten noch mehr Leute wie Sie! Gleich wenn wir wieder auf der Station sind, können Sie sich ja Luisas Handynummer geben lassen und ihr Ihre Karte geben, dann können Sie sich beide verabreden, wie, wann und wo Sie wollen!» Ross nickte wieder ernst. Dieser Typ tauchte auf wie in einem Märchen ein alter weiser Magier, der die Dinge wieder ins Lot bringt. Aber Märchen waren Märchen, dies jedoch war die Realität, in der seine Kollegin mit einer fremden Waffe ihren Vater angeblich in Notwehr erschossen hatte. Die Entdeckung des Arztes, dass der Tote bespuckt worden war, drehte Alfred Ross den Magen um, verursachte ihm Übelkeit und Bauchschmerzen! Was hatte das zu bedeuten? War das vielleicht doch Mord oder provozierte Notwehr? Ross war sich noch nicht einmal sicher, ob er tatsächlich diese Geschichte als einen aufzuklärenden Fall betrachten wollte. Aber ihn interessierte nun einmal die Wahrheit. Sollte er sie um jeden Preis aufdecken wollen? Hatte dieser Methusalem auch etwas mit dem Fall zu tun? Er war doch nicht rein zufällig aufgetaucht! Wie auch immer, hielt sich Ross mit Fragen zurück. Ganz anders hingegen Marcellus Adonis Narrat: «Was hat Ihnen Ihre Kollegin eigentlich über diesen wundersamen Vorfall erzählt, dass sie ihren Vater erschossen hat?» Darauf also wollte der Alte hinaus! Ross' Vorsicht und Mißtrauen waren mehr als gerechtfertigt! «Ich darf mit Ihnen nicht über den Fall sprechen!» antwortete Ross.

Das SOKRATES-Buch hätte eigentlich nach der Anzahl der neuen Folgen seit Bd.1 schon erscheinen können. Aber ich will ein paar Fäden zu Ende spinnen. Dann erst gibt es den nächsten Band. Jetzt aber Folge 207: Uri Bülbül

Auch dafür erntete der Bulle Lob. «Sehr gut, Ross, sehr gut. Sie werden mir immer sympathischer. Sie dürften zwar mit mir über den Fall sprechen, sie müssten es sogar. Aber das können Sie selbstverständlich nicht wissen, bis ich Ihnen offiziell von Ihrem Dienststellenleiter vorgestellt werde.» «Und daran werde ich mich halten», brummte der Kommissar. Der Methusalem wollte ihm einfach nur Honig um den Bart schmieren. Nein, das zog bei Alfred Ross nicht. In dieser Angelegenheit musste der Alte den Dienstweg auf jeden Fall einhalten. Der Kommissar blieb eisern und hätte schwören können, dass sich Narrat nicht an seine Vorgesetzten wandte. «Sie hören noch von mir», sagte er zum Abschied, als sie wieder auf der Intensivstation waren. Alfred Ross hatte der Kleinen seine Visitenkarte in die Hand gedrückt und ihr versichert, sie könne ihn jederzeit, wirklich jederzeit, Tag und Nacht anrufen. Luisa bedankte sich teilnahmslos, während sie sich an Marcellus Adonis Narrat schmiegte, der seinen Arm um ihre Schultern gelegt hatte. «Komm, Liebes!» sagte er zärtlich zu Luisa und zu Alfred Ross: «Sie hören noch von mir!» Falls das eine Drohung sein sollte, ganz gleich wie gefährlich dieser alte rätselhafte Mann sein mochte, so ganz hatte er den Kommissar nicht eingeschüchtert: «Na dann, auf Wiederhören», sagte er gelassen. Während der Alte mit Luisa davonzog, beschloss Ross sofort ins Präsidium zu fahren und zu recherchieren. Das war verlorene Zeit und verlorene Mühe, wie es ich bald heraus stellen sollte. Aber da war es dann auch schon zu spät. In seinem Polizeicomputer fand er, egal, welche Datenbank er aufrief, nichts und niemanden namens Marcellus Adonis Narrat. Auch das Organigramm des Innenministeriums wies keinen Narrat auf. Ross versuchte es sogar mit dem Bundesinnenministerium und fand auch dort keinen Narrat. Sollte er auf eine derart dreiste Weise von einem Betrüger verschaukelt worden sein? Wütend sprang er von seinem Schreibtischstuhl auf! Was sollte er nun unternehmen? Hatte er irgendeine rechtliche Handhabe gegen diesen alten Sack? Auf jeden Fall hatte er nun plötzlich das Gefühl, dass auch Gefahr im Verzug sein könnte. Eiligst griff er zum Telefon; wählte Luisas Handynummer und hatte nur die Mailbox im Ohr! «Verdammt! Verdammt!» schrie er im Auf- und Abgang im Büro, trat gegen den Papierkorb, dass er im hohen Bogen gegen die Wand flog. Was wusste er über Adonis Narrat? Kaum mehr als, dass Luisa ihn in der Psycho-Villa kennengelernt hatte! Da läuteten bei ihm ganz fürchterlich schrill die Alarmglocken. War vielleicht Johanna deswegen mit Blaulicht unterwegs gewesen, um ihre Schwester vor diesem Kerl zu retten? Hatte er irgendetwas mit dem alten Metzger zu tun? Er musste ganz schnell handeln. Wieder griff er nach dem Telefon, wählte dieses Mal die Einsatzzentrale. «Schickt bitte schnell einen Streifenwagen zur Wohnung der Kollegin Metzger; sie sollen die Schwester mitnehmen und zu mir bringen. Sofort! Ihre Schwester ist aus dem Koma erwacht.»

Keine zehn Minuten später meldete der Streifenwagen Ross, es sei niemand zu Hause. «Bitte, Kollegen, wartet noch eine Viertelstunde. Vielleicht kommt sie noch.» Sofort aber rasten seine Gedanken weiter. Wie und wo konnte er diesen Narrat ausfindig machen? Vielleicht war die Lösung in der Kiste zu finden, die er von Johanna erhalten hatte. Der Vater wollte wohl verhindern, dass sie in Johannas Hände geriet. Ross hatte nur einen kurzen Blick hinein geworfen und gesehen, dass darin eine Menge DVDs waren – wohl geordnet gestapelt und beschriftet. Er hatte die Kiste zu Hause verstaut, um sie in Ruhe in Augenschein nehmen zu können. Nun ärgerte er sich ein wenig, dass er sie nicht ins Büro mitgenommen hatte. Aber er hatte Johanna irgendwie so verstanden, dass die Kiste nicht unbedingt im Präsidium auftauchen sollte. Er musste anders an Narrat kommen, aber er hatte keine Handynummer oder sonst etwas von ihm. Er rief die Kriminaltechnik an, aber da ging niemand ans Telefon. Manchmal arbeiteten die Techniker auch nachts. Sie hätten Luisas Handy orten können. Heute scheinbar nicht. Dann telefonierte er wieder mit der Einsatzzentrale; er wollte einen Streifenwagen in die Psycho-Villa schicken. Im Moment waren alle im Einsatz. Eine Massenschlägerei in einer Discothek band die Kräfte. Die Vorortreviere und das Präsidium würden sich bald mit grölenden und angeschlagenen Schlägern füllen. Eine Stimmung ganz nach seinem Geschmack!

Aber Alfred Ross hatte heute gar keine Nerven dafür. Er war in großer, schier panikartiger Sorge um Luisa. Wenn ihr etwas passierte, würde er sich ewig Vorwürfe machen; er hatte sich von diesem mysteriösen Methusalem einwickeln lassen und hatte nicht verhindert, dass er sie mitnahm. «Ich muss Luisa jederzeit erreichen können», hatte er großkotzig gefordert und sich mit einem Jaja verschaukeln lassen! «Verdammt!» schrie er wieder. Aber was half's? Ideen- und einfallslos tigerte er im Büro hin und her, fand keinen anderen Ansatzpunkt, mehr über Marcellus Adonis Narrat zu erfahren, als sich auf den Weg in die Psycho-Villa zu machen. «Wenn kein Streifenwagen frei ist, muss ich eben dahin», murmelte er. Und wenn er das ganze Haus auf den Kopf stellen musste, er würde schon etwas über diesen Kerl herausbekommen! Entschlossen und eilig verließ er das Büro. Aber schon im Flur beschlich ihn ein seltsames Gefühl, eine beängstigende Unsicherheit, ob er auch wirklich das Richtige tat. Beängstigend war diese Unsicherheit deswegen, weil er so etwas an sich nicht kannte. Alfred Ross tat immer das, was er im Moment für das Richtige hielt; Zögern und Zaudern lagen ihm völlig fern. Jetzt aber war in seinen Beinen etwas, was ihn einen Sekundenbruchteil langsamer gehen ließ, als er es von sich kannte und gewohnt war. Im Halbdunkel des Treppenhauses, wo nur die Notbeleuchtung brannte, sah er eine Frauengestalt mit einem aufgespannten Sonnenschirm, der die passende Farbe zu ihrem rosa Kleid hatte. Das konnte nur eine Halluzination sein.

Intermezzo: Die Ähnlichkeit mit Gaddafi

http://www.fotos-hochladen.net/uploads/unbenannt2jelabum6y.png
du willst doch wohl nicht die Ähnlichkeit mit Gaddafi leugnen...

Nein, verdammt. Ich kann nicht mehr vor Lachen :) Ich kann die Ähnlichkeit nicht leugnen. Ich bin Gaddafis Reinkarnation.

vor etwa 1 Monat

 2

Captain, my Captain - Was möchtest du mir heute mal sagen? KГБ
-FreudDr.Käng

Solange es einen Club gibt, sind die Dichter nicht tot.

vor etwa 1 Monat

 6

SOKRATES – der kafkASKe Roman

Nachdem die Ähnlichkeit zwischen Uri Bülbül und Gaddafi nicht mehr zu leugnen ist, bleibt die Frage offen, wie ähnlich sich Uri Bülbül und Uri Nachtigall sind. SOKRATES Teil 209: <u>Uri Bülbül</u>

Ein wenig lauter, als er es eigentlich beabsichtigt hatte, polterte er los und fuhr sie an: «Wer sind Sie? Was machen Sie hier?» Die Erscheinung mit den langen schwarzen Haaren ließ sich nicht einschüchtern; ihre Stimme klang ruhig, gelassen, so fest, dass man sie schon als „erdverbunden" bezeichnen konnte: «Mein Name ist Nadia Shirayuki, was „Schneewittchen" bedeutet». «Und die sieben Zwerge haben dich ins Polizeipräsidium gelassen, was?!» Nun stand er direkt vor ihr – groß, dickbäuchig, brutal. Seine Blessuren im Gesicht waren furchterregend im Halbdunkel der Notbeleuchtung des Treppenhauses. Nadia aber zeigte keinerlei Anzeichen von Einschüchterung oder Furcht. «Ich habe Ihnen etwas zu sagen, Herr Kommissar!» «Und ich will wissen, wer Sie um diese Zeit herein gelassen hat. Das ist ein Polizeipräsidium und kein Bahnhof! Hier kann man nicht herein und heraus spazieren, wie man lustig ist!» «Nein, natürlich nicht!» antwortete die junge Frau mit ihrer festen Stimme, in der ein ganz leiser Hauch von Ironie lag und die Lustlosigkeit, diese Diskussion weiterzuführen. Lieber kam Nadia zur Sache: «Lieber Kommissar, ich möchte Ihnen etwas Wichtiges mitteilen. Ich weiß, dass Sie sich auf den Weg in die Villa des Doctor Parranoia machen möchten. Sie sind verzweifelt und ein wenig in Panik, machen sich große Sorgen um Luisa. Sie sollten aber wissen, dass dies nicht der richtige Weg ist. Bleiben Sie ruhig und gelassen. Denn Sie wissen: in der Ruhe liegt die Kraft. Wenn Sie jetzt durch den Wald rasen, um zur Villa zu gelangen, kann etwas sehr

Unangenehmes passieren.» «Es wird etwas sehr Unangenehmes passieren, wenn Sie mir nicht erzählen, wer Sie sind, junge Dame!» brüllte Ross. Gelassen faltete Nadia ihren Schirm zusammen und wandte sich einfach ab zum Gehen. Da packte Ross sie heftig am Arm: «Halt! Hier geblieben!» Aber weiter kam er nicht; mit einer wuchtigen Umdrehung um ihre eigene Achse riss sich Nadia nicht nur los, sondern schlug noch aus der Drehung heraus gezielt mit einem heftigen Hieb des Schirms dem übergriffigen Kommissar auf den Kopf. Ross wurde es schwarz vor Augen.

«Hey Ali! Bist du besoffen, oder was?» Als Alfred Ross wieder langsam zu sich kam, standen zwei Kollegen in Uniform um ihn und beugten sich auf ihn herab. Der eine untersuchte ihn und schüttelte ihn wach. «Was ist passiert? Bist du die Treppen hinunter gefallen?» Ross hatte große Schmerzen am Kopf. Die beiden Polizisten betrachteten ihn mit einer Mischung aus Neugier, Spott und Mitleid. «Nenn mich nicht „Ali"! Sonst gibt's Ärger!» knurrte der Kommissar und wies die Hand verächtlich ab, die ihm sein Kollege entgegenstreckte. Er kam von alleine auf die Beine, schwankte aber noch ein bißchen! Welche Wucht und Kraft dieses Mädchen aufbringen konnte! Ross war wirklich durch und durch überrascht. Er sah sich suchend um. «Na, geht's wieder, Ali? Hast du auch wirklich nichts getrunken?» spottete derjenige, der ihm die Hand entgegen gestreckt hatte.

Intermezzo: Weitere Delfinwünsche von Basti @Maulwurfkuchen und induzierte Wahrnehmung

Ich möchte bitte, dass eins von den Delfin-Zwillings-Kindern dann Vivaldo heißt und das andere Leonie und der Papa von denen Tyrion. :3

Die Situation sieht nun wie folgt aus in der SOKRATES-Geschichte:

Uri Nachtigall hatte Probleme, sein Auto zu finden, als er Luisa und Methusalem nachfahren wollte, die sich auf den Weg machten, die verunfallte Johanna Metzger, Luisas Schwester, im Krankenhaus zu besuchen.

Irgendwie kann man in dieser Sache den Eindruck gewinnen, dass Uri Nachtigalls Probleme mentale Ursachen hatten, hinter denen Benjamin @Gedankenkammer stecken könnte. Nadia Shirayuki wacht über die Protagonisten der Geschichte, auch wenn ihr vielleicht nicht alles so gut gelingt, wie sie es sich wünscht.

Jedenfalls kann man sagen, dass sie Johannas Unfall verursacht hat, als sie der rasenden Kommissarin sich in den Weg stellte. http://ask.fm/Klugdiarrhoe/answer/133772300985 Natürlich trägt die rasende Kommissarin selbst auch eine ordentliche Portion Mitschuld an dem Unfall: was rast sie denn auch so durch den Wald? Man weiß gar nicht recht genau, was sie so sehr zu Eile treibt. Und dann das -

SOKRATES – der kafkASKe Roman

Schauen wir zurück auf die Folge 138: Plötzlich erscheint Nadia Shirayuki auf dem Waldweg. Die rasende Kommissarin kann nicht mehr bremsen, reißt das Lenkrad herum und...

Wie die Kommissarin Johanna Metzger quasi aus der Welt geschleudert wird. Und darf es denn auch etwas philosophisch werden? SOKRATES, der kafkASKe Fortsetzungsroman Teil 138...
Uri Bülbül

Diese Entscheidung aber schleuderte sie von der Straße über einen kleinen Graben direkt auf einen Baum. Johanna glaubte, die Rinde genau vor ihren Augen sehen zu können, ein dumpfer Knall hallte durch den Wald, ohnmächtig sank ihr Kopf auf das Airbag.

«Es ist eine sehr spannende Atmosphäre im Theater. Das Licht, die Bühne, die leeren roten Stühle, dieser Eingangsbereich mit dem Café – diese Dinge beschäftigen einen. Dann die Bilder an den Wänden und die Puppen, die an den beiden Säulen und über der Theke hängen. Eine Puppe hat eine Schlinge mit einem Galgenknoten um den Hals. Obwohl sie sehr künstlich aussehen – diese Puppen, also gar nicht einem Menschen ähnlich, nicht ähnlicher als Comic-Figuren, meine ich, sind sie sehr unheimlich», plauderte Luisa nach ihren Eindrücken im Theater gefragt. «Ich weiß nicht, ob du diesen ziemlich verrückten Youtube-Film „Der Gang durch das Theater"* mal gesehen hast» Betti und Luisa schüttelten den Kopf, und Uri Nachtigall erzählte: «Es ist auf einem ziemlich unbekannten und wenig besuchten Youtube-Kanal. Seine Filme haben ziemlich wenig Klicks, selten kommt er auf eine dreistellige Zahl. Es ist ein Schriftsteller, ein Kulturphilosoph oder so etwas, der in einem Theater arbeitet und

221

lebt.» «Meinst du, er wohnt auch in diesem Theater?» fragte Betti ziemlich neugierig. «Keine Ahnung. Das geht aus den Erzählungen nicht richtig hervor. Aber scheinbar ist er auch häufiger in der Nacht dort, wenn sonst niemand mehr im Theater ist. Dann geht er auch schon mal mit seinem Laptop durch das Theater und filmt mit der Webcam seinen Gang durch das Theater. Obwohl nichts Außergewöhnliches passiert, hat der Film etwas Gruseliges. Aber auch seine anderen Filme sind gruselig.» «Und warum schaust du dir seine Filme an?» fragte Betti und fügte hinzu, dass sie selbst nichts Spannendes und Gruseliges in Filmen, Büchern und Geschichten haben wolle. Sie habe genug Grusel in ihrem Leben gehabt. Sie suchte das Licht, den Sonnenschein, die Heiterkeit, die Liebe und konstruktive positive Energie des Universums. Die Suche nach Liebe verstand Betti anders als man hätte gemeinhin annehmen können: nicht einen zu ihr passenden und ihrer Liebe würdigen Menschen suchte sie, nicht die große Liebe ihres Lebens – diese hatte sie, wie sie es sagte, in sich – sie suchte Mittel und Wege, die universelle Liebe an alle für alle vermitteln zu können. Auf die Frage, was ein Lächeln auf ihr Gesicht zaubern würde, antwortete sie einmal ganz typisch für ihr universelles Bestreben: «jeden Morgen wird mir ein Lächeln durch die frische Luft auf mein Gesicht gezaubert,

was mir noch ein größeres Lächeln zaubern würde, wäre, wenn alle Menschen spüren würden das die Luft, egal welches Wetter, dich komplett durchströmt, wenn man es zulässt, dann spürt man die Göttlichkeit (auch in sich) dieses Gefühl erfüllt einem mit tiefer Dankbarkeit.[27]

---

27 http://ask.fm/liebeanalle/answer/131314615027

Nadia ist bestimmt keine böse Hexe. Sie versucht auch sofort der Kommissarin zu helfen und lässt sie nicht in ihrem Unfallauto verbluten. Sie verständigt den Notruf. Mehr kann sie wirklich nicht tun.

Du, mein lieber Basti, bist im Roman mit Lara in einem magischen Wald gelandet. Ein harmloser Spaziergang konnte so harmlos nicht bleiben. Dort begegnet auch euch Nadia. Aber sie hat keine Warnung für euch, sondern lediglich einen Richtungshinweis. So kommt ihr beiden nicht nur zu einer seltsamen Dame namens Bellarosa, die leckere Kekse backt und sehr gastfreundlich euch aufnimmt, du gewinnst auch den Spaltrüssler Rudi als Freund. Da es schon zu spät ist und dunkel, könnt ihr bei Bellarosa übernachten und werdet erst am nächsten Tag euren Weg fortsetzen. Und noch ist gar nicht sicher, ob und wie ihr nach Hause findet. Vielleicht kann euch ja Rudi den Weg zeigen. Vielleicht kommt auch noch mal Nadia im Wald euch entgegen und hat einen weiteren Hinweis für euch. Erst einmal wird aber die Nacht ganz schön gruselig, weil ihr furchtbare Schreie in eurem Turmzimmerchen hört.[28]

Uri Nachtigall jedenfalls begegnet, nachdem er sein Auto nun doch gefunden hat, der von Sorge um ihre Tochter getriebenen Betti @liebeanalle. Sie ahnt ja nicht, dass ihr im Turmzimmer des Bellarosa-Turms nach einem leckeren Abendmahl übernachtet. Er kann Betti nicht beruhigen. Sie rennt weiter durch den Wald, irrt umher und tut sich sogar Weh. Aber alles hat sein Gutes. Mal sehen, wie es mit Betti @liebeanalle weitergeht :)

---

28 http://ask.fm/Klugdiarrhoe/answers/136980893625

SOKRATES – der kafkASKe Roman

Und ja, die Delphine spielen auch weiterhin eine Rolle. Wir sind aber erst bei der Folge 209 und die Folge 210 folgt sogleich.

Nadia Shirayuki begegnet Alfred Ross. Der Brutalokommissar scheint immer öfter mit den eigenen Waffen geschlagen zu werden. Wird er noch zum Tölpel des Romans? SOKRATES Teil 210: Uri Bülbül

Es war nicht zu übersehen, dass Ross einen irritierten und suchenden Eindruck machte. Aber unter Alkoholeinfluss schien er nicht zu stehen. «Wir werden den Vorfall in unserem Wachtbericht erwähnen müssen, Ali!» schloss sich der andere seinem Kollegen an. Beide grinsten Ross frech und überheblich an. «Wie ist das passiert?» fragte der andere im ernsten Tonfall. «Bist du ausgerutscht? Oder gestolpert?» «Ja, ja», antwortete der Kommissar, «erst gestolpert und dann auch noch ausgerutscht!» Über die Person, die ihm im Treppenhaus begegnet war, wollte Ross lieber nicht sprechen. Scheinbar hatten die beiden nichts von ihr mitbekommen und würden ihn für verrückt halten, wenn er ihr Aussehen beschreiben musste. Es erschien Alfred Ross klüger, nichts zu sagen. «Vielleicht ist er doch besoffen», sagte der eine zum andern. Sie ließen ihn Hauchen, um dann gemeinschaftlich festzustellen, dass er nicht nach Alkohol roch, «dafür aber nach Knoblauch!» feixten sie und lachten laut. So manch ein unschönes Wort zur Betitelung seiner uniformierten Kollegen ging Ross durch den Kopf, als er sein Auto bestieg, fest entschlossen, so schnell wie möglich zur Psycho-Villa zu fahren. Gerade als er den Wagen gestartet hatte, klingelte sein Handy; es war die Einsatzzentrale: «Hauptkommissar Ross, ich glaube, ich habe da etwas, das Sie interessieren könnte!» «Ich höre!» «Ein Taxi mit einer

224

SOKRATES – der kafkASKe Roman

Fahrerin wurde soeben als vermisst gemeldet. Die letzte Fahrt führte durch den Hattinger Wald zum psychiatrischen Sanatorium des DoctorParranoia.» Mit einem Schlag hatte Ross alle seine Sinne und Kräfte wieder beisammen. «Schon unterwegs. Ich fahre ins Sanatorium und sehe mich um. Ich glaube, ich kenne den Fahrgast: es war Uri Nachtigall!» Damit raste der Hauptkommissar los. Er wollte keine Sekunde mehr verlieren. Er befestigte das magnetische Blaulicht auf dem Dach seines Porsches und gab ganz in Vergessenheit der Warnungen, die er von der jungen Frau im Treppenhaus erhalten hatte, Gas.

Niklas Hardenbergs Geschichte ist so lang wie seltsam und muss bei Gelegenheit auf jeden Fall erzählt werden, damit die tragische Tragweite seines Handelns deutlich wird. Diese Gelegenheit kommt bestimmt. Im Moment aber ist ausschlaggebend, dass er eine ebenso schlaflose Nacht hatte wie Alfred Ross, der mit 120 km/h durch die Straßen der Stadt in Richtung Venusberg raste. Hätte Ross sich am Kopf gekratzt, wie Hardenberg es vor seinem Computer in derselben schlaflosen Nacht tat, durch die der Hauptkommissar mit Blaulicht und in gefühlter Lichtgeschwindigkeit raste, hätte er die Schmerzen am Kopf wieder gespürt und sich womöglich an Nadias Worte erinnert: «Sie sind verzweifelt und ein wenig in Panik, machen sich große Sorgen um Luisa. Sie sollten aber wissen, dass dies nicht der richtige Weg ist. Bleiben Sie ruhig und gelassen.» Als er sich an eine große Kreuzung näherte, schaltete er die Sirene ein und raste ungebremst weiter. Das war alles andere als ruhig und gelassen.

Die "Helden" des SOKRATES-Romans sind weit von philosophisch-ethischen Abhandlungen und Erörterungen entfernt. Wenn Uri Nachtigall ein Gedankenexperiment wagen könnte, dann wäre es ein ganz anderes. Längst geht es den SOKRATES-Helden nicht darum, sich zu fragen, wie sie sich entscheiden würden, wären sie ein Weichensteller an einer Bahnweiche,

während eine Bahn außer Kontrolle gerät und nicht mehr bremsen kann; sie auf eine Gruppe von fünf Gleisarbeitern hinter der Bahnweiche rast, die nichts von der herannahenden Gefahr mitbekommen;

Im Filmtext heißt es: «In diesem Augenblick bist du die einsamste Person auf dem Planeten. Du hast die Verantwortung.»

«Ach ja, wirklich?» möchte ich fragen. Aber ich bin nicht an der Reihe.

Der Weichensteller kann nun aber die Weiche umstellen und die Bahn auf eine anderen Strecke lenken, auf der allerdings auch ein Bahnarbeiter ahnungslos arbeitet.[29]

---

29 https://youtu.be/MhOJp1DcabM #filosofix: Das philosophische
Gedankenexperiment «STRASSENBAHN». SRF Kultur.
Gedankenexperiment: Judith Jarvis Thomson
Animation: Nino Christen
Sprecher: Kurt Grünenfelder
Musik: Martin Bezzola
Redaktion: Yves Bossart / Barbara Bleisch

Wie soll sich nun der arme Weichensteller entscheiden? Der Sprecher im Film suggeriert eine binäre Entscheidung und nimmt einzig und allein den Weichensteller in die Verantwortung:

«In diesem Augenblick bist du die einsamste Person auf dem Planeten: du hast die Verantwortung. Was tust du? Unternimmst du nichts und überlässt die fünf Arbeiter ihrem Schicksal? Oder opferst du den einen und rettest damit fünf Menschenleben?»

Ich weiß nicht, ob sich Uri Nachtigall der suggestiven Kraft dieser ethik-demagogischen Frage entziehen könnte, wenn er sich dieser Aufgabe des Gedankenexperiments stellen würde. Eine wirkliche Lösung würde ich Niklas Hardenberg zutrauen. Aber die beiden wie auch die anderen Charaktere des Romans plagen ganz andere Dinge.

SOKRATES Teil 211: Uri Bülbül

«In der Ruhe liegt die Kraft!» Dieser Quatsch mochte für Dalai Lama gelten. Aber doch nicht für den Hauptkommissar Alfred Ross! Er fühlte sich in seinem Porsche stark, er fühlte sich gut, wenn er den an die 300 Pferdestärken kräftigen Motor hörte, beide Hände konzentriert und waghalsig am Lenkrad hatte und so schnell durch die Straßen fuhr, dass er selbst für seinen Schutzengel zu schnell war. Und schon hatte er die Stadt hinter sich gelassen, fegte wie der Wind auf das kleine Dörfchen mit den Fachwerkhäusern zu, durch das Dorf hindurch und auf den Venusberg. Niklas hatte noch keinen klaren Gedanken fassen können, da erreichte Ross schon die kurvige Landstraße durch den Wald. Und in diesem irrte Betti auf der Suche nach Lara und Basti umher, rief immer und immer wieder zerschunden, heißer und erschöpft die Namen der beiden in den Wald, lauschte, ob jemand antwortete und stolperte weit vom Aufgeben entfernt unaufhörlich weiter. Sie konnte nicht sagen, wie weit sie schon gegangen war und wo in etwa sie sich befand. Das war allerdings auch nicht ihre Sorge. Diese galt einzig und allein den

SOKRATES – der kafkASKe Roman

beiden Verschollenen. So bemerkte sie nicht, dass sie im Kreis gelaufen war und dass sie sich wieder dem Weg durch den Wald zur Villa näherte.

Niklas' Internet funktionierte wieder. Er betrachtete das Chaos seiner Arbeiten, Recherchen und Exzerpte, seine angefangenen fragmentarischen Essays, seine Romanentwürfe, seine Gedanken zur Ästhetik der Postmoderne, den Brückenschlag zur Absurdität des Bürokratismus und seine philosophischen Notizen und Textbausteine zur Ontologie des Nichts. Er erinnerte sich einer unlängst vergangenen Professur in einer Literaturakademie und an seine Gespräche mit dem dortigen Archivar, der über die ungeschriebenen Texte wachte und Roger Weißhaupt hieß. Warum habe ich bloß nicht eine ordentliche Professur an einer Universität angestrebt und mein Leben in verbeamtete Bahnen gelenkt? fragte er sich mal wieder, obwohl die Wunder, die ihm in letzter Zeit widerfahren waren, in Zahlen auf seinem Konto deutlich mehr darstellten als ein Sechser im Lotto. «Ich könnte mir eine Insel kaufen und mir dort einen Harem einrichten», sagte er sich. Konnte das eine Lösung für ihn sein? Mit zwölf wunderschönen und sehr unterschiedlichen jungen Frauen könnte er sich umgeben und ihnen und sich selbst natürlich ein wunderschönes Leben bescheren. Was also hielt ihn davon ab, wenn nicht die Knappheit der finanziellen Mittel? War er dem Hamlet-Syndrom verfallen? Konnte er nur zögern, zaudern und zweifeln? Bei dieser eminenten Frage kam ihm wieder der Hinweis des Hermes Psychopompos in den Sinn. Er wusste nicht wirklich, wer dieser Mann war. Er war sich nicht einmal sicher, ob es ihn wirklich gab oder ob er sich ihn nicht vielmehr einbildete. Niklas konnte natürlich als geschulter Philosoph die eine wichtige philosophische Frage stellen: was ist Realität? Aber diese Frage zu stellen, war nicht einmal die halbe Miete!

Betti irrt durch den Wald, Alfred Ross wird zum rasenden Kommissar und brettert vom Präsidium zur Psycho-Villa und muss dabei auch durch den Wald. Nadias Warnungen hat er in den Wind geschlagen. Keine gute Idee. SOKRATES Teil 212: Uri Bülbül

Bettis Fußgelenk schmerzte, aber sie hatte sich an den Schmerz gewöhnt und ignorierte ihn, während sie so gut auftrat, wie sie eben konnte. Wenige Meter vor ihr erkannte sie einen Weg, der quer durch den Wald zu führen schien. Also schritt sie auf ihn zu; ihre Knie und Hände waren aufgeschürft, ihre Haare völlig zerzaust. Darin hatten sich Laub und kleine Äste verfangen. Sie verliehen ihr etwas Hexenhaftes. «In der Ruhe liegt die Kraft. Wenn Sie jetzt durch den Wald rasen, um zur Villa zu gelangen, kann etwas sehr Unangenehmes passieren.» Nadias Warnung war durch den Fahrtwind des Porsche fortgeblasen. Bis knapp 180 km/h beschleunigte Ross den Wagen auf der Landstraße durch den Wald und bremste ihn kurz vor den Kurven wieder ab, um ihn wieder mit Vollgas aus der Kurve zu ziehen. Und beinahe hätte er in seiner Raserei die Einbiegung von der Landstraße auf den Waldweg zur Villa verpasst. Der Wagen schlitterte und schleuderte auf den Kieselweg, die Reifen drehten durch, Kieselsteine und Schotter schleuderten am Heck durch die Luft und manche schlugen heftig in den Radkasten. Nichts davon irritierte den Kommissar. Wieder kletterte die Tachonadel über 100 km/h. Ross war ganz in seinem Element und weit ab von Dalai Lamas Lebensweisheit: «In der Wut verliert der Mensch seine Intelligenz». Böse Zungen hätten über Ross sagen können, dass er nicht viel zu verlieren hatte. Betti sah die Scheinwerfer und das Blaulicht, gerade als sie zwei Schritte auf den Weg gemacht hatte. Aber es war zu spät. Ross bremste mit voller Kraft, aber sein Antiblockiersystem ließ den Wagen weiter rollen, so dass die Kollision unvermeidlich war. So unvermeidlich die Kollision, so unnachgiebig und kämpferisch war Betti und wollte sich nicht von der aus dem Nichts aufgetauchten Gefahr schlagen lassen. Mit allerletzter Kraft -woher nahm sie diese nur?- und in der allerletzten Sekunde sprang sie auf die Fronthaube des Sportwagens, zerschlug dabei mit ihrem Ellenbogen die Windschutzscheibe, schlug mit dem Kopf irgendwo auf, was sich nach Blech anhörte und fiel halb rollend halb geschleudert an der Seite vom Auto auf den Schotter des Waldweges. Ross hatte nicht begriffen, was passiert war, als er aus dem Auto stieg. Nun sah er am rechten Vorderrad teilweise im Lichtkegel des Scheinwerfers eine Frau liegen. Äußerlich war keine schwere blutende Verwundung festzustellen. Sofort fühlte er ihren Puls am Hals, da schlug ihm Betti auch schon die Hand von ihrem Hals weg. «Fass mich nicht an!» Ross war erschüttert und schockiert, aber zugleich auch erleichtert. «Schon gut, schon gut», beschwichtigte er, um sogleich die Schuld am Geschehen von sich abzuwälzen: «Sie sind in einen Polizeiwagen im Einsatz hinein gelaufen! Sie behindern den Einsatz! Schauen Sie sich meinen Wagen an! Beule auf der Haube, am Kotflügel, die

Windschutzscheibe ein Scherbenhaufen. Und mir läuft die Zeit weg.» Betti richtete sich langsam auf. Viele Stellen an ihrem Körper schmerzten, aber das war nicht wichtig.

Es ist kein guter Tag für Alfred Ross, dabei ist aber die Begegnung mit Betti @liebeanalle noch die harmlosere Variante der Ereignisse. SOKRATES Folge 213: Uri Bülbül

Er wollte ihr trotz seines vorwurfsvollen Geschwätzes helfen. Aber sie wies ihn ab. «Lassen Sie mich in Ruhe!» «Ich werde Sie ins Krankenhaus bringen lassen!» Ross suchte sein Handy. «Nicht nötig!» erwiderte Betti. «Ich habe im Moment etwas Wichtigeres zu tun!» «Wo ist nur mein Handy? Warten Sie! Sie müssen ins Krankenhaus! Außerdem will ich ihre Personalien...» weiter kam er nicht. Ein Sidekick aus der besten Karateschule traf ihn auf die Brust, schleuderte ihn auf die Fronthaube, was die Beule noch mehr vergrößerte und raubte ihm Luft und Bewusstsein. Als seine KO-Zeit verstrich und Überbleibsel seines Bewusstseins sich wieder einschalteten wie eine flackernde Neonröhre, war Betti längst zwischen den Bäumen wieder verschwunden. Ross versuchte zu Luft und Kräften zu kommen. «Was für eine Irre!» keuchte er. Nadias Mahnung im Treppenhaus lag eindeutig jenseits seines Tellerrands. Ratlos betrachtete er sein Auto.

Ratlos las Niklas Hardenberg den Wikipedia-Artikel über Kairos durch: «Kairos ist ein religiös-philosophischer Begriff für den günstigen Zeitpunkt einer Entscheidung, dessen ungenutztes

Verstreichen nachteilig sein kann. In der griechischen Mythologie wurde der günstige Zeitpunkt als Gottheit personifiziert.»1 Dabei fiel sein Blick auch auf das Bild eines Freskos von Francesco Salviati im Audienzsaal des Palazzo Sacchetti in Rom. Ein geflügelter Mann äußerst muskulös und durchtrainiert, ein männlicher Engel, beugt sich vor einer Säule tief über eine Waage, die er in der Hand hält. Über ihm hängen zwei Helme und in der Mitte ein Krug mit einer Schleife um den Griff des Krugs. Der geflügelte Mann hat einen kahlrasierten Kopf und nur in der vorderen Partie über der Stirn einen langen Haarschopf. «Man muss die Gelegenheit am Schopf packen», murmelte Hardenberg. Klar. Aber was sollte die Gelegenheit sein in seinem Fall? Doch nicht etwa die Unsumme, deren Nullen er auf einem Blick gar nicht zu erfassen vermochte, was auf seinem Konto plötzlich erschienen war und seitdem täglich wuchs und wuchs, ohne dass er etwas dafür tun musste.

Die Nacht für Uri Nachtigall war jäh zu Ende und er wurde brutal aus seinen Träumen gerissen. Noch klopfte Basti an das besagte dicke Brett vor dem Kopf des schlaftrunkenen oder noch schlafenden Theaterphilosophen wie an eine schwere dicke Holztür einer Blockhütte. Es klopfte heftig und drängend an der Tür. Und noch bevor Uri Nachtigall etwas begreifen konnte, standen Kommissar Alfred Ross und Schwester Maja in seinem Zimmer. Und nicht nur das, ehe Uri Nachtigall sich versah, riss ihn Ross brutal aus dem Bett und schleuderte ihn auf den Schreibtischstuhl. Der nächste Albtraum wurde für den Schlaftrunkenen wahr. Ängstlich sah er zur Schwester

Maja, die ausdruckslos und kalt an der Tür stehen geblieben war. «Da pennt er in aller Ruhe, in aller Seelenruhe!» brüllte Ross, während er Uri am Kragen gepackt schüttelte. Dieser begriff immer noch nichts. Da schaltete sich Maja ein.

Bekommt jeder, was er verdient? Bekommt Alfred Ross, was er verdient? Was aber, wenn der Anschein trügt? Und die Bösen nur scheinbar die Bösen sind? SOKRATES Teil 214: Uri Bülbül

«Lassen Sie sofort meinen Patienten los! Sie werden ihn nicht mehr anrühren! Sonst lasse ich Sie in der Hölle der Dienstaufsichtsbeschwerden schmoren, Sie werden sich nach Ihrer Pension sehnen, der von Schmerzensgeldansprüchen aufgezehrt werden wird.» Uri Nachtigall war vollkommen überrascht von diesem massiven Einsatz der Schwester zu seinen Gunsten. Der Griff an seinem Hals aber lockerte sich nicht. «Es liegt ein Haftbefehl gegen diesen Kerl vor und den werde ich jetzt vollstrecken. Dieser Kerl hat eine Taxifahrerin auf dem Gewissen. Und wenn er jetzt nicht bald die Klappe aufmacht und aufhört sich schlaftrunken zu geben, werde jeden Zahn einzeln aus seinem Schandmaul schlagen, bis er sein Geständnis lispelt!» Uri Nachtigall musste die Situation unbedingt ausnutzen: «Ich weiß nicht, was Sie meinen. Ich habe geschlafen. Ich habe nichts gemacht!» Ein Fausthieb unterbrach ihn. «Mir reicht's!» schrie Maja. Sie drückte die Kurzwahltaste des Telefons in ihrer Hand: «Hier ist DoctorParranoias Sanatorium und forensische Klinik, Schwester Maja am Apparat. Bitte, kommen Sie schnell. Hier ist ein Notfall.» Der Mann in der Notrufzentrale blieb ruhig und gefasst. «Schwester Maja, bitte beruhigen Sie sich! Sagen Sie mir bitte, was genau passiert ist.» «Hilfe, Hilfe!», schrie die Schwester in gespielter Panik. «Ein Patient läuft Amok! Kommen Sie schnell! Beeilen Sie sich, bevor noch mehr passiert!» Dann drückte sie schnell den Auflegeknopf. Uri Nachtigall war äußerst überrascht über die Äußerung der Schwester. In seinem angeschlagenen Kopf drehte sich alles und die Realität fuhr Karussell. Dieser brutale Mensch war also gar kein Kommissar, sondern ein Psychopath und Patient der Psychiatrie! «Nicht schlecht, Schwester! Wirklich nicht schlecht! Mein Respekt! Sie legen sich für Ihre Verrückten ganz schön ins Zeug! Aber das wird ihm gar nichts nützen, denn ich nehme ihn jetzt mit», sagte Ross, während er dem Theaterphilosophen Handschellen anlegte. Ungerührt und mit eiskalter Verachtung schaute Maja seinem Treiben zu, wie er Uri Nachtigall auf die Beine zerrte, dieser sich schwer machte und erneut gezerrt wurde, dann hilflos sich auf den Boden fallen ließ wie ein Sack Mehl, in Panik, von einem Irren entführt zu werden. Da bekam er einen heftigen Tritt in die Rippen, was seinen letzten Widerstand brach und ihm jegliche Luft raubte. «Schluss jetzt, Bürschchen! Widerstand ist zwecklos!» rief der Hauptkommissar, während Uri Nachtigalls letzten verzweifelten Versuche, sich zu wehren, in sich zusammenbrachen. Einen entscheidenden Augenblick lang aber hatte Alfred Ross die Schwester unbeachtet gelassen und war ganz hingebungsvoll mit seinem Delinquenten beschäftigt gewesen. Noch ging ihm der Spruch durch den Kopf, den er der Schwester reinwürgen wollte, dass nämlich sie allein für die Kosten des Noteinsatzes aufkommen müsse, den sie ausgelöst hatte, da durchzuckte seinen Körper ein fürchterlicher Schmerz, der alles auslöschte und ihm das Bewusstsein raubte.

Niklas könnte Hilfe brauchen - vielleicht von Kairos, dem Gott des rechten Augenblicks. Aber wenn er ein Hamlet-Syndrom hat, kann ihm auch kein Kairos helfen. SOKRATES Teil 215: Uri Bülbül

Für manche mochte das ein Glücksfall sein, plötzlich so wahnsinnig viel Geld auf dem Konto zu haben. Aber genau das bereitete Hardenberg die allergrößten Sorgen: es war kein zweistelliger Millionengewinn in einer Lotterie! Es war tausendmal mehr. Und dabei konnte es unmöglich mit rechten Dingen zugehen. Der schleimige Bankdirektor, der Hardenberg jedweden Überziehungskredit seines Girokontos beharrlich verweigert hatte, lud ihn schon mehrmals zum Kaffeetrinken in sein Büro ein und versuchte ihn einerseits auszuhorchen und andererseits ihm das Geld auf dem Konto für irgendwelche Investitionsgeschäfte abspenstig zu machen. Hardenberg war mißtrauisch und überhaupt nicht bereit zu irgendwelchen Zugeständnissen. Selbst bei einer jährlichen Verzinsung von 1,6% wuchs sein Vermögen in schwindelerregender Geschwindigkeit. Und dabei blieb Hardenberg immer diese eine so entscheidende Frage: SEIN Vermögen?

Uri Nachtigall saß im Behandlungszimmer, wohin Schwester Maja ihn fürsorglich gebracht hatte, nachdem sie Ross eine Beruhigungsspritze verabreichte. «Das lähmt Ross und Reiter», kommentierte sie die Spritze süffisant lächelnd. «Einen Moment, ich bin gleich wieder da», sagte sie und ging kurz raus. Draußen fingen die Vögel an laut zu zwitschern. Es wurde hell. Alles in diesem Zimmer und draußen in der Welt bei Morgengrauen machte einen friedlichen Eindruck. Der Theaterphilosoph konnte gar nicht recht die Ereignisse sortieren. Was wollte dieser rasende, brutale Kommissar? War er überhaupt ein Kommissar? Oder doch ein Psychopath? Woran sollte er schuld sein? Eine Weile nachdem sie losgefahren waren, fragte die Taxifahrerin, ob es denn nicht schon etwas zu spät für einen Besuch in der Villa sei. Und er antwortete: «Ich übernachte dort». Dabei bemerkte er, dass er sie damit etwas nervös gemacht hatte. Also schob er eine etwas zurecht gebogene Erklärung hinter her: «Ich bin Autor, schreibe ein Buch über das Sanatorium; da hat man mir freundlicher Weise ein Zimmer dort angeboten.» Das schien das Interesse der Taxifahrerin zu wecken und so spann er seine Geschichte weiter: Er sei kein Psychiater, sondern arbeite in einem freien Theater und suche Stoff für Geschichten, die man auf die Bühne bringen könne. Das lockerte die Atmosphäre zwischen ihnen. Und die Taxifahrerin erzählte von ihrem letzten Besuch in einem Theater, von den Romanen, die sie gerne las und so kamen sie entspannt und gut gelaunt bei der Villa an, ohne dass er erfahren konnte, warum ihr Kollege, der Fahrer des ersten Taxis, in das Nachtigall eingestiegen war, so ängstlich und aggressiv reagiert hatte. Er gab ihr reichlich Trinkgeld und wünschte ihr zum Abschied eine gute Heimfahrt. Er sah dem Taxi noch nach, wie es wendete und zurück fuhr. Dann ging er auf sein Zimmer, nachdem er erleichtert feststellte, dass der Schlüssel, den ihm Schwester Lapidaria gegeben hatte, problemlos das Schloss öffnete.

Ich verstehe nicht ganz, was Uri Nachtigall an der Psycho-Villa so festhält. Warum geht er nicht einfach zu einem Anwalt und erkundigt sich nach seinen Rechten? Und diese Geschichte dieses Niklas ist auch mehr als seltsam! SOKRATES - Teil 216: Uri Bülbül

Tausend andere Dinge gingen ihm noch durch den Kopf: Bettis Verbleib, der seltsame Methusalem, der ein Mann von Welt zu sein schien und sicherlich mit viel Geld und Macht gesegnet war, die hübsche Luisa, die sich bei ihm wohlfühlte, Johanna, die im künstlichen Koma lag, aber außer Lebensgefahr schien. Und so machte er sich bettfertig und legte sich hin. Irgendwann begann sein Traum. Er bekam jetzt schon die einzelnen Bilder dieses Traumes in seinem durchgeschüttelten Kopf nicht mehr wach gerufen. Er war in eine verrückte Welt gerutscht; alles in seinem Leben, das ohnehin nicht sehr ordentlich war, war mit einem Schlag im wahrsten Sinne des Wortes aus der Fassung gesprungen. «Ich muss wieder ins Theater zurück», sagte er, um sich wenigstens an seine Kunstwelt klammern zu können, die längst nicht so verrückt war wie das, was er nun erlebte. Er saß reglos da, wohin ihn die Schwester platziert hatte und döste vor sich hin, als Maja schwungvoll eintrat: «Hier ein Kühlpack für den Kopf. Möchtest du auch ein paar Tropfen gegen Schmerzen, mein Vögelchen?» Er schüttelte den Kopf, was mit Schmerzen verbunden war: «Aua!» Schwester Maja lächelte. «Keine Sorge, der Kommissar wird dir nichts mehr anhaben können. Vor ihm bist du nun sicher.» «Also ist er doch ein Kommissar und kein Irrer?» fragte Uri Nachtigall. Eine zweite Frage blitzte durch seinen Kopf, aber er stellte sie nicht: Vor wem war er nicht sicher? «Ein irrer Kommissar!», sagte Maja.

Eines Tages vor nicht allzu langer Zeit war auf Hardenbergs Konto, während er den Kontostand per Onlinebanking abfragen wollte, diese horrende Summe aufgetaucht. Er hielt es für einen Computerfehler, für einen Streich eines Hackers oder etwas Vergleichbares. Und er kam bisher zu keiner Lösung, zumal ihm noch dieses Mißgeschick mit seiner Pistole im Suff passierte. Zugegeben, er hatte wirklich eine Flasche Whisky ausgetrunken und war auf seinem Bett eingeschlafen. Aber... da kam eine neue Email in sein Postfach und fesselte seine Aufmerksamkeit. Mitten in der Nacht, zu solch einer späten Stunde, arbeitete sein Freund der Rechtsanwalt Markus Kolbig und schrieb Emails? «Hallo Nick, ich habe vergessen, dir zu schreiben, dass morgen bzw. heute um 9.00 Uhr der Haftprüfungstermin für Francis Arthur Suthers ist; wäre nicht schlecht, wenn du auch kämst. Im Landgericht Zimmer 216. Gruß Mark» Er klickte auf das Antwortbutton: «Okay.» Vielleicht war das nun auch ein Zeichen für ihn, ins Bett zu gehen. Auf jeden Fall musste er den Wecker stellen. Lange betrachtete er im Bad sein Spiegelbild. Er fuhr mit der flachen Hand über seine Wange. Sollte er sich für morgen rasieren? Da kam ihm die Waage in den Sinn: Was musste er abwägen, wenn er die Gelegenheit am Schopf ergreifen wollte? Was genau war nun die Botschaft? «Fange ich schon an, Dinge hinter dem Spiegel zu suchen?» fragte er sich. Als könnte er sich damit frische Gedanken in den Kopf schrubben, begann er, seine Zähne zu putzen.

Wir dürfen Lara und Basti nicht bei Bellarosa im Turm vergessen. Betti irrt verzweifelt auf der Suche nach ihrer Tochter die ganze Nacht durch den Wald. Ein neuer Tag beginnt: SOKRATES. Des kafkASKen Fortsetzungsromans 217. Teil: Uri Bülbül

«Guten Morgen!» trällerte es fröhlich den Turm empor. Lara und Basti mussten eingeschlafen sein. Die Nacht war sehr kummervoll gewesen; sie hatten Angst und wussten nicht, was sie tun sollten. Die fürchterlichen Schreie hatten in beiden neben Angst aber auch viel Mitleid für diejenige erweckt, die all diese Schreie in wahrscheinlich hoch qualvollen Momenten ausstieß. Nun aber schien die Sonne durch das Fenster, sie hörten Vogelgezwitscher und Bellarosas fröhliche Stimme, die nach ihnen rief. Lara beruhigte diese sonnige und fröhliche Atmosphäre. Sie war in Aufbruchstimmung, und den Turm erfüllte ein warmer, sehr angenehmer Duft eines leckeren Frühstücks. Basti hatte schon seine Schuhe angezogen und war damit beschäftigt, Rudi zu streicheln, der ebenfalls seine rüsselige Nase schnuppernd in die Höhe streckte. «Gibt es wieder Filomena-Kekse» fragte er, als sie die Küche betraten. Bellarosa lächelte sie an: «Kannst du gerne haben, wenn du magst.» «Sehr gerne!» Basti mochte die Filomena-Kekse. «Kann ich denn auch welche mit auf den Heimweg nehmen?» fragte er, als sie am Frühstückstisch saßen. Lara genoss ihren Kakao, ließ ihren Blick durch die Küche schweifen und beobachtete unauffällig ihren Gefährten und Bellarosa, die auf sie den

Eindruck machte, als sei ihre Fröhlichkeit eine Maskerade, hinter der sich ein großer Schmerz verbarg. Aber sie wäre gewiss nicht auf die Idee gekommen, Bellarosa direkt danach zu fragen. Es musste ja auch einen Grund dafür geben, dass sie den Schmerz zu überspielen suchte. Hatte sie womöglich in der Nacht so fürchterlich geschrien? Und gerade mit dieser Frage platzte Basti schmatzend heraus. Lara wäre beinahe die Tasse aus der Hand gefallen. Ihr tat Bellarosa sehr Leid, sie wirkte plötzlich so bleich und zerbrechlich. Sie setzte sich wie in Trance an den Frühstückstisch und stierte wortlos und versonnen vor sich hin. Um irgendetwas zu tun und nicht in der nun eingetretenen bedrückenden Stille zu verharren, nahm sich Lara eine Scheibe Brot aus dem Brotkorb. Es war ofenfrisch und angenehm warm. «Basti, kannst du mir bitte die Butter geben?» durchbrach sie die Stille. Eigentlich wollte sie seine Aufmerksamkeit auf sich lenken, um ihm mit den Augen ein Zeichen zu geben, Bellarosa in Ruhe zu lassen. Basti aber reichte Lara die Butter, ohne seinen Blick von Bellarosa abzuwenden. «Du hast schlimme Träume in der Nacht, nicht wahr?» fragte er die Gastgeberin. Diese aber saß reglos und geistesabwesend auf ihrem Stuhl. In diesem Moment regte sich etwas draußen vor der Tür. Rudi, der Spaltrüssler wurde nervös und unruhig und ehe Lara begreifen konnte, was geschah, stand Basti auf: «Wir müssen jetzt gehen!» sagte er in einem sehr ernsten und schier befehlshaften Ton. Lara begriff immer noch nicht so recht, warum die schöne Frühstücksstimmung plötzlich so umschlug. Da öffnete sich die Tür. Und Nadia kam herein. «Es ist besser, wenn ihr jetzt geht. Ich kümmere mich um Bellarosa.»

SOKRATES – der kafkASKe Roman

@lsdCthulhu[30] Nein, ich lasse mich nicht gerne manipulieren, aber ich werde manipuliert. Auf all die Manipulatoren antworte ich mit dem SOKRATES-Roman. Hier Teil 218: Uri Bülbül

Als er die Unsumme beim Internetbanking auf seinem Konto erblickte, traute Niklas Hardenberg zwar seinen Augen, aber nicht dem Computer. Hatte er sich etwa aus Versehen in ein fremdes Konto eingehackt? Wie war das möglich? Oft schon hatte er sich vertippt, einmal sogar seine PIN vergessen. Nie war er auf einem fremden Konto gelandet, sondern war immer schroff abgewiesen worden. Nun plötzlich das!

Oberflächlich betrachtet war es auch kein fremdes Konto; die Nummer stimmte mit seiner überein, der Name lautete Niklas Hardenberg, aber dann dieser Kontostand. Er hatte bei den letzten Wahlen die Piraten-Partei gewählt. Die Realpolitik widerte ihn an - und das schon seit langem. Aber Hardenberg hielt bis dato im Geiste an so etwas wie Realpolitik fest und wählte kommunistische oder anarchistische Splittergruppen, die die Gesellschaft aus den Angeln heben und die Welt zu revolutionieren versprachen. Er wusste, dass sie chancenlos waren; aber er wählte sie trotzdem und erstaunlicher Weise mit einem ganz realistischen Argument: Ab einer bestimmten Stimmenzahl, bekam jede Partei, die es schaffte, an Wahlen teilzunehmen, vom Staat finanzielle Unterstützung für den Wahlkampf. Und die Höhe dieser finanziellen Unterstützung hing von der Anzahl der erhaltenen Stimmen ab. Und das hatte Hardenberg prinzipiell immer unterstützt. Und nun verabschiedete er sich davon.

---

30 http://ask.fm/lsdCthulhu

SOKRATES – der kafkASKe Roman

Er fand den Namen witzig und wählte. Ganz ohne ein realpolitisches Argument. Die Piraten-Partei schien nicht altlink, drosch nicht die sattsam bekannten Revolutions- und Weltverbesserungsphrasen, kam nicht mit der immer gleichen antikapitalistischen Leier. Hardenberg hätte auch die Lila-Partei wählen können oder die grauen Panther oder die Partei der bibeltreuen Christen. Aber sowohl die Farbnamen als auch Bibeltreue sprachen ihn nicht an. Die Piraterie schon.

Er schälte sich um 8.00 Uhr aus dem Bett. Der Wecker hatte schon mehrmals geklingelt, er hatte mehrmals das nervige Treiben mit der Schlummertaste unterbunden und sich seinem Halbschlaf gewidmet. Kurz vor 8.00 Uhr aber öffnete er die Augen. Er hatte also eine Stunde Zeit, sich frisch zu machen, anzuziehen und das Gericht zu erreichen. Hätte er gewusst, wer die Richterin sein würde, die über Arthur Francis Suthers Verbleib im Gefängnis entschied, hätte er sich beim Frischmachen deutlich mehr Mühe gegeben. Er betrachtete sein Gesicht im Spiegel, was dazu führte, dass er sofort die Lust an einer ordentlichen Rasur verlor. Nein, Suthers war ihm nicht unsympathisch, ihm war lediglich aufgefallen, dass dieser junge Sonderermittler auf eine sonderbare Weise in sich verfangen war. Er klebte auf seinem Standpunkt wie einst Luther zu Wittenberg. Während Hardenberg noch im Bad stand und mit ihm die Frage im Raum, ob der Geschmack in seinem Mund übler war als seine Laune, saß Kommissar Julius Hoffmann bereits im Büro vor ihm der Bericht seines nicht gar so hellen Assistenten Oberländer. Skeptisch schüttelte Hoffmann den Kopf.

Intermezzo: Moderne deutsche Dramatiker und ihr schwerwiegendes Erbe

bei brecht krieg ich brechtdurchfall

Das ist ein Dreigroschenwitz :)

«brechtdurchfall» - das ist ein Fall für die wunderbare Deutschlehrerin im SOKRATES-Roman, die Luisa nicht leiden kann. Apropos Luisa - wo steckt sie überhaupt? Menschen verschwinden spurlos. Teil 219: Uri Bülbül

Den Oberländer-Bericht kannte auch Niklas Hardenberg. Das war ja das Verwunderliche, weswegen der Rechtsanwalt Markus Kolbig Niklas eingeschaltet hatte. Der Parkplatz des Polizeipräsidiums war videoüberwacht. Und auf einem Videoband war Arthur Francis Suthers zu sehen, wie er sich an sein eigenes Auto schlich, um etwas ins Handschuhfach zu legen und die Kennzeichen auszutauschen. Einige Zeit später kam er wieder, stieg in sein Auto, als sei nichts geschehen und fuhr los. Für Hoffmann ergab das keinen Sinn, für Niklas ebenso wenig. Aber Niklas sah seinen Versuch, mit dem Sonderermittler zu sprechen als hoffnungslos gescheitert an. So konnte von ihm aus der junge Sonderermittler in der Hölle schmoren, er würde ihm nicht helfen! Kolbig mochte da eine professionellere Einstellung haben. Sollte er sich doch um den jungen Widerspenstigen kümmern. Warum macht jemand an sein eigenes Auto gefälschte Nummernschilder und versteckt im Handschuhfach eine unregistrierte Waffe, obwohl er einen Waffenschein hat und dienstlich jede Handfeuerwaffe tragen darf? Und wird dann wie zufällig von einem der berüchtigtsten Kommissare des Präsidiums erwischt. Für Niklas roch das nach einer Falle. Hoffmann blieb bei dem Bericht seines Gehilfen, der zu dem Schluss kam, Suthers sei ein Irrer. Eine gewisse Schizophrenie konnte man in diesem Fall nicht von der Hand weisen; erst versteckt er eine Waffe im Handschuhfach und lässt sich dann mit dieser Waffe und den gefälschten Kennzeichen von der Polizei erwischen. Vielleicht wollte Suthers Alfred Ross eine Falle stellen, spekulierte der Kommissar. Gehörte dann aber das Videoband zu der Falle dazu oder war es ein Unfall? Gegen den Unfall sprach jedenfalls, dass ein hochrangiger Sonderermittler, so jung er auch war, doch wissen musste, dass der Parkplatz eines Polizeipräsidiums videoüberwacht wurde. Nichts an dieser Geschichte ergab wirklich Sinn, weswegen sich der fettleibige Kommissar aus seinem Sessel quälte, um noch vor der richterlichen Anhörung einpaar Fragen an Suthers zu stellen. Womöglich gehörte dieser Fall in den Zuständigkeitsbereich der Innenrevision und nicht in die Hände eines gleichrangigen Kommissar-Duos, nur weil Metzger und Ross verhindert waren. Johanna Metzgers Verkehrsunfall, wenn es denn ein Unfall war, hatte sich wie Lauffeuer im Präsidium verbreitet. Wie die Zentrale mitteilte, war nun auch Kommissar Alfred Ross nicht zu erreichen, der eigentlich für Festsetzung und Anhörung zuständig und verantwortlich war. Hoffmann schnaufte schwer; seine Adipositas quälte ihn. Sein 50. Geburtstag stand vor der Tür, und er musste ernsthaft daran denken, eine Kur für sich zu beantragen. Alles fiel ihm schwer, seine Libido spielte verrückt, bald würde sein Herz den Geist aufgeben. Zu allem Überfluss hatte er sich unsterblich und unglücklich verliebt. Mit gemischten Gefühlen und wirren Gedanken erreichte er schwerfällig Suthers Haftzelle. Aber sie war leer.

Fortsetzung folgt...